U0089005

古典文學研究輯刊

十七編

曾永義 主編

第9冊

論豪放（上）

于成我 著

國家圖書館出版品預行編目資料

論豪放（上）／于成我 著 — 初版 — 新北市：花木蘭文化事業有限公司，2018〔民107〕

目4+188面；19×26公分

（古典文學研究輯刊 十七編；第9冊）

ISBN 978-986-485-326-7（精裝）

1. 中國古典文學 2. 文學美學 3. 文學評論

820.8 107001701

古典文學研究輯刊

十七編 第九冊 ISBN：978-986-485-326-7

論豪放（上）

作　　者　于成我

主　　編　曾永義

總 編 輯　杜潔祥

副總編輯　楊嘉樂

編　　輯　許郁翎、王筑　美術編輯　陳逸婷

出　　版　花木蘭文化事業有限公司

發 行 人　高小娟

聯絡地址　235 新北市中和區中安街七二號十三樓

電話：02-2923-1455／傳真：02-2923-1452

網　　址　http://www.huamulan.tw 信箱 hml 810518@gmail.com

印　　刷　普羅文化出版廣告事業

初　　版　2018年3月

全書字數　557861字

定　　價　十七編26冊（精裝）新台幣50,000元

論豪放（上）

于成我　著

作者簡介

于成我（1977～），男，漢族，山東平度人。本名于永森，自名於滄海，字成我，號負堂、否庵、復北。出身農民，曾爲化工廠一線車間工人7年。2010年畢業於山東師範大學，獲文學博士學位，曾任教於寧夏師範學院文學院，現爲聊城大學外國語學院副教授。能詩詞，爲中國中外文藝理論學會、中國韻文學會、中華詩詞學會會員；主要從事中國當代文論話語體系建構與古代文論與文學、傳統文化思想研究，尤於意境理論、王國維美學有深入研究，1998年以來提出並系統建構、闡釋了旨在突破、超越中國傳統文藝舊審美理想「意境」的「神味」說理論，爲二十世紀以後唯一具有中國「本土化」品性的新審美理想理論體系，並將理論普適性從詩歌延展到小說、雜文、戲劇、影視劇、漫畫等領域，得到學界高度評價。已出版學術專著《詩詞曲學談藝錄》、《聶紺弩舊體詩研究》、《〈漱玉詞〉評說》、《諸二十四詩品》、《稼軒詞選箋評》、《紅禪室詩詞叢話》，發表論文多篇；另撰有《元曲正義》、《論意境》、《論豪放》、《論「神味」——旨在超越「意境」的新審美理想理論體系建構與闡釋》、《論語我說》、《王國維〈人間詞話〉評說》、《王之渙詩歌研究》、《張若虛〈春江花月夜〉研究》、《否庵舊體詩集》等未版著作10餘種。《中國美學三十年》（副主編，撰寫古代美學部份30萬字）獲山東省第六屆劉勰文藝評論獎（著作類，2011年）、山東省文化藝術科學優秀成果獎一等獎（著作類，2011年），入選第三屆「三個一百」原創圖書出版工程（人文社科類，2011年）；《詩詞曲學談藝錄》獲寧夏第十二屆社會科學優秀成果獎二等獎（著作類，2014年）；舊體詩創作與評論獲第二屆聶紺弩詩詞獎（2015）。

提　要

「豪放」是中國古代文論、美學的重要範疇，具有深厚久遠的社會歷史基礎和文化意蘊，富有不斷創新的內在思想精神，是中國古代最具有主體性精神的文論、美學範疇。有關「豪放」的研究一般局限在詞學的狹隘領域之內，而本書則是全面、系統、繼承性研究「豪放」的首部學術專著，不但突破了詞學的狹隘範圍，而且貫穿了文化思想、文學（含所有文體）、藝術的廣泛領域，並凸顯了「豪放」的思想精神品性。

本書係在作者博士學位論文的基礎上修訂而成，並增寫了有關「豪放」審美意蘊的一章。全書涉及的理論問題眾多，主要有：（1）「豪放」範疇的義界、生成和內涵的研究；（2）「豪放」在文藝中的表現及其美學風格特點的探討和闡釋；（3）「豪放」與「中和」、「崇高」、「壯美」和「浪漫」等範疇的同異之辨正；（4）「豪放」從先秦到當代的形成與嬗變的宏闊的歷史考察；（5）「豪放」的根本思想精神、哲學辯證法精神與詩學精神的研究和闡釋；（6）「豪放」的審美意蘊的分析和闡釋；（7）「豪放」相關的重要理論問題辨正，主要涉及「豪放」和「婉約」、「豪放」與「本色」及「豪放」對於詩詞曲體制演變的作用等六大理論問題的研究；（8）「豪放」在思想精神層次和壯美風格層次對於中國未來民族審美意識和文藝發展的重要意義的闡釋；等等。

本書所論「豪放」範疇及其所具有的思想精神，乃作者所提出、建構、闡釋的意在突破、超越中國傳統文藝舊審美理想「意境」的「神味」說新審美理想理論體系的核心思想精神，爲「神味」說理論體系建構的「三論」（《論豪放》、《論意境》、《論「神味」》）的重要組成部份。

目次

上冊

中　冊

下　冊

導言

本書的主要內容，乃是對於「豪放」美學範疇的全面系統的探討、研究和闡釋。以「豪放」範疇爲研究、闡釋對象的學術工作，是從屬於筆者旨在突破、超越中國傳統文藝舊審美理想理論體系「意境」理論而探索、提出並系統建構、闡釋、延展的新審美理想理論體系「神味」說理論的整個學術活動的，是這個學術活動中必不可少的一個環節、過程——雖然本書對於「豪放」的研究是按照純粹的美學範疇研究的理路、形態來進行的，但「豪放」在根本上從來都是一種思想精神（而不僅僅局限於風格論的層次），本書對於「豪放」思想精神的研究及此一範疇的其他方面，無不都最終指向「神味」說理論，而爲「神味」說理論體系的建構服務。從事這樣一個原創性理論建構的學術活動，又是與筆者對於二十世紀以來中國文論「西化」嚴重而基於「本土化」品性的「原創性」理論極其缺乏的態勢的憂慮分不開的。〔註 1〕如何在批判地繼承本國、本民族的傳統文化思想的基礎上創新我們的文化思想，弘揚中華民族「深閎偉美、大氣磅礴」〔註 2〕的民族意識、民族風格、民族姿態、民族魅力，最終在文化思想、學術、文論（美學）等領域創造糅合

〔註 1〕「神味」說詩學理論開始是以對二十世紀九十年代以來新詩困境的探索爲切入角度的，但整個理論體系並不局限於詩學，而廣泛貫徹到了所有文體領域。也正是由於此種原因，本書關於「豪放」的研究就不單單體現爲詩詞曲學的狹隘領域，做爲一種精神，它還將爲「神味」說理論中所蘊含的文化思想創新（這種創新的根本目的是突破、超越中國傳統文化思想的最高境界，以創構新的文化思想）奠定一個良好基礎。相關情況本書《後記》略作交代，可參看。

〔註 2〕此爲筆者「神味」說理論的最高風格境界（詳見拙著《詩詞曲學談藝錄》，齊魯書社，2011 年版，第 429 頁），亦即中華民族理想審美意識所呈現的一種最高風格境界。

了民族、時代、社會、個性等方面特色的具有「原創性」品性、「本土化」徵態的理論體系，在現當代整個人類文明的世界語境中確立我們的理論、思想「話語權」，是這個時代賦予我們每個國人的、也是繞不過去的根本任務。本書以「豪放」範疇爲研究對象所作的工作，即是秉承上述理念在中國文論領域的一個實踐，也是一個以「將有限（或局部）最佳化」爲主的、根本有別於中國傳統文化思想「以有限追求無限」爲主的根本思維方式〔註 3〕的具體體現與實踐個案。採用上述學術理念來進行的「豪放」研究與闡釋，就注定是與學界對於範疇的研究的慣常做法是根本不同的。

第一節　中西文論視野中的古代文論及範疇研究

一、中國古代文論及範疇研究面臨的境遇

中國古代文論是中國古代輝煌燦爛的文化和文學藝術的理論總結，它在中國古代文化和世界文化、世界文論中佔有獨特而重要的地位。近百年來中國的社會歷史發生了天翻地覆的變化，由於種種原因，現代文化、現代文學藝術和現代學術研究在很大程度上與傳統之間出現了「斷層」。如果說在文學藝術方面還因爲社會實踐的關係，而不可能完全借鑒、複製西方而失去了自己的特色，那麼在文學理論研究的領域之內，我們在很大程度上則是一路跟隨著對於西方文學理論的引進和研究過來的，在很大程度上迷失了自己的特色，也逐漸喪失了我們在世界視域中的「話語權」。二十世紀九十年代，曹順慶提出了中國文論「失語症」和「重建中國文論話語」的話題，指出在中國現當代文壇上「我們患上了嚴重的失語症。我們根本沒有一套自己的文論話語，一套自己特有的表達、溝通、解讀的學術規則」〔註 4〕，引起了學界廣泛的關注和討論。正是在這種形勢下，傳統文藝學、美學思想的「現代轉型」成爲這段時期學界討論的熱點問題。其實對於中國文化思想吸收西方文化思

〔註 3〕根本思維方式以「將有限（或局部）最佳化」或以「以有限追求無限」爲主，是筆者創構的新審美理想理論體系「神味」說理論與中國傳統文藝舊審美理想理論體系「意境」理論的根本區別之一（參見拙著《詩詞曲學談藝錄》，齊魯書社，2011 年版，第 105 頁；《諸二十四詩品》，陽光出版社，2014 年版，第 54～55 頁）。

〔註 4〕曹順慶：《中外比較文論研究的基本目標與重建中國文論話語》，見錢中文、杜書瀛、暢廣元主編《中國古代文論的現代轉換》，陝西師範大學出版社，1997 年版，第 317 頁。

想的問題，陳寅恪早在《馮友蘭中國哲學史下冊審查報告》中就已指出：「竊疑中國自今日以後，即使能忠實輸入北美或東歐之思想，其結局當亦等於玄奘唯識之學，在吾國思想史上，既不能居最高之地位，且亦終歸於歇絕者。其眞能於思想上自成系統，有所創獲者，必須一方面吸收輸入外來之學說，一方面不忘本來民族之地位。此二種相反而適相成之態度，乃道教之眞精神，新儒家之舊途徑，而二千年吾民族與他民族思想接觸史之所昭示者也。」〔註 5〕而中國現當代美學和文論的發展態勢，有的學者也曾有直言不諱的探討，如陳炎認爲：

> 中國美學和文論在 20 世紀的發展中所遇到的問題不外乎兩個：一個是「失範」，一個是「失語」。……當我們發現了中國古代美學思想和文論主張「失範」的缺陷之後，便力圖在西方美學和文論的引導下建立自己的規範，其方法無外乎兩種。一種是將西方美學和文論的範疇原封不動地移植過來，然後再加以改造；一種是對中國古代美學思想和文論範疇進行梳理，使其能夠被納入西方學術的體系。然而，正當這種努力獲得部份的成功之後，人們卻突然發現，中國的美學和文論學者已經不會、或至少不會在原來的意義上使用自己民族的語言，而只會鸚鵡學舌地操練著西方的術語了。換言之，當我們剛剛解決了「失範」的問題之後，「失語」的問題卻又

〔註 5〕陳寅恪：《金明館叢稿二編》，三聯書店，2001 年版，第 284～285 頁。筆者認爲，陳寅恪先生相反相成的觀念仍然偏於保守，未必全對。因爲對於中國這樣一個地域相對獨立而廣闊的國家來說，本身即具備了孕育多種思想資源的可能，因此建立新的思想精神，不一定要借助於外來思想，而完全可以充分利用、發展我們自身的本土資源，創造「本土化」爲根本特徵的思想精神或理論體系（當然也可以借鑒外來思想資源）。即國人應該具有或樹立這樣一種根本意識：立足於我們自己的「本土」資源本身，也可以創造超過中國古代和西方古代以迄現當代的「本土化」思想精神或理論體系。而且從中國古代儒、道、釋爲主要格局的傳統文化思想來看，外來的佛教思想雖然曾一度極大地影響了中國社會歷史的進程，但從中國古代的整個社會歷史發展而言，佛教思想尚不是最根本的思想因素，即不能將「中國化」完全視爲進步性因素，而要根據其實際的效應來進行價值判斷。實際上，佛教作爲外來思想對於中國古代社會歷史發展在整體上是「負面」的，即聯手「道」家，從根本上不斷對中華民族的思想、審美意識進行「柔化」、「弱化」，也深刻影響了儒家（如宋明理學中的「心學」）。總之，即使是借鑒外來思想資源，但若不在根本上以中華民族尤其是社會下層的整體利益爲底線而進行「中國話」，則一定是失敗的。

不期而遇地冒了出來。而這一問題絕不僅僅是一種民族自尊心的傷害，更重要的是那種外來的、或借助外來方式改造過的術語並不足以解釋我們民族自身的審美經驗和藝術問題。於是，美學也好，文論也罷，最後只成爲同行學者討論的話題，對具體的審美活動和藝術實踐並無助益。〔註 6〕

可見，問題是十分嚴重的。「鸚鵡學舌」，這對於二十世紀以來的中國現當代文論、美學來說，情何以堪！譚好哲也指出：

作爲一個獨立的理論學科，美學在中國已有了整整一個世紀的發展歷程。百年時間不可謂短，然而迄今爲止，中國的美學研究從基本觀念、概念範疇到體系構架，卻基本上依然是從西方輸入過來的；只是從作爲印證觀點的部份藝術實例和少量中國美學思想史研究中，才讓人依稀感覺到一點民族化的徵象和痕跡。……應該說，如果我們繼續因循先前的研究思路做一種慣性運動，繼續追隨在西方學者後面鸚鵡學舌，做學術上的二道販子，從而把學術領域裏的全球化語境理解爲並實際地弄成單向的西化取捨與被動模仿，美學研究的民族化就眞的可能成爲一個水月鏡花的幻象。〔註 7〕

「鸚鵡學舌」、「學術上的二道販子」，這種嚴峻而尷尬的態勢，實在令我們近百年來的文論和美學研究汗顏。在民族文化思想的高度上認識和發展具有中國民族特色的理論成果乃至理論體系，無疑是擺在新世紀中國美學和文論研究學者面前一個繞不過的重大問題。我們如果不對中國傳統的美學和文論遺產加以重視並發揚之〔註 8〕，那麼就會發生十分嚴重的後果：一是將來我們對傳統無知，一是西方卻對我們的美學和文化有所瞭解並吸收其中的長處，爲己所用，造成了像中國的許多文化藝術珍品在西方的結果，後人只能從西方的博物館裏欣賞到，來做一些間接的研究。這兩種後果，都是我們所不願看到的。全球化的社會發展潮流，也要求我們必須在世界的美學和文論盛會中擁有一席之地，在世界各民族文化的交響樂中擁有自己的聲音。社會歷史的

〔註 6〕陳炎：《走出「失範」與「失語」的中國美學和文論》，載《文學評論》2004年第 2 期。

〔註 7〕譚好哲：《美學民族化與本土性問題的叩問》，汝信、曾繁仁主編《中國美學年鑒（2001 年）》，河南人民出版社，2003 年版，第 56、59 頁。

〔註 8〕發揚的前提是對傳統的「批判」，只有貫徹根本的「批判」思維，才能眞正吸收傳統之長，而不是保守、僵化地以維護、繼承傳統的名義發展傳統。

發展最終的結晶是文化，而審美意識則在文化中佔有十分重要的地位，如果我們中華民族在世界文化發展的大潮中失去自己應用的位置，那麼將來中華民族發展的歷史就會是一個徹底的悲劇。綜觀世界文論研究、中國美學研究和中國文論研究的一般原理和全局性發展的要求，我們必須清醒地認識到中國古代文論及美學範疇研究當下所面臨的眞實境遇，並有所作爲：

第一，擺脫純粹引進和研究西方文論的近視做法，從中國本身的優勢和特點出發，以建立中國（東方）美學爲我們總的目標。這個問題，是關係到中國古代文化和古代文論出路的關鍵，是中國古代文論以自己獨有的特色獨立於世界文論之林的先決條件、必要條件。近年來不少學者都從這個角度認識到了其重要性，例如陳炎認爲：

> 過去，我們總是覺得邏輯嚴謹的西方概念有著無往而不勝的學術優勢。現在，人們似乎發現，越是清晰的概念、嚴謹的邏輯，就越是與「表現性符號」有著巨大的差距，就越是難以趨近人類複雜的審美情感。因此，與西方美學不同，中國人一開始便不去探討抽象的「美的本質」，而採取一種「以詩論詩」的靈活態度，用一種雖不嚴謹但卻貼切的語言形容之、描述之。這樣做的目的，並不是要得到一種準確無誤而又一勞永逸的邏輯命題，而是讓人們在「得意忘言」的過程中去體悟藝術、情感和美的奧秘……或許，這種體悟方式不僅更近於東方的智慧，而且更近於美學的應有之義。只有在這一意義上，我們才能夠理解，爲什麼在詞源學研究上有著很深造詣的海德格爾，在其晚年卻需要借助荷爾德林的詩句和梵·高的繪畫來表達自己對於存在和藝術的體悟；只有在這一意義上，我們才能夠理解，爲什麼曾經翻譯過康德《判斷力批判》的宗白華，在其晚年卻要通過詩意化的《美學散步》而去追尋中國文化的美學奧秘；只有在這一意義上，我們才能重新對東方古代那些並不嚴謹但卻韻味十足的審美範疇加以利用；也只有在這一意義上，我們才能夠建立起眞正意義上的「東方美學」。
>
> 總之，美學作爲一門具有普世意義的人文學科，應該具有與其他學科所不同的獨特的話語系統和言說方式。這種獨特的話語系統和言說方式既不應該以實證爲指南、以歸納爲工具，也不應該以命題爲指歸、以邏輯爲依據，而應該注重啓迪人們「得意忘言」的悟

性智慧，借助語言而超越語言，以探索人類無限豐富的情感類型和精神世界。〔註 9〕

這可以說是當代美學和文論研究的一個基本思路，也是一個宏偉的理想目標。這樣一個宏偉目標，是建立在對傳統文化和美學深入研究的基礎之上的，也是建立在我們對它的一種民族自信心的基礎之上的。作爲唯一保存到今天的古代四大文明古國的中華文明，其五千多年的發展演變史已經證明，它必然具有一種內在的特長和優勢。〔註 10〕「將美學的民族化追求與全球性視野有機地結合起來，基本上已經成爲美學界的共識。」「任何有價值的、對世界學術有所貢獻的理論話語，都是富有民族特性的」〔註 11〕，充分發揮、挖掘中國古代文論的底蘊和精神，無疑是建立現代東方美學的最重要的基礎，也是我們賴以獨立於世界文論的寶貴基礎和無盡資源。而這，就將有賴於深入地研究中國古代文論，其中最基本的也是首要的一步，則是中國古代文論範疇的研究。筆者研究「豪放」，其基本考慮乃實在於此、出於此，乃實是欲於此宏偉的目標做點增磚添瓦的工作。

第二，在確立了總體的宏偉目標之後，在民族化的基礎上，中國古代文論研究還面臨著現代化轉換的問題，民族化的問題，其實質乃在於能夠與時俱進，吸收中國古代文論的精髓，並創造性地添加上時代的內容，展現出並進入到一個新的境界。如楊星映提出了中國古代文論範疇轉化爲現代文藝學理論範疇的兩種方式「直接借用」和「間接溶入」，「直接借用即成爲某些章節、層次的題目與核心內容，成爲體系結構中的某些鏈條與環節。間接溶入則是作爲思維的方法與論證的材料，與體系中原有的觀點、材料相結合。間接溶入，一是借鑒古代文論範疇的內涵，並按照今天的需要加以改造，例如講風格，注重描述文體和作家風格的特點，講鑒賞的心理特徵，注重體味等等；二是將古文論範疇與西方文論、中國當代文論範疇的內涵有機地融合在一起，例如分析文學作品本文的多層次結構，既可運用西方的觀點，又可以中國古代文論的範疇來說明，將其分爲『言』、『象』、『意』三個層面。」〔註 12〕

〔註 9〕汝信、曾繁仁主編：《中國美學年鑒（2001 年）》，河南人民出版社，2003 年版，第 69～70 頁。

〔註 10〕對於此點，錢穆《國史大綱》一書頗有論釋，可參看。

〔註 11〕汝信、曾繁仁主編：《中國美學年鑒（2001 年）》，河南人民出版社，2003 年版，第 58、57 頁。

〔註 12〕楊星映：《古代文論範疇溶入當代文藝學的探索》，載《重慶師院學報（哲社這種方法是切實可行的。黨聖元也認為，「研究傳統文論範疇體系，不得不先認識傳統文論範疇之特點和理論形態。範疇是思維的基本形式，思維對象和思維方式與範疇所詮指的對象及其所用的理論審視方式是一致的。」〔註 13〕這裡所說的體系研究，是比範疇研究更為嚴重宏大的工作，也是中國古代文論研究水平和成果的一個最重要的體現。但是，這還不是中國古代文論研究的基礎工作。例如對範疇的研究，就是更為基礎和重要的「細節」性工作。從某種意義上說，「細節」關係著美學研究的最終境界，甚至關係著美學研究的成敗，不但美學研究需要若干文論範圍之內的一系列「細節」，以重構符合歷史眞實的文論話語和體系，而且美學研究的特點也要求必須重視審美的「細節」，從「細節」出發進行建構——這種建構包含著對中國古代美學的全新闡釋，不但在宗白華的《美學散步》和《藝境》等書中成功實現，就是新時期以來如李澤厚的《美的歷程》，也為我們提供了很好的參照。美學作為密切聯繫著文學藝術的學科，不可能在單純思辨和抽象的層次上進行黑格爾式的哲學論證，它必須是活生生的豐富而感性的審美體驗與富有人生、哲學的形上意味等多重因質的綜合。只有這樣，中國古代美學才能在現代找到出路，開闢新的境界。而美學範疇作為美學史和文論史上一個個閃光的里程碑式的「細節」，它們本身具有非常豐富的內涵，對於它們的研究，可以說是一項基礎性的工作，也是最為重要的一項工作。正是在這個意義上，周揚才說：「在美學上，中國古代形成了一套自己的範疇、概念和思想，如比興、文與道、文與情、形神、意境、情景、韻味、陽剛之美、陰柔之美等等。我們應該對這些範疇、概念和思想作出科學的解釋。」〔註 14〕可以說，無論是繼承中國古代美學的精華，還是開創中國現代美學的新局面，範疇研究都具有不可替代的作用，「古代文論的體系研究，特別是範疇體系研究，對於古代文論的現代轉換來說是意義重大的。……要創建具有中國特色的當代文藝學範疇體系，古代文論範疇體系研究這個作為前提的環節也是不能跳越的。」〔註 15〕只有抓住重點範疇，才能提綱挈領，眞正理解中國古代美學的實質精

版）》1998 年第 4 期。

〔註 13〕黨聖元：《中國古代文論的範疇和體系》，載《文學評論》1997 年第 1 期。

〔註 14〕周揚：《關於建立與現代科學水平相適應的馬克思主義的中國美學體系和整理美學遺產問題，載《美學）1981 年第 3 期。

〔註 15〕楊星映：《古代文論範疇溶入當代文藝學的探索》，載《重慶師院學報哲社版》1998 年第 4 期。

神，並在此基礎上以新的審美理想爲指引，建立起獨具特色的中國現代美學理論或思想體系。

二、中國古代文論範疇的一般特點及研究方法、思路

（一）中國古代文論範疇的一般特點

蒲震元在論述中國古代文論思想體系時認爲，「專題深入，系統揭示一批重要範疇（包括這些重要範疇所蘊含的文藝思想或理論體系）的豐富內涵與發展脈絡」〔註 16〕，是一項相當重要的「拓展與深化」工作，由此可見範疇研究的重要性。要研究好「豪放」這個美學範疇，最基本的一步工作是要充分瞭解中國古代文論範疇的一般特點。「範疇是中國美學的靈魂」，「由於中國人是感悟點評式地發表思想，而不是系統完整地表達思想，所以在中國人的思想理論中，範疇（概念）往往是最重要的，理論的全部內涵往往就寄託在範疇之中。範疇也就成了理論的靈魂，而不僅僅是理論的標簽。縱觀中國美學史，不難印證這一點。從《易經》的『意象』論，到玄學的『形神』論，王漁洋的『神韻』學說，再到王國維的『意境』學說，整個美學歷程中，貫穿著的是一系列的範疇：象、意、形、神、韻、妙、境、意象、神韻、風韻、意境等等。……理論一旦抽離了這些範疇，理論就精髓不存，血脈全無。所以，立範疇對於中國美學來說是非常重要的，無論是巨著專論，還是語錄點評，只要範疇一立，精髓便立。」〔註 17〕而要研究中國古代文論範疇，我們必須對中國古代文論範疇的特點有一個很好的認識，這是因爲，中國古代文論及中國古代文論範疇，有著不同於西方思維方式、表現方式等方面的若干獨特的特點。黨聖元曾總結了中國古代文論範疇的四個特點：「在理論指向和詮釋方面具有多功能性」、「相互滲透、相互溝通……交融互攝、旁通統貫、相浹相洽」、「具有較廣的內容涵蓋面和闡釋界域，因此衍生性極強，一個核心範疇往往可以派生出一系列子範疇，子範疇再導引出下一級範疇，範疇衍生概念，概念派生命題，生生不已，乃至無窮」、「傳統文論範疇藝術審美活動的理論思維在思辨分析和闡釋的方法上力求使思維主體逼近、滲入思維對象，並且運用與思維對象相同的審美——藝術思維方式來審視、領悟、體驗對象，從而使這種理論觀照的結果本身亦具有一定的美感意蘊，具有一定的

〔註 16〕蒲震元：《從範疇研究到體系研究》，載《文藝研究》1997 年第 2 期。
〔註 17〕程琦琳：《論中國美學範疇網絡體系》，載《江海學刊》1997 年第 5 期。

情感性、意象性、虛涵性，這也就使傳統文學理論批評中的許多涉及藝術審美活動及美感經驗的術語、命題、概念、範疇本身即審美化、藝術化，耐人咀嚼尋味。」〔註 18〕汪湧豪也闡述說：

中國古代文論範疇極富原型意味……比之於西方以多元假設爲旨歸，以各各不同的範疇創設提攜起一個理論，它通常取一種推衍和發展原有基始性範疇和核心範疇的方式，範疇與範疇之間循環通釋，意義互決，形成一個互爲指涉，彼此滲透的動態體系。儘管少創新範疇，但基始性範疇和核心範疇在保持自身深厚意蘊和極強的概括力的同時，有極強的能產性和衍生力。就同一集群來說，由於基始性範疇或核心範疇牽衍能力強，即許多衍生範疇也頗有活性，它們彼此牽涉，在很大程度上實現了範疇的自由組合，如以「風骨」爲核心範疇的集群內，衍生出「氣骨」、「骨氣」、「骨力」、「骨體」等諸多範疇。而這些衍生出的範疇之間因意義關聯，彼此吸引牽衍，又可形成「氣力」、「風力」等新範疇。就集群與集群的關係來說，分屬於不同集群的核心範疇，因自身多具能產性和衍展能力，又可與另一意義相鄰的範疇集群中的某些範疇交合，構成新的範疇。如「氣」與「神」分別是一個範疇集群的核心，在它們統屬下展開的一系列後序範疇，從各個方面反映了創作主體生命本原到創作過程的內在規律等問題。但它們又能彼此投入，組合成「神氣」這個新的範疇。其他如「興味」、「神韻」、「趣味」、「俊逸」等範疇也是通過這種方式組合而成的，從其所涵括的意義來說，較之「興」、「味」、「神」、「韻」、「逸」，可能不是基元的、根本的，如果說這些單體範疇是「一級範疇」的話，那麼它們只不過是「二級範疇」。但一部中國古代文學理論批評的歷史證明，這些「二級範疇」及圍繞其展開的種種論述之於古代文學創作的制約、導引作用有多大，對古代文學、美學理論發展態勢的影響又有多麼深遠。

而正是由於範疇有很強的能產性和衍生力，它也因此具有很大的輻射面和覆蓋性。並且，它不拒斥後起的新思想，相反，吸納這種思想，正是其意蘊深厚和概括力強的標誌，所以，它能直接推動並誕育一系列新的範疇。這種新產生的範疇之於原範疇，可能是理

〔註 18〕黨聖元：《中國古代文論的範疇和體系》，載《文學評論》1997 年第 1 期。

> 論規範幅寬的增大，更多的是理論辨析能力的提高。當然，也包括對原範疇蘊藏著的可開發意義的進一步啓掘。它們不是否定前者，而是涵蓋、濃縮或超越前者，如「境」之於「象」，「逸」之於「神」，「興象」之於「興寄」，「意象」之於「興象」。因此，在外在形態上，它們可能構成一個序列，有先生與後出之區分；在內在意義上，後出範疇與原基始範疇之間存在統屬關係，又有上位與下位的不同。一個於中國古代文學理論批評有隔膜的人，會認爲他眼前經常晃動的是一套似新實舊，或似舊卻新的名詞，而實際是，這個動態的充滿衍生力和開放性的範疇系統，恰恰最大程度地說明了文學創作及批評所遭遇到的一切問題。
>
> 這種內在意義密切相關構成了範疇的連鎖性，而外在形態的前生後出，則構成範疇的序列化徵象。至於連鎖性和序列化之間的關係，當然是前者決定後者，後者豐富的形態生動地說明前者。古代文論範疇的統屬特徵正是在這兩者的交合作用中得以形成。〔註19〕

汪先生上述所論極爲精微，對於我們深入理解中國古代文論及其範疇的特點，是很有幫助的。這種統序，形成了黨聖元所說的「潛體系」〔註20〕，並得到了有關學者的認同。〔註21〕總的說來，簡而言之，中國古代文論及其範疇有著「直觀性」、「重感悟」、「潛體系」、「交叉性」、「包容性」、「強大的衍生性」、「思辨性與形象性相結合」〔註22〕、「多義性」、「模糊性」等特點，充分認識並理解這些特點，對於我們研究中國古代文論及其範疇，將起到不可估量的作用。我們研究「豪放」這一美學範疇，也將以此作爲基礎。

〔註19〕汪湧豪：《中國古代文論範疇的統序特徵》，載《文學評論》2000年第3期。

〔註20〕黨聖元：《中國古代文論範疇研究方法論管見》載《文藝研究》1996年第2期。

〔註21〕蒲震元：《從範疇研究到體系研究》，載《文藝研究》1997年第2期。

〔註22〕程琦琳《論中國美學範疇網絡體系》（載《江海學刊》1997年第5期）一文認爲：「中國美學範疇之所以成爲美學理論的靈魂，是由於範疇本身的意象性。意象性賦予範疇以道、器一體的內涵，使範疇不流於抽象和空洞，而是使範疇血肉精神俱全。」「因此說，中國美學（包括中國哲學）範疇是一種意象範疇，而不是抽象範疇。」這是非常正確的，同時，這種「意象性」又由於中國傳統哲學思想的灌注，而帶有極大的思辨性，這兩個特點，應該是中國古代美學範疇的本質特點。

（二）中國古代文論及範疇研究存在的問題、研究方法及思路

對於中國古代文論及範疇研究存在的一些問題，蒲震元認爲主要有這樣幾點：

> 在範疇研究向體系研究的拓展與深化中，當前也存在著一些帶傾向性的問題，其中有的問題，已爲一些學者所尖銳指出。而就筆者所知，則約爲兩端：一爲簡單比附與主觀臆測。袁行霈在《中國詩學通論·緒論》中談研究方法時，已經指出：「用現代人的一些概念比附古人的思想」，「把古人沒有的東西強加給古人，或者把原來並不系統的思想硬是系統化」，這種做法是不科學的。他當然也指出：「我們可以採用古人的某一概念結合當時的創作實際加以新的闡發，以構建我們自己的理論，但應說明這是我們自己借鑒了古人的理論而形成的自己的理論」。上述批評意見，是中肯而深刻的。
>
> 第二種傾向是以一般的資料梳理代替研究，造成低水平重複。範疇研究向體系研究深化、拓展，要求人們對範疇及體系都認眞作出研究，如雙方都無新認識，以一般性的資料拚接代替研究，則勢必出現無學術價值之重複，這實際上涉及學風問題，對實現古文論價值的現代轉型，當然也是不利的。〔註 23〕

第一個問題和研究者的學術態度及素質有關，那樣做其實已經違背了科學研究的精神，所以是極其不足取的。第二個問題則涉及到學術研究的科學前沿的問題，自覺地瞭解本學科領域的前沿問題，並在研究中力求全面瞭解前人已經研究到的深度和廣度，是每個研究者最基本的學術態度。蒲先生又說：

> 對古代文論或古代美學的研究，必須學愼始習，首先高度重視準確、詳細、全面地佔有各種原始材料，反對不顧史料進行主觀臆測，乃至憑空建構所謂「體系」；反對簡單比附，把現代人的思想強加給古人；避免重蹈「以中國古代文學的概念牽強附會西方的概念」，乃至「用某種公式剪裁中國文學批評史」（參閱蔡鍾翔、黃保眞、成復旺著《中國文學理論史·緒言》）的歷史錯誤。只有注意從大量可靠的材料出發，從第一手材料中引出結論，才能逐步達到對事物的規律性認識。

〔註 23〕 蒲震元：《從範疇研究到體系研究》，載《文藝研究》1997 年第 2 期。

憑空建構所謂「體系」，是過去古代文論研究常常出現的一個問題，雖然中國古代文論有著所謂的「潛體系」，但是這種「潛體系」畢竟不是很多，不可泛化。

除了這些問題以外，同時還要注意——首先，加強本身的文學藝術修養，以繼承中國古代文論家的優良傳統，加深對中國古代文論及範疇的領悟，這就對學者的自身素質提出了很高的要求。現在很多研究文學理論的學者，本身對於文學藝術感性的感覺和把握實在有限，研究詩詞的本身並不能作詩詞，不懂得詩詞的基本原理和藝術境界，缺乏一點靈性和悟性（相反，例如，宗白華的美學論文則做得很好），這樣搞研究，是和所研究的對象本身有著很大的隔膜的，必然要影響到對研究對象「精妙」之處的發現與認識。關於這一點，譚好哲的《重建馬克思主義文藝理論的實踐品性》〔註 24〕一文，有著極爲精彩的論述。其次，學者本身的研究心態也是很重要的，能否以開闊而公正客觀的眼光來審視所研究的問題，而不是像某些學者那樣，對於自己所研究的問題無限拔高其研究的對象及其價值和意義，這也是研究中國古代文論及其範疇很重要的一個素質。

蒲先生還肯定了從範疇入手研究中國古代文論的方法、思路，「改革開放以來，我國古代文論（或古代美學）研究中有一種值得注意的理論價值取向，即從微觀漸及於宏觀，從對概念、範疇的詮釋逐漸拓展、深入到對我國古代文論或美學思想體系的深層研究。有些新著，已經試圖通過揭示某些重要範疇的內涵、外延以及範疇間的有機聯繫，去完成對我國古代詩學體系、文學理論體系或美學思想體系的闡釋或整體把握。」他認爲，這樣做有著「符合中國文論思想體系構成的實際（即其客觀生成規律）」、「符合馬克思主義哲學揭示的人類認識論規律，即在社會實踐中人對事物的認識由表及裏、由此及彼、去蕪存菁、去僞存眞的思維發展規律」、「能避免僅僅止步於繁瑣考據、用現象羅列代替研究的舊式方法，又能避開不顧材料、主觀臆造體系之空想」三大優點，因此，他認爲研究範疇和中國古代文論的可行之路向是：「1、沿波討源，探索中國文論思想的民族特色與歷史根基。2、專題深入，系統揭示一批重要範疇（包括這些重要範疇所蘊含的文藝思想或理論體

〔註 24〕譚好哲：《重建馬克思主義文藝理論的實踐品性》，馬克思主義文藝理論中華化學術討論會暨全國馬列文論研究會第 24 屆年會論文，2007 年 10 月 21 日～23 日，聊城大學文學院承辦。

系）的豐富內涵與發展脈絡。3、鋪排對比，（從範疇的縱橫聯繫中）努力闡明中國詩學或文論思想的發展歷程與體系建構。」〔註 25〕應該說，這種觀點是可取的，盡力於是，庶將有成。而本書的研究思路，則基本上以第二種方案爲主線，兼及第一種和第三種方案，其最終目的，則是要通過對於富有中國民族特色美學範疇的研究整理，找到一種切實可行並符合現代社會發展的審美意識，從民族新的審美意識的重建的大方向力圖對新時代的文學藝術發生積極而有效的影響。關注並落實到現實上，是我們研究者的一個最終目的，我們應該切實地感覺到這種社會和歷史責任感。

第二節　「豪放」的選題緣起、研究綜述、研究方法及邏輯思路

一、「豪放」在中國古代美學中的地位及選題緣起

中國古代美學思想具有豐富的內容和鮮明的民族特色，而美學範疇是其中一個個亮麗的里程碑式的結晶點。範疇是人的思維對客觀事物普遍本質的概括和反映，是我們「認識世界過程中的一些小階段，是幫助我們認識和掌握自然現象之網的網上紐結。」〔註 26〕美學範疇則是美學思想和研究領域凝結而成並得到具體運用的範疇，「一般來說，美學範疇主要是指對人類的審美活動及審美意識和審美觀念的集中總結和反映，它具有一定的普遍性和概括性，而且被大多數美學家所使用，是對人類審美活動的最一般的規定。從美學史發展的整體過程來看，任何一個新的美學範疇的產生，都在理論上和實踐上產生了雙重的推動作用。作爲理論探討來說，美學範疇的產生則深化了美學理論的研究，而從藝術創作的實踐來看，一方面它反映了藝術創作中的基本追求，另一方面，由於理論思考總具有超前性，所以，一個新的範疇卻代表著一種新的審美導向，表明了一個時期一種新的藝術和審美的發展趨向。」〔註 27〕因此，範疇研究對於美學研究而言，具有特別重要的意義，「以範疇、概念、術語爲中心的美學史研究方法，在美學史研究中也是一種重要的方法……範疇研究方法從美學發展史上的主要概念和範疇入手，重視它們

〔註 25〕蒲震元：《從範疇研究到體系研究》，載《文藝研究》1997 年第 2 期。
〔註 26〕《列寧全集》第 38 卷《哲學筆記》，人民出版社，1956 年版，第 90 頁。
〔註 27〕姚君喜：《西方崇高美學》，甘肅人民出版社，2002 年版，第 19、43 頁。

在美學發展史上的作用和意義，以範疇、概念和術語本身發展所形成的體系來考察美學思想的發展流程。範疇研究有利於把握美學思想發展中的基本問題，從而可在這些思想的發展中揭示出美學思想發展的內在邏輯。」〔註 28〕作爲一個具有中國民族特色和中國傳統文化特色的審美範疇，「豪放」是人們日常生活中比較熟悉的一個語辭，它在中國古代的美學體系中佔有重要地位。在我們的心目中，「豪放」代表了一種十分可貴的品格，那就是積極進步的社會現實色彩和「天行健，君子以自強不息」(《易‧乾卦‧象傳》) 的豪邁、雄壯的陽剛之美，無拘無束、豪放不羈的精神意態和人生追求。不論是超逸豪曠、逸出塵想的魏晉士人心態和精神風貌，盛唐壯闊豪雄、開放絢麗的歷史與個性的交響，還是宋詞中的豪放派，如蘇東坡、辛棄疾等具有代表性的大詞人，都給我們留下了深刻的印象。雖然在文學理論中「豪放」這一範疇的語辭形態最初出現於唐末司空圖的《二十四詩品》〔註 29〕，但是在一般人的印象中，對於「豪放」的理解，卻是伴隨著從小時候就已經熟悉的宋詞的誦讀和俠義小說的閱讀開始的。「豪放」這一美學品格薰浸在我們的血液裏，與我們對中國傳統文化及其精神、意蘊的理解交織在一起，成爲中國傳統文化素養不可分割的一部份。實際上「豪放」作爲一種美學品格和風貌，是和中國傳統文化相終始的，直到今天它還極其重要，具有非常大的現實意義，發揮著它應有的作用。周汝昌曾在《中華美學的民族特色——應編一部〈中華美學大辭典〉》一文裏急切而深情地說道：

> 在這部辭典裏，我們將能查到諸如下列的詞條——高華、韶秀、跌宕、瀟灑、閒雅、悲壯、俊逸、遒媚、鏗鏘、頓挫、舒卷、

〔註 28〕姚君喜：《西方崇高美學》，甘肅人民出版社，2002 年版，第 19、43 頁。

〔註 29〕拙著《詩詞曲學談藝錄》卷四第七則有云：「《二十四詩品》之作，清季以來向以爲唐人司空圖所撰，近年陳尚君、汪湧豪發論疑之，震動學界，與論者頗眾，至今意見猶未甚定，或從或否。馬茂軍、張海沙則以爲此乃唐人李嗣眞所作，云李嗣眞撰有《詩品》一書，唐宋舊籍頗有載之者，其論是也。《二十四詩品》多畫境，亦合李氏畫家之實；又多不易解者，司空圖之歌詩並無如李長吉之晦澀，而畫家不得文字之助，思力往往入於可解不可解之恍惚冥漠之會，又甚合也。無論爲誰，皆無妨於此作爲唐代及其以前歌詩意境、風格之總結之定論。余續作時未見其論，故仍署司空圖而不易，亦無妨於爲之之初衷也。」（齊魯書社，2011 年版，第 332 頁）在李嗣眞說尚未取得學界壓倒性共識、古代有關於《二十四詩品》的研究、闡釋均以司空圖爲作者及作者問題並非本書研究側重點的情況下，爲統諧語境，本書姑且仍沿用司空圖說，並特此說明。

> 收放、擒縱、巨麗、眷靜、哀豔、婉約、豪放、朗潤、清暢、茂密、沉鬱、蒼勁、峻厲、沉著……無數的中華美學概念、藝術標品。〔註30〕

顯然，在中國美學的座標系裏，是應該有「豪放」的重要的一席的。童慶炳也指出：

> 值得注意的是，有不少古代文論的術語，根本不用特別「轉化」，就直接進入現代的文論話語體系中，舉其要者。如「比興」、「氣勢」、「氣象」、「養氣」、「陽剛」、「陰柔」、「含蓄」、「自然」、「自得」、「靈氣」、「胸襟」、「本色」、「童心」、「感悟」、「主旨」、「意象」、「性格」、「神似」、「形似」、「滋味」、「韻味」、「知音」、「品格」、「豪放」……這些本來是中國古代文論、藝論中的概念、術語自然而然地進入現代文論，成爲現代文論體系中的一部份，事實說明古代文論與現代文論是有通約性的。〔註31〕

「豪放」作爲一個文論概念、術語，很明顯地已經在兩位先生心裏深深紮下了根，這也更好地說明了「豪放」在中華美學的諸範疇中，是屬於很「中心」的範疇中的一個。而當代詩人、散文家周濤則乾脆宣稱：「我毫無疑問地崇尚豪放派，我只能被它感動、擊中，並且堅信這一脈精神乃是我們民族精神中最可貴、最偉大、最值得發揚的東西」〔註32〕，確實，這是毫無疑問的，若不體悟「豪放」及其思想精神，則就根本無法深入中國傳統文化和中國古代社會歷史的整個核心，當然也就無法眞正知悉其長短之處，因而也就無法在整體上根本推進中國未來文化思想的創新，實現中國社會歷史的「質變」，要知道，中國傳統文化可是世界歷史上最爲持久一貫因而也最爲頑固但卻最爲僵化、保守的文化思想形態，非「豪放」之力，不能穿透、突破、超越（筆者對中國傳統文化的若干思想、觀點已闡釋於《論語我說》等著作，在此不多關涉）。此外，李旭闡述了確定中國古代美學範疇的三個方面因素，並根據這些方面列出了他所認爲的中國古代美學的六十九個重要範疇，其中就有

〔註30〕周汝昌：《中華美學的民族特色——應編一部〈中華美學大辭典〉》，載《南京師範大學文學院學報》2002年第1期。

〔註31〕童慶炳：《再論中華古代文論研究的現代視野——兼與胡明、郭英德二位先生商榷》，載《中國文化研究》2003年第3期。

〔註32〕周濤：《我已經尋找過我自己——一次關於文學或詩的對話》，見《周濤散文（第二卷）》，東方出版中心，1998年版，第427頁。

「豪放」。〔註 33〕吳興明曾列舉了「許多論述詩意狀態的範疇，如『氣韻』、『風骨』、『情采』、『隱秀』、『滋味』、『神韻』、『境界』、『豪放』、『雄渾』、『自然』、『婉約』、『清麗』、『高古』、『纖穠』、『飄逸』、『言近旨遠』、『詞約義豐』、『不盡之意』、『韻外之致』等等，無不呈現一種鮮明訴諸審美直觀的意義把握，充滿了漢語語詞『象思維』的質感。」〔註 34〕其中也有「豪放」之一範疇。而從文獻資料上來看，中國古代直接涉及到「豪放」的典籍就有一百多種，中國傳統文化精神如老莊哲學、魏晉風度、盛唐姿態，中國古代文學藝術如唐詩宋詞元曲、小說中的俠義小說與武俠小說、書法中的草書和繪畫中的寫意畫，以及現實生活中泱泱中華文明古國傳承下來的豐富多彩的「酒文化」，其中「豪放」都是不能忽視也忽視不了的因素。這些因素都已經深深融入了中國文化的血脈精神，不可分割，也正顯示了「豪放」在中國文化和中國美學史上的重要地位。

推究起來，則「豪放」之一美學範疇，自積極進步的意義上而言，爲中國古代美學史上諸「壯美」系列範疇中最具個性、最具主體性精神，因而也是最具壯觀色彩和最具活力者。舊中國至宋代達到社會歷史發展的頂峰，此後中華民族即日見積弱，至於清末，頹風難改。究竟其根本，則源於民族審美意識的「柔化」，以積極進取、關注現實、大氣陽剛爲主色調的審美理想未得繼承發展之故。李澤厚曾指出：「魯迅說，讀中國書常常使人沉靜下來。我

〔註 33〕李旭：《關於中國古代美學範疇和範疇體系建構問題》，載《江西社會科學》2003 年第 5 期。李先生所列六十九個範疇爲：一、空性範疇（或曰思想格局範疇）：「文道（道藝）」、「虛實（隱顯）」、「形神」、「言意」、「文質（情采）」、「體格」、「義法」、「動靜」、「工拙（巧拙、天人）」、「雅俗」、「奇正」、「眞幻」、「剛柔」、「情志」、「情景」、「才學」、「通變」。二、實性範疇（或曰思想實質範疇）：（一）通理範疇：「道」、「氣」、「和」、「興」、「象」、「韻」、「味」、「神」「境」、「趣」。（二）學派範疇：「風教」、「溫柔敦厚」、「比興」（儒家）；「自然」、「大象無形」、「虛靜」（道家）；「禪意」、「不即不離」、「妙悟」（禪宗）。（三）時代範疇：「風骨」、「興象」、「平淡」、「格調」、「性靈（童心）」、「意境」。（四）戲劇小說：「結構」、「性格」、「曲盡人情」、「文法」。（五）交合衍生範疇：「氣韻」、「神韻」、「意象」、「興趣」、「神思」、「傳神（寫意）」、「感興」、「養氣」、「體味」。（六）其他：「狂」、「逸」、「發憤」、「刺」、「寄託」、「騷雅（風雅）」、「化工」、「渾厚」、「沉鬱頓挫」、「豪放」、「婉約」、「誠摯」、「纖靡」、「尖新」。當然，這些範疇還不能全面的包容中國古代美學的重要範疇，如「本色」、「清麗」、「曠達」、「雄渾」等等，而其中的「才學」，也很難說就是美學範疇。

〔註 34〕吳興明：《重建意義論的文學理論》，《文藝研究》2016 年第 3 期。

認爲……中國傳統思想中的人生最高境界的審美也具有這方面的嚴重缺陷。它缺乏足夠的衝突、慘厲和崇高（Sublime），一切都被消溶在靜觀平寧的超越之中。」〔註 35〕這種局面，到二十世紀初方有所改觀，「從梁啓超、王國維、蔡元培到魯迅，他們或呼喚新的審美理想，或痛恨舊的傳統觀念，但都尚未對舊的傳統思想作冷靜剖析和徹底的清掃，這個工作，由陳獨秀、李大釗完成了。『不塞不流，不止不行』，沒有這一步工夫，20 世紀新的審美理想不能最終確立。」〔註 36〕而在掃清舊的傳統觀念方面，當以陳獨秀最具代表性，他對以儒家爲代表的舊思想作了大力批判，在文學領域，其《文學革命論》對於新文學的建立起到了不可磨滅的歷史作用。在《今日之教育方針》一文中他從審美理想的高度，論及舊的審美理想對於新的社會環境及青年極不適合時說：

> 余每見吾國曾受教育之青年，手無縛雞之力，心無一夫之雄；白面纖腰，嫵媚若處子；畏寒怯熱，柔弱若病夫：以如此心身薄弱之國民，將何以任重而致遠乎？他日而爲政治家，焉能百折不回，冀其主張之貫徹也？他日而爲軍人，焉能戮力疆場，百戰不屈也？他日而爲宗教家，焉能投跡窮荒，守死善道也？他日而爲實業家，焉能思窮百藝，排萬難，冒萬險，乘風破浪，制勝萬里外也？紈絝子弟，遍於國中；樸茂青年，等諸麟鳳。欲以此角勝世界文明之猛獸，豈有濟乎？茫茫禹域，來日大難！〔註 37〕

〔註 35〕李澤厚：《中國古代思想史論》，人民出版社，1985 年版，第 321 頁。李先生此處所云「中國傳統思想中的人生最高境界」係指「天人合一」而言；魯迅對以「平和」爲主的此一境界的批評，本書第六章第三節有論。

〔註 36〕封孝倫：《二十世紀中國美學》，東北師範大學出版社，1997 年版，第 111 頁。封先生在書中認爲二十世紀初至建國前所建立的民族審美理想是「崇高」。

〔註 37〕《陳獨秀著作選》第一卷，上海人民出版社，1993 年版，第 140 頁。陳獨秀認爲，此情況的造成主要由於儒家定於一尊的思想專制，於當時開放進取的世界潮流更不適合，故於儒家思想批評甚力，如《再答常乃德》云：「孔學……自漢武以來，學尚一尊，百家廢黜，吾族聰明，因之錮蔽，流毒至今，未之能解；又孔子祖述儒說階級綱常之倫理，封鎖神州：斯二者，於近世自由平等之新思潮，顯相背馳，不於報章上詞而辟之，則人智不張，國力浸削，吾恐其敝將只有孔子而無中國也。即以國粹論，舊說九流並美，倘尚一尊，不獨神州學術，不放光輝，即孔學亦以獨尊之故，而日形衰落也。」（《陳獨秀著作選》第一冊，第 265 頁）錢穆《再論中國小說喜劇中之中國心情》亦云：「中國五千年來，甚少創新」，（見《百年經典文學評論》，長江文藝出版社，2004 年版，第 233 頁），雖言過其實，然總體上視之則極有道理。

鏜鞳大音，今猶貫耳，國人若不認眞思考此一問題並有所作爲，則中華民族「來日大難」的歷史時期，將是很漫長的。陳望衡也指出：

> 從總體上來看，中華文化是在推崇一種積極的陽剛的精神，《周易》將乾卦放在第一位，明顯地說明了這一點。乾卦的基本精神，是《象傳》所說的「天行健，君子以自強不息。」……中華文化總的傾向是崇陽戀陰，但由於多種原因，這種崇陽戀陰是不均衡的，其中，崇陽的一面不及戀陰的一面，因而中華文化在總體上又偏於陰柔。這是一種更多地偏向陰性的文化。……這種文化對中華美學有著深層次的全局性的影響。在中華審美文化中，體現陰柔品格的審美理想佔據主流的地位。……崇陽戀陰情結以及中華文化偏於陰柔的傾向，派生出重情、重韻、重隱、重曲的美學，一種相當女性化的美學。〔註38〕

可見，中華民族應當提倡、而且也需要一種積極的以陽剛剛健爲主的審美理想，「中華民族歷來有剛毅奮進的民族精神」〔註39〕，封建社會後期偏於陰柔柔弱的「優美」的審美理想，已經導致了中華民族在唐宋之後的每況愈下，也不利於中華民族在歷史長河中螺旋上升式的發展。審美理想深刻地影響和生發著一個民族的創造創新意識，然而時至今日，新的審美理想，卻始終未能得到眞正的重建。新的審美理想的重建，顯然學界負有很大的責任。肖小平以「意境」研究爲例，對中國古代美學研究的「單一取向」作了深刻的分析和批評，認爲「他們的研究似乎代表『大眾』，進而冀求引導人們通過體會、玄思達到一種『審美境界』，實現『人生的超越』。這也許是陶淵明的詩歌在這些研究中被屢屢提及的原因。但……這種單一理論取向很難回答現實中的重大問題，對實際生活難有前瞻視野，有時甚至給人的感覺還是沉浸在對『老死不相往來』的桃園生活的嚮往，而對新形勢下的轉型時期的複雜紛爭更多選擇退避。……人的審美意識應該包含多方面，而不僅僅是突出傳統文化中超脫、靜幻色彩。受此影響的語文教育似乎也以培養多愁

〔註38〕 陳望衡：《中國古典美學史》，武漢大學出版社，2007年版，第524～528頁。陳傳席《中國繪畫美學史》一書亦對中國古代後期趨於「柔」的審美意識提出了批評，認爲中國文藝應該發展一種闊大壯美的審美意識，本書第十章有論。

〔註39〕 王祥云：《老莊思想及儒道互補對中國文化精神的影響》，載《開封大學學報》2006年12月第20卷第4期。

善感的文人爲目的，有時過份渲染了宿命的色彩，不適當地誇大『悲劇』意識。目前中國社會中已出現了男性陰柔化，女性中性化傾向。」〔註 40〕學術研究不能陶醉在中國古代老莊藝術精神以「平淡」、「中和」、「平和」爲高的境界裏，而更需要一種深閎壯麗的富有主體創造創新精神的審美意識和美學境界，中華民族新的審美理想的重建，無疑極爲需要「豪放」的精神和美學風貌，這是由此一範疇的內涵、精神及其在歷史上的作用決定的，如豪放詞，它「自《敦煌曲子詞》時代以來，有著悠久的歷史，從文學的角度來看可以說反映了中華民族的精神、氣質和力量。尤其是，歷代表現愛國主題的豪放詞，在歷史長河中生動地反映了中華民族的思想火花和藝術風貌。即使其他題材的豪放詞，也從不同側面反映了中華詞人的情操和風華。在我國豐富的文化遺產寶庫中，豪放詞的主流無疑是體現中華民族精神文明的藝術品。」〔註 41〕如果超越詞學的視野而擴大到整個「豪放」的文學藝術和精神內涵，則「豪放」對於中華民族的貢獻，還要大得多。中國古代美學不是缺少創造新的審美理想的新質，而是缺少發現和一種基於當下時代際遇的「偉大」提升。

今天，中華民族正處於政治、經濟、文化等各個領域期待偉大復興的道路之上，建立一種新的以「壯美」爲主體方向和面貌的民族審美意識、審美理想，不但可行，而且是必須的。然而，在文學藝術研究的領域裏，針對中國古代美學的豐富遺產，很多人並未本著批判的眼光來研究和繼承之，舊的傳統思想還對新的民族審美理想的重建，有著不小的消極影響和阻礙。爲了在這偉大的時代爲新的民族審美理想做一點基本的工作，筆者選取了「豪放」這個最具個性和主體性精神，最具有關注社會生活、剛健積極的現實精神的美學範疇，來作爲研究的對象。筆者熱切希望通過這個工作，能給我們的時代帶來某種「啓示」。〔註 42〕

〔註 40〕肖小平：《試論當前「意境」研究中的單一取向》，載《宜賓學院學報》2008 年第 3 期。

〔註 41〕程觀林：《豪放詞說略》，載《徽州師專學報》1996 年 12 月第 10 卷第 5 期。

〔註 42〕筆者已經以「豪放」爲根本、核心思想精神，創構了旨在突破、超越中國傳統文藝舊審美理想「意境」理論的新審美理想理論體系「神味」說詩學理論（詳見《詩詞曲學談藝錄》、《元曲正義》、《聶紺弩舊體詩研究》、《諸二十四詩品》等已版著作），證明筆者本書所言理論創造的路徑是可行的。

二、「豪放」研究狀況綜述〔註 43〕

「豪放」作爲一個範疇或概念，不是首先出現於文學理論。正像其他中國文論的範疇一樣，它也是首先被用於品評人物，而後又進入文學理論的。但是作爲一種美學品格或形態，其形成必然是先具有內在的精神內核而後呈現爲外在的美學形態。〔註 44〕就「豪放」的本質精神而言，它其實早已經在文學作品中出現，如歷史上的「建安風骨」，就含有著某些豪放的因素，一部份作家的作品還體現出了鮮明的豪放色彩，如曹操、鮑照的詩歌。魏晉玄學爲「豪放」的初步發展提供了可能——這在本書後文相關章節，我們會詳細探討；而唐代以李、杜爲代表的豪放飄逸、沉鬱雄壯的詩歌，更是彰顯了「豪放」鮮明的美學特色。也唯其如此，在詩歌理論尤其注重「韻外之致」〔註 45〕（《司空表聖文集・與李生論詩書》）和「象外之象，景外之景」〔註 46〕（《司空表聖文集・與極浦書》）的司空圖那裡，其詩學專著《二十四詩品》就不能忽視這種美學品格，將「豪放」列爲一品，眞實地反映了「豪放」已經成爲一種重要美學品格的歷史事實。

此後，歷代文學家和文學理論家、批評家都對「豪放」作出了不同程度的關注，直到今天，由於宋詞、元曲作爲「一代之文學」的經典地位，仍然不能不經常涉及到「豪放」詞、曲，涉及到「豪放」問題。據不完全統計，古代涉及到「豪放」這一範疇的典籍有一百三四十種，這是一個相當可觀的數字，甚至比「意境」所涉及到的典籍還要多。「意境」理論是中國古代詩學的核心範疇和理論體系，它在古代典籍中出現的頻率雖然不是很多，但卻不會影響到它在中國古代詩學中的地位。這從一個側面說明了研究中國古代美學理論、美學體系和美學範疇，不能僅僅關注它們作爲一個概念或範疇出現

〔註 43〕本節除行文中有正式引文外，所涉著作或文章一律未加注釋，後文具體涉及時則均詳細注明。

〔註 44〕古今有關「豪放」的闡釋、研究主要基於「風格」論的層次——如王雙啓等選注《歷代豪放詞選・前言》說：「什麼是婉約？什麼是豪放？婉約與豪放，指由是詞的兩種不同的風格」（貴州人民出版社，1984 年版，第 2 頁），這是導致相關成果難以不斷有質的提升和系統整合、集成的根本原因，而只有從思想精神的根本層次去研究「豪放」範疇，才能達致上述效果。

〔註 45〕祖保泉、陶禮天箋校：《司空表聖詩文集箋校》，安徽大學出版社，2002 年版，第 194 頁。

〔註 46〕祖保泉、陶禮天箋校：《司空表聖詩文集箋校》，安徽大學出版社，2002 年版，第 215 頁。

的頻率，而是要實事求是地追根溯源，弄清楚其來龍去脈，這樣才能全面把握其理論內涵，正確評價其理論意義。事實上出現上述情況是和中國古代文論的特色密切相關的，這就是——比如說「意境」作爲一個範疇，是一個立體式的動態結構，它由「意」和「境」兩方面的因素組成，由這兩個元質性的因素可以衍生、組成很多分枝式的屬概念、次結構，例如「意趣」、「意態」、「境界」、「情境」等等，它們共同構成了「意境」最飽滿的內涵。「豪放」也是這樣，它是由「豪」和「放」兩個屬概念構成的，能和這兩個屬概念組合而形成新的範疇的概念也是非常多的。正因爲如此，所以作爲諸多概念、範疇核心層次的「豪放」，在中國古代詩學理論中出現的頻率，相對來說並不是很可觀，這和「意境」是一樣的。理解這一點，不論對於中國古代美學理論還是其範疇的研究，都是十分重要的。所以說研究「豪放」這樣一個範疇，如果僅僅是從文學甚至是詞的狹小範圍去著眼研究，僅僅關注這一範疇作爲一個語詞出現的頻率去研究它的話，是根本不能理解探究到其圓滿、豐富的內涵、特徵的。

在古代文論範圍內，對於「豪放」尚未有明確的研究意識，而僅僅是一種「闡述」的形態。自從司空圖《二十四詩品》把「豪放」列爲一品後，其後歷代文學理論家都對它有不同程度的關注和論述。尤其是宋詞中的「婉約」與「豪放」之爭，更一度鮮明地凸顯了「豪放」風格的美學特色。到了元代，隨著元曲的以「豪放」爲主要特徵和風格的確立，「婉約」、「豪放」之爭也就自然而然地沒有出現在這種新興詩歌與戲劇的混合體中，但是因爲詞這樣一種文體並沒有隨著曲的興起而消失，所以「婉約」和「豪放」的問題仍然被歷代文論家所關注、評價。明代張綖在《詩餘圖譜》一書中正式提出了詞分「婉約」、「豪放」的問題，這可以視爲「豪放」研究的正式開端。雖然他仍然認爲「婉約」才是詞的正宗，但是作爲其對立的一種風格，顯然也不可或缺，在某種程度上而言這也是對於「豪放」的一種肯定。清代是中國古代美學理論得到極大豐富和總結的時期，許多文論家對「豪放」有了進一步的認識，因而也就有許多合理的評價和闡解，如田同之《西圃詞說》和沈祥龍《論詞隨筆》，提出了「豪放」、「婉約」皆是本色的觀點。此外，孫聯奎《詩品臆說》、楊廷芝《廿四詩品淺解》等，也對「豪放」的內涵等方面做了闡述，已經開了「豪放」本體研究之端倪。

關於「豪放」，眞正富有學理意義上的研究始於近代。在二十世紀以來的近、現、當代，詞學、曲學成爲「顯學」，曾幾度得到較大的發展、興盛。近代以來，由於現代學術精神的闌入，對於中國古代詩、詞、曲的研究呈現出前所未有的局面，對於像李白、杜甫、辛棄疾、蘇軾、關漢卿等文學大家的研究越來越深入和全面，而「豪放」是其中必然要涉及的重要問題。如周春豔的碩士學位論文《論辛棄疾詞爲兩宋第一及辛詞作爲審美理想對於詞體的意義》，直接提出了辛詞爲兩宋詞的審美理想的問題，極具創新性，從作品的層次提高了「豪放」詞的地位和美學品格，對於「豪放」範疇的研究無疑具有重要借鑒意義。至於從文學研究的角度來研究、評價以蘇、辛爲代表的「豪放」詞及詞派，則自二十世紀尤其是建國以來，研究成果可謂不可勝計。劉尊明、王兆鵬二先生運用定量分析的方法，從二十世紀詞學研究及唐宋詞研究總成果、二十世紀唐宋詞研究成果的時代分佈、二十世紀唐五代詞人研究成果及二十世紀宋代詞人研究成果等角度分析了唐宋詞在二十世紀研究的整體狀況，從研究成果的總體來看，蘇、辛二人一爲第一位一爲第三位〔註 47〕，說明了人們對「豪放」的極大關注和積極肯定。任中敏的《散曲概論》一書，對於「豪放」在元曲中的主流和本色地位做了不容置疑的論述。李昌集的《中國古代散曲史》及《中國古代曲學史》兩書，對於「豪放」的曲學特色也論述頗精。總的說來，這些研究主要是在文學的意義上進行的，缺乏對於「豪放」作爲一個美學範疇本身的關注和研究。他們對「豪放」的研究只是在研究文學的時候涉及的一個既定範疇或概念，對於「豪放」的理解只是在一般意義上的層面來進行的，而對於「豪放」範疇本身的諸多問題，例如「豪放」的生成、內涵、特點等等問題，卻甚少涉及到，這樣一來，也就避免不了研究的未能深入和全面。而不解決「豪放」範疇本身的一些基本問題，就無法正確判斷其在詩學（包括詞學、曲學）領域之內的諸多理論問題，對於這些問題缺乏閎闊的視野，就不免會在價值判斷上出現各種偏差而不自覺。這個問題，正像環形賽場上賽跑的運動員一樣，如果我們不知道他們的起點在何處，就根本無法對他們做出正確的判斷。而這，正是對「豪放」的關注主要局限在詞、曲甚至是文學的範圍內的根本原因。長期以來，對於「豪放」的研究大多停留在零散而不系統的狀態之上，遠不能窺見「豪放」美學範疇的整體風采。對於「豪放」的精神風貌及與中國傳統文化密切相關的豐富的審

〔註 47〕劉尊明、王兆鵬：《本世紀唐宋詞研究的定量分析》，湖北大學學報（哲學社會科學版）1999 年 9 月第 26 卷第 5 期。

美意蘊，也從未得到系統而全面的研究、整理、挖掘、詮釋。

筆者通過查閱、檢索大量資料，根據力所能及所做工作的結果得知，他人目前尚無「豪放」美學範疇研究的學術專著或博士論文。對「豪放」這一範疇有意識進行專門性研究的，只有周明秀《論作爲詞學審美範疇的豪放》一篇論文，約四千字，並且是在詞學的範圍內進行的，她對於詞這一文體產生以前「豪放」這一美學範疇的狀況的研究，根本沒有涉及到。這篇文章係從其博士論文《詞學審美範疇研究》中抽析而成，其中第八章《豪放：變體風格論範疇之一》比較詳細地分析了「豪放」範疇形成的歷史，通過對「豪放」語辭意源上的追溯，到「豪放」作爲風格論範疇在詩歌中的運用，指出「豪放」作爲詞學批評的範疇其內涵初步形成於宋代，並梳理了宋代以後尤其是清代詞學批評家的諸多觀點，最後總結出了「豪放」範疇在不同層次和不同角度上的「意蘊」。然而綜觀其論，只是在歷代文論家對「豪放」的各種觀點上做了粗略的分析，對於「豪放」在近、現代的發展軌跡和理論研究則基本上沒有涉及，對於「豪放」範疇在元曲之中的地位及價値，「豪放」與相關範疇的比較，則全未涉及，這不能不說是一個很大的缺陷。而且，更爲嚴重的是，作者對於「豪放」的粗略梳理，不能從根本上發現「豪放」範疇的巨大價値和應有的歷史地位，未能在民族審美意識的高度上認識「豪放」，而只是把「豪放」作爲詞學審美範疇中的兩個變體範疇——「豪放」和「質實」——之一來加以分析，並且其博士論文通篇的架構也是在以「婉約」爲詞體的正體這樣一種認識之上來進行的。其論文相關結構爲：「第二章《詩餘：詞體發生論範疇》；第三章《正變：詞體源流論範疇》；第四章《本色：詞體正統觀念論範疇》；第五章《婉約：正體風格論範疇》；第六章《緣情：婉約詞內容特色範疇》；第七章《含蓄：詞體表現方法範疇》；第八章《豪放：變體風格論範疇之一》；第九章《質實：變體風格論範疇之二》；第十章《雅正：詞體規範論範疇》；第十一章《尊體：詞體價値論範疇》。」這個論文結構，十分明白地體現出了作者仍然是囿於以「婉約」爲詞的正體（或正宗、本色）的傳統詞學觀點，因此圍繞「婉約」這個中心範疇，系統研究了「詩餘」（筆者按：作者在《引言》中認爲，「『詞學範疇』，即古代詞論常用術語中那些反映詞的本質、特點、規律的基本概念。由於詞是美文學的形態，寫詞、讀詞（聽歌）的目的是獲得審美的愉悅，因而詞學範疇所認識、反映的詞的規律、特性說到底是詞的審美規律、審美特性。所以，『詞學審美範疇』與『詞學範疇』並無質的區別，它們是二位一體的、彼此等值的概念。」〔註 48〕這種觀點有待商榷，畢竟，「詞學範疇」和「詞學審美範疇」是不能等同的，前者的外延顯然大於後者。以「詩餘」而論，即非「詞學審美範疇」，而是屬於詞學文體範疇，「尊體」、「正變」範疇亦然，「緣情」則似乎連「詞學」範疇也談不上〔註 49〕）等範疇，其中「正變」、「本色」、「婉約」、「緣情」、「含蓄」、「質實」、「雅正」等範疇均爲「婉約」這一中心範疇的不同側面或反映，都與「豪放」形成了鮮明的對比，而不是交融，其中把「豪放」作爲兩種變體風格論範疇之一與「質實」相併列，且不說除了「質實」之外，還可以用這種方法找出一些足以與「豪放」並列的所謂變體範疇，更爲關鍵的是，作者的這種做法，無疑等於取消了宋詞中「豪放」和「婉約」對立的可能這樣一種地位，實際上也就是降低了「豪放」的地位，抹殺了「豪放」對於宋詞的巨大歷史貢獻。這種做法，其實也是違背了她在《提要》中所提出的「本文試圖在把握詞學審美範疇發展的邏輯線索的基礎上，對一些比較重要的範疇做出較爲全面、較爲細緻的研究」〔註 50〕的研究意圖，這不能不說是一種遺憾。本著這種觀念來研究詞學審美範疇或「豪放」，都是極爲偏頗的，甚至也不如清代詞學理論家對「豪放」和「婉約」一視同仁，認爲兩者都是詞的「本色」的觀點，因此，作者在論文第八章第五節《清代批評家的理論貢獻之一：徹底肯定「豪放」詞體存在的合理性》梳理了清代詞學家對「豪放」的評價之後，得出結論說：

以上諸論，實際上都圍繞一個核心展開，即證明豪放這種詞風存在的合理性。既然詞調的音樂風格有豪放與婉約之別；詞的題材

〔註 48〕周明秀：《詞學審美範疇研究》，華東師範大學博士論文（2003 年，導師方智範）。

〔註 49〕李旭在《關於中國古代美學範疇和範疇體系建構問題》（載《江西社會科學》2003 年第 5 期）一文中指出了確定中國古代美學範疇的三個方面的因素，「把這三方面結合起來，就可以得到『歷史與邏輯結合』地確立中國古代美學、文論範疇的具體操作原理。舉例來說，『韻』在中國古代美學、文論中是一個基本概念，可以確定爲範疇；而與它相關的『押韻』、『聲韻』、『韻律』等主要是表示一定的技巧和藝術方法，屬於術語」，顯然「正變」、「尊體」、「緣情」等語辭和「押韻」、「聲韻」、「韻律」的情況是相似的，基本上屬於概念、術語而非美學範疇，更不用說是審美範疇。而在此文中，李先生明確將「豪放」定爲他所認爲的中國古代美學具有代表性的六十九個範疇之一。

〔註 50〕周明秀：《詞學審美範疇研究》，華東師範大學博士論文（2003 年，導師方智範）。

> 內容有豪放與婉約之別；詞人的性情、襟抱、遭際等也有豪放與婉約之別，那麼，詞的文本的風格有豪放與婉約之別不是天經地義嗎？既然如此，還有什麼理由不給豪放詞一個充分肯定的正面評價？〔註 51〕

這個結論，恰恰是和她整篇論文的構思、結構及意圖相左的，在思想意識上也不如清代的詞學理論家爲客觀公正。因此，總的說來，其觀點並未超出古代傳統詞學的水平，甚至在某些地方還有所不如。

其次，雖非專門研究「豪放」這一美學範疇，然而在論述時涉及到了「豪放」某一方面的內容，這方面的研究成果有：周汝昌《中華美學的民族特色——應編一部〈中華美學大辭典〉》（筆者按：本部份所及文獻資料，在正文中均有正式引用或參考，並在注釋中注明，此處不一一作注釋出處）、童慶炳也在《再論中華古代文論研究的現代視野——兼與胡明、郭英德二位先生商榷》兩文，將「豪放」視爲中國古代美學的一個重要範疇給予了肯定。《司空圖〈詩品〉解說二種》（孫聯奎《詩品臆說》、楊廷芝《廿四詩品淺解》）、歐陽俊評注《豪放詞三百首》、彭會資主編《中國古典美學詞典》、艾治平《婉約詞派的流變》、周明秀《詞學審美範疇研究》、田耕滋《詞分豪放與婉約的詩學意義》、王明居《唐詩風格美新探》、《文學風格論》、《唐詩風格論》、《詩詞風格談——雋永　沉鬱　豪放》〔註 52〕、呂漠野《司空圖〈詩品〉釋論》、張少康《〈二十四詩品〉繹意（下）》、趙仁珪《論宋六家詞》、陸侃如和馮阮君《中國詩史》等著作和文章，對「豪放」的義界或內涵都或多或少作有解釋。張少康《〈二十四詩品〉繹意（下）》、呂漠野《司空圖〈詩品〉釋論》、王明居《詩詞風格談——雋永　沉鬱　豪放》、周嘉惠《唐詩宋詞通論》、胡遂《論蘇詞主氣》、楊信義《辛詞藝術風格獨特與多樣的統一》、楊旭升《詞「婉約」與「豪放」說略》、趙維江《稼軒詞與金源文化》、程民生《略論宋代地域文化》、張弘主編《懷素書法鑒賞》、葛景春《詩酒風流賦華章——唐詩與酒》、趙仁珪《論宋六家詞》、儀平策《中國美學文化闡釋》、田耕滋《詞分豪放與婉約的詩學意義》、丁淑梅《中國散曲文學的精神意脈》等著作和文

〔註 51〕周明秀：《詞學審美範疇研究》，華東師範大學博士論文（2003 年，導師方智範）。

〔註 52〕王明居上述著作、文章或已正式出版，或見之網絡，對於「豪放」的研究、闡釋多有重複，但整體上呈現爲逐步變化、豐富的態勢，本書根據具體情況對其研究成果加以引用。

章，對「豪放」的本體生成及主客觀原因和表現的實現等內容，都有所涉及。邵雍《觀物外篇》、陳廷焯《白雨齋詞話》、李大釗《動的生活與靜的生活》、余傳棚《唐宋詞流派研究》、繆鉞《論辛稼軒詞》、宗白華《美學散步》、周然毅《論中國美學範疇的邏輯發展》、張皓《中國美學範疇與傳統文化》等著作和文章，對「豪放」屬於「中和」之美，作有詳略不等的論述。李澤厚及汝信為名譽主編的《美學百科全書》、張國慶《中國美學對「雄偉」、「秀麗」的體系式研究》等著作和文章，對「豪放」與「壯美」的關係差異有所研究。蔡守湘主編《中國浪漫主義文學史》、周來祥《古代的美　近代的美　現代的美》、黑格爾《美學》（第三卷下冊）等著作，其對浪漫主義的研究對「豪放」與「浪漫」的比較較有借鑒意義。姚君喜《西方崇高美學》、李清華《豪放與崇高—論中西方兩種文學精神的文化內涵》、熊飛宇及岳曉莉《「崇高」在古代西方文論的演進》、陳偉《崇高論》、《梁宗岱文集》（批評卷）、康德《判斷力批判》、黑格爾《美學》（第二卷）、李澤厚及汝信為名譽主編的《美學百科全書》、周來詳《古代的美　近代的美　現代的美》、《宗白華講稿》等著作和文章，對「豪放」與「崇高」的問題多有涉及。丁淑梅《中國散曲文學的精神意脈》、周波《論狂狷美》、李昌集《中國古代散曲史》及《中國古代曲學史》、任中敏《詞曲通義》等著作及文章，對「豪放」的表現形態及表現方式，闡述較備。李澤厚《美學三書》、《魯迅雜文全集》（《摩羅詩力說》）、繆鉞《論辛稼軒詞》等文章，對「豪放」的社會歷史文化基礎「儒道互補」提供了依據。任繼愈主編《中國哲學發展史》（先秦卷）、張皓《中國美學範疇與傳統文化》等著作，關於辯證法的內容，為「豪放」是一種更高級的「中和」境界，提供了支持。張國慶《儒、道美學與文化》、吳兆路《沈德潛「溫柔敦厚」說新解》、《儒佛道與傳統文化》、錢鍾書《詩可以怨》、《魯迅雜文全集》（《摩羅詩力說》）、陳獨秀《陳獨秀答吳陵》等著作及文章，對傳統詩學中對「中和」的誤解、曲解及不足，作有相當的闡述。蔡翔《俠與義——武俠小說與中國文化》、葛景春《詩酒風流賦華章——唐詩與酒》、徐復觀《中國藝術精神》、汪聚應《唐人詠俠詩芻論》、王立《偉大的同情——俠文學的主題史研究》、劉揚忠選編《名家解讀宋詞》等著作及文章，對「豪放」的審美意蘊都有不同程度的解析。以上研究成果，對於加深「豪放」範疇的進一步研究，無疑具有重要的作用和意義。同時，由於這些研究成果對「豪放」的涉及並不集中，且本書都有詳細引用，故在此不作展開概論。

就目前「豪放」研究的情況來看，以其所表現的文藝形式和領域而言，歷史文獻（如史傳、小說等）、書法、繪畫等等，無論涉及到「豪放」的哪一方面，它們在相關的理論點上基本都不存在異議，「豪放」以較爲單一、簡單的內涵和風格貫穿始終，而惟有詩歌（分詩、詞、曲三者），情況較爲複雜。這是因爲，「豪放」作爲一個美學範疇，是成熟於其中的一個階段——宋詞，其前的唐詩，如李、杜的詩歌，以「豪放」爲特色，其後的元曲，以「豪放」爲本色並取得主流地位，也和上述各藝術領域一樣，不存在異議。只是在詞之中，由於「豪放」和「婉約」的對立，造成了中國古代詞學史上極爲豐富的有關兩者的理論，近代以來，則表現爲研究的極度集中。因此，本書特選取這一視角，重點探討中國詩學視野中的「豪放」的有關理論問題，也就是與「婉約」的一些理論問題，因爲單純在詞學的視野中不足以就問題本身做出客觀、科學的判斷，因此對於兩者的理論問題的觀照，又是置於整個中國詩學的大視野之中來進行的。對於這個問題的研究，近代以來的研究主要可以歸納爲幾個理論重點，這裡我們擷其要者加以概觀綜述：

一是「豪放」對於「婉約」的發展或突破問題。如胡雲翼的《宋詞選・前言》，其中評價了蘇軾開創「豪放」詞風的歷史作用，這種觀點現代學者多有論述，但就觀點而論，都以胡寅《題酒邊詞》爲基調，而難以出新，因此不作過多涉及。龍榆生在《試談辛棄疾詞》一文中指出，是辛詞眞正奠定了「豪放」派在詞史上的崇高地位，肯定了辛詞「創造」的精神。胡傳志的《豪放詞四論》，從宋人審美理想的高度，論述了「豪放」詞出現的必然性。對於這一點，李澤厚的《美學三書》也有所闡述。吳婕《從張孝祥詞風的嬗變看江南士風在豪放詞形成期的影響》，論述了「豪放」在南宋得到極大發展的現實土壤，並以張孝祥爲例，指出了從「婉約」發展到「豪放」的可能，而且是集中在一個人的身上；類似的還有孫克強《清代詞學》一書，專門探討了清代詞人陳惟崧由前期的「婉約」到後期「豪放」的轉變，指出了這種轉變的現實基礎，並認爲這種轉變是一種進步，在當時具有積極的現實意義，較爲詳細、可信。

一是「豪放」能否兼有「婉約」之長的問題。如何文楨《蘇軾婉約詞的創作特色》及孫方恩的《唐宋詞人不宜分爲婉約豪放兩大派》一文，認爲蘇軾的詞作中「婉約」詞居多，把他劃到「豪放」派裏是否合適。這種觀點雖然承認蘇詞兼善「豪放」、「婉約」兩種特色的詞，但是有取消蘇詞開「豪放」

之風的歷史作用之嫌，以數量而不是以質量爲論據，本身就存在嚴重問題。王易在《詞曲史》一書中指出，蘇詞兼有「豪放」、「婉約」二格，呈現出更高的形態和境界。賈宗普《簡論清代詞學審美觀念的演進》一文指出，陽羡派提倡「豪放」，但是也不反對「婉約」的「柔美」，而是盡量兩者結合，不過是以「豪放」爲主；類似的還有吳正裕《偏於豪放　不廢婉約——讀新發表的毛澤東詩詞二首》一文，研究了毛澤東詞學思想中「偏於豪放，不廢婉約」的問題，指出其詞作以「豪放」者居多，且有在一首詞中體現兼有「豪放」與「婉約」兩種特色的作品。吳熊和《唐宋詞通論》和龔兆吉《歷代詞論新編》兩書，都指出了以「婉約」爲主而導致的詞的創作的衰落及不足。至於過於「豪放」的不足，則龍榆生在《試談辛棄疾詞》一文中認爲，這並非是「豪放」的弊端，而是「豪放」的末流不善學蘇、辛之故。余傳棚在《唐宋詞流派研究》一書中，認爲蘇、辛之詞，都屬於「中和」之美，廓清了以「豪放」爲非中和的理論認識上的障礙，不過這方面做得最好且極具系統形體的，是張國慶的《儒、道美學與文化》一書，書中詳盡論證了將「溫柔敦厚」的詩教作爲「中和」之美的錯誤，指出「溫柔敦厚」的詩教本來就不符合孔子本人的詩學思想，爲「豪放」是富有積極、健康意義上的「中和」之美的觀點，提供了最爲有力的支持。繆鉞的《論辛稼軒詞》一文，則在辛詞是儒、道互補並取長補短而成就的一種中國傳統文化的最高境界意義上，詳細探討了辛詞何以能夠兼有「豪放」與「婉約」兩種長處的原因。

一是「豪放」與「本色」的問題。關於這個問題，古代文論集中於詞以「豪放」爲非本色和「豪放」與「婉約」均爲詞的本色兩點上，具體觀點和論述，在本書中都有詳細體現。今人研究成果中，周桂峰《李清照論》一書認爲，李清照的《詞論》並不反對題材革新，不能用其作爲排斥「豪放」詞的證據。李善階《評李清照〈詞論〉》指出，李清照《詞論》中的觀點具有保守性，落後於詞的發展的具體情形。與此相反，周明秀在《詞學審美範疇研究》中提出了「『協律』是『本色』的第一要義」的觀點，以此作爲否定「豪放」詞不是詞的本色的證據。嚴迪昌在《清詞史》一書中，旗幟鮮明地反對以「婉約」爲詞的本色或正宗的理論。胡適《詞選》和俞平伯《〈唐宋詞選〉前言》，針對傳統詞學利用「豪放」詞不協律來排斥它的現象，對「豪放」詞所謂的不協律作了合理的解釋；王易《詞曲史》一書則在此問題上，進一步指出不可利用這一問題來作「婉約」爲詞的正宗理論的立論依據。胡明《一百年來的詞學研究：詮釋與思考》一文對建國以來詞的研究仍然局限在「體制內」表示了極大的憂慮，認爲這種研究模式是自我封閉的，不利於詞學研究的前進，而這一派的詞學理論研究，走的正是將詞局限在「婉約」之內的路子，拒絕在文學的社會意義上來提高詞的審美境界。胡適《詞選》和胡雲翼的《宋詞選》等著作，則從詞的社會意義的高度來評價「豪放」詞在詞的發展史上的偉大意義，肯定了「豪放」詞高於「婉約」詞的審美價值和現實價值。

一是「豪放」與「詩化詞」的問題。這方面較有代表性的觀點，在古代是李清照的《詞論》，在今人中則是楊有山的《婉約與豪放——「本色」詞與「詩化」詞》一文，他將詞的源頭追溯到宋初，以宋初的「婉約」詞作爲詞的本色發展階段，並以「豪放」詞向詩的精神回歸爲論據，來論證「婉約」是詞的正宗或本色。周明秀在《詞學審美範疇研究》中也持和楊有山相似的觀點，並以「尊祖敬宗」的傳統文化心理來爲「婉約」詞的本色地位尋找依據。俞平伯則在《〈唐宋詞選〉前言》裏從詞的發生之淵源的角度論證了詞的源頭並非是「婉約」的這樣一個事實。宋人《霽山文集》卷五從詞的本質入手，得出了詞「根情性而作者，初不異詩」的結論，初步建立了詩詞一體的「大詩學」理論。元人王若虛則在《滹南詩話》中更進一步，從詩詞一理的「大詩學」的角度，辯證地批評了認爲「豪放」詞是「以詩爲詞」的說法。謝桃坊在《詞爲豔科辨》一文中認爲，「婉約」詞的精神境界不如「豪放」詞高，但他從詩詞體性形式特點的不同出發，引證詩歌也同樣具有「麗」的特點，引申出詞以「婉約」爲正宗的合理性，則是犯有基本的邏輯上的錯誤。張惠民在《宋代詞學審美理想》一書中，從詞的本體論和主體論角度闡述了後人對蘇軾「以詩爲詞」的誤解，並認爲詩詞在本質上是一體的。余傳棚在《唐宋詞流派研究》一書中認爲，「婉約」詞和「豪放」詞一樣，都具有「以詩爲詞」的特點，就對於傳統的突破而言，兩者都有不同程度的存在。

一是關於「豪放」、「婉約」二分法的問題。自明代張綖在《詩餘圖譜》一書中正式提出了詞分「婉約」、「豪放」的問題之後，今人多有認爲此種二分法不足以概括宋詞的風格，因而認爲這種二分法存在很大不足者。如吳世昌的《宋詞中的「豪放派」與「婉約派」》一文，從嚴格意義上的文學流派的角度出發，認爲宋詞中並不存在所謂的「豪放」和「婉約」兩派，蘇軾詞作品之中具有「豪放」特徵的不過只有幾首，且嚴格來說也並非是「豪放」而是「曠達」，辛派詞人也不宜稱之爲「豪放」派，而應該稱之爲「憤怒派」、「激勵派」、「忠義派」。綜觀其論，除了尚固守以「婉約」爲詞的本色的觀點之外，用數量的多少而不是質量或蘇詞的「豪放」之作對詞的實際開拓來論證，顯然是不正確的。就對「豪放」範疇的理解來說，也存在很多問題。孫方恩的《唐宋詞人不宜分爲婉約豪放兩大派》一文，認爲從「題材」、「表現方法」上並不能將唐宋詞人分成婉約、豪放兩大派，擴大詞的題材並不是從蘇軾開始的。劉揚忠《新中國五十年的詞史研究和編撰》一文，較爲細緻地涉及到了「豪放」、「婉約」二分法及其不足的問題。其《唐宋詞流派史》一書，總結了詞學歷史上的各種主張，認爲古人實際上將唐宋詞分爲了八派。陳文新《論常州詞派的詞統建構》一文認爲，詞可分豪放派、婉約派和清逸派（醇雅派）三派。詹安泰的《宋詞風格流派略談》一文，將詞的風格分爲八種具有代表性的風格，並結合著具體詞人做了論述。朱崇才的《論張綖「婉約一豪放」二體說的形成及理論貢獻》一文，揭示了「豪放」、「婉約」二分法在詞學史上的貢獻，而對一些批評這種二分法的言論，也做了批駁。蔣哲倫《詞別是一家》一書，也對二分法表示了極大的肯定，認爲這種分法大體合理，是有客觀事實爲依據的。

一是「豪放」和詩體變化（詩、詞、曲）的形式演進變化問題。筆者在《論豪放詞在詩體變化中的獨特價值》一文中，認爲「豪放」是詩體變化的主要力量，它實際促成了從詩到詞、從詞到曲的詩歌體制形式的演進變化。胡適在《文學改良芻議》一文「七曰不講對仗」部份，對律詩形式的束縛做了極好的分析，從內容的角度闡明了這種形式變化的必然性。任中敏在《詞曲通義・性質》裏概括的詞、曲兩種文體的區別、特點，可以說是極爲精彩、經典的，並指出了元曲以「豪放」爲主的事實；相似的觀點，還有龍榆生在《中國韻文史》第十六章《元人散曲之豪放派》的闡述。李昌集在《中國古代散曲史》一書中，較爲詳細地論述了「豪放」作品的表現形式和特點，在《中國古代曲學史》一書中，又肯定了「豪放」的「眞率」和「急切透闢」的表達方式。梁啓超在《中國韻文裏頭所表現的情感》一文中，也肯定了「豪放」作品的情感表達方式，同時認爲中國韻文裏「奔迸的」、「迴蕩的」、「蘊藉的」三種情感表達方式，其中在詞中用「迴蕩」法最好的，是辛棄疾。

筆者的碩士學位論文《論豪放》針對「豪放」範疇研究中存在的這些問

題，對「豪放」進行了全面系統的研究，但由於篇幅所限（5 萬字），只能勾勒出一個大體的輪廓，在若干細節問題上還不能進行有效的深入探討和充分展開，尤其是關於「豪放」在中國詩學史上的一些重要理論問題，基本上沒有涉及。由於「豪放」是中國古代美學史上一個眾所熟知的範疇，因此對它的研究，就不能停留在泛泛而論的層次上，而要盡可能在細節上呈現「豪放」的豐富多彩性，充分的展現其魅力，所以「豪放」這一美學範疇的研究，仍有待於進一步深入。筆者也相信，深入研究探討「豪放」範疇，並得出客觀公正的評價，還「豪放」範疇一個眞實的面目，這個工作顯然是很有意義的。

三、「豪放」的邏輯起點、研究方法及邏輯思路

同樣是用兩極對立方法揭示美的形態的分類方法，「豪放」、「婉約」和「壯美」、「優美」這兩對範疇的邏輯起點是不同的。後者基本上是從事物的「量」（主要是指構成美的形式、內容諸種對立統一因素的和諧的「量」，這個「量」也可以用其動靜的屬性來把握，即何種形態中含有的動「量」爲多的問題）和外在表現的不同形態特徵來認識和劃分美的形態的，主要區別於審美風格形態。而「婉約」和「豪放」則主要是從事物表現方式和存在形態的「收」與「放」的關係（即含蓄和舒放，包括由之衍生的「顯」與「隱」、「直」與「曲」等等，陳匪石《聲執》「行文有兩要素」條在論述及詞時則以「舒」、「緩」概之〔註 53〕）來著眼的——這兩對範疇最終都在根本上關涉主體的思想精神態勢〔註 54〕，但「豪放」、「婉約」關涉的程度更爲直接而深刻——因而也就是我們研究「豪放」這一範疇的邏輯起點，有關「豪放」的所有矛盾的生發及其解決——例如「豪放」的生成及表現形態、特點、發展嬗變的歷史考察及其與「婉約」等範疇的區別等等，都可以從這一點上得到合理的解釋。這是本書研究的一個邏輯起點，在此有必要首先交代一下。

〔註 53〕唐圭璋編：《詞話叢編》，中華書局，1986 年版，第 4950 頁。

〔註 54〕比如「收」和「放」的辯證關係，在主體的思想精神層面會有「保守」和「開放」的根本區別，而無論對於中國傳統文化思想還是現實生活本身，「保守」和「開放」的辯證都會在根本上表現爲利益的不同陣營，它對於中國社會歷史的發展進程的影響是根本性、決定性的，這也是筆者要全面、系統研究「豪放」的一個根本原因。以「收」、「放」的對比關係爲「豪放」研究、闡釋的邏輯起點，可以充分貫徹到思想精神、詩學詞學曲學理論及美學風格論的各個層面，有效以此爲切入點解決相關理論問題。

同時，必須指出，「豪放」作爲美學範疇，是最具哲學意味的一個層次，如果就中國文論的層次來看，它顯然又是一個古代文論範疇；就中國古代詩學的層次來看，它又是一個詩學範疇；更爲細緻地從詩歌的分支來看，當然它還是一個詞學範疇、曲學範疇。而就「豪放」之美的表達而言，它又是一個特色鮮明的風格論範疇。這些層次互相糾纏在一起，互相交叉，但又並不相等，其中美學範疇這一層次乃是根本性的，外延最小，其他層次意義上的範疇，都可以包含美學範疇。立足於任何一個單維度的範疇層次來研究「豪放」都是有所不足的，都不足以體現「豪放」的豐富性、立體性和圓滿性，也不足以體現「豪放」研究的集成性、整合性。實際上，這些範疇層次互相聯繫，秩序井然，並無混淆的可能。這些範疇層次的拓展，代表著「豪放」研究的深度和廣度。例如我們一般認識中的「豪放」，是在詞學範疇的意義上來進行的，古代大量關於「豪放」的文論集中於此，就很明白地說明了這一點。而這，顯然是不足的。這些範疇層次的分別，顯示著「豪放」在各個層次和角度上的豐富性和適應性，要全面地研究它，就要在不同程度上涉及這一範疇的所有層次。而從「豪放」的實際情況來看，則它主要涉及美學範疇、詩學範疇和風格論範疇三個層次，其中美學範疇層次代表著「豪放」在哲學意義上的成熟，詩學範疇層次代表著「豪放」在文藝中的主要表現領域，風格論範疇層次則代表著「豪放」的美學特色和獨特的美學意蘊。美學範疇層次外延最小且最具哲學意味，因此就成爲本書貫徹的一個核心線索；但在關於「豪放」的具體理論探討上，則它又主要是以詩學範疇（詞學範疇）表現出來的，「豪放」成熟爲一個美學範疇，即是在詞的領域及詞學的形態中得到體現的。因此，在詩學的範圍內，本書對「豪放」是採用「大詩學」的角度和高度來審視和研究的，即將詩、詞、曲三者及其內在演變邏輯作爲一個整體，來評價其中的任何一個（這種做法歷史上亦已有之，如宋人林景熙《胡汲古樂府序》中有詞「根情性而作者，初不異詩」〔註55〕的觀點，元人王若虛《滹南詩話》中有「詩詞只是一理，不容異觀」〔註56〕的觀點），而不是單純立足於其中的一個來評價與其他任何一個或兩個的有關問題。這個角度，也不同於西方古代的「詩學」概念——如亞里斯多德的「詩學」，相當於今天

〔註55〕《文淵閣四庫全書・霽山文集・卷五》（電子版），上海人民出版社、迪志文化出版有限公司，1999年版。

〔註56〕《文淵閣四庫全書・滹南集・詩話》（電子版），上海人民出版社、迪志文化出版有限公司，1999年版。

我們所說的文學理論。我們所說的「詩學」，其研究對象限於詩歌文本、詩歌理論及相關詩人的一切有關於前兩方面內容的內容。

由於涉及「豪放」範疇研究的原始資料和研究資料都比較少，因此本書主要在「構建」「豪放」美學範疇的意義上來完成，故研究具有相當的難度。既要全面而深入地研究「豪放」範疇的各個方面，又要形成具體而合理的邏輯模式，這是本書寫作的基本思路。

美學範疇是美學思想史上的一個個紐結點，都有自己不可替代的歷史地位和歷史價值，因此作爲一個具體的美學範疇，就其原初性研究的意義上而言——這種原初性研究是指以前的美學範疇研究尚未或基本上沒有涉及到的對這一美學範疇的研究——那麼它必然面臨著兩個維度：一是其本身作爲一個美學範疇來說，能夠形成自己穩定的內涵和特色，以和其他美學範疇相區別開來，完成自我內部的建構，形成一個美學範疇的「小宇宙」，這樣一個維度，是一個美學範疇之所以成爲美學範疇的所有內容的總和；二是當一個美學範疇建構起其自身的「小宇宙」之後，它還要和整個美學思想史及其他若干美學範疇發生聯繫，它在後者的「大宇宙」範圍之內還有一個具體的位置，由這個「大宇宙」確立其存在的地位和價值，這樣一個維度，是一個美學範疇和外在的世界相聯繫，並確立其在具體的歷史時空之中發生作用的所有現實實踐的總和。通俗地講，這兩個維度也就是通常我們所說的「邏輯」的維度和「歷史」的維度，在方法論上即「邏輯的方法」和「歷史的方法」。這樣兩個方法適用於任何研究，對於「豪放」的研究當然也不能例外——何況就美學範疇的特點來看，這樣的方法也是必然要採取的。

把「豪放」作爲一個範疇來進行系統而單獨的研究，目前尚無人做過，因此，本書在結構上以範疇研究的一般邏輯來構成，即總體上分爲兩大部份：第一部份是第一章到第七章，屬於範疇本體基本問題的研究，其中第一章屬於範疇的內涵及特點研究，第二章是對於「豪放」在文藝中的具體表現及美學風格特點之研究，第三章將「豪放」與一些容易混淆的範疇做了一個簡單的比較辨正，第四、五兩章研究「豪放」範疇的歷史演變，第六章考察「豪放」範疇的根本思想精神、哲學辯證法精神與詩學精神，第七章在比較寬泛的基礎上探討「豪放」的審美意蘊。第二部份是第八、第九兩章，探討「豪放」在中國古代詩學中的一些理論問題，尤其是與「婉約」的理論問題。這兩部份的內容，構成了本書的邏輯線索，其邏輯演進的具體情況如下：

首先是對於「豪放」的內涵的研究，其中包括「豪放」內涵的義界的辨析，在與「豪放」相對立的美學範疇「婉約」那裡確定其義界，然後分析確定其內涵。這些研究要綜合整理前人的研究成果，以開拓研究的視界，尤其是要避免在詞學狹窄的範圍之內來研究「豪放」的內涵，避免在單一的風格論的層次上來界定和理解「豪放」的內涵。

其次，對於「豪放」的生成的研究。由「豪放」的邏輯起點我們可以知道，「豪放」的生成是一個完整的動態的生動流程。它是如何生成的，其生成的具體細節是怎樣的，它在生成的過程中主要涉及到哪些主客觀的因素，哪些因素對於「豪放」的生成有著或多或少的影響，這些方面都要詳細地進行考察。這些方面，既涉及到社會、時代、歷史、文化、民族、地域等較爲宏觀的因素，也涉及到「豪放」主體的心境、賴以寄託的表現意象和物料等較爲微觀的內容，只有這樣，我們才能對「豪放」作爲一個美學範疇的獨有的特色，其在中國古代美學史和世界美學史上的獨到之處，有一個深刻而完整的理解。

再次，對於「豪放」在文藝中的具體表現及其美學風格特點的研究。「豪放」在古代文藝中具有廣泛的表現，比如詩歌、書法、繪畫等。「豪放」作爲一個美學範疇，它的特色及和其他美學範疇區別開來的地方，不僅僅是其內涵，後者顯然還是哲學意義上的，而美學範疇則始終要和具體的文學藝術緊密聯繫，只有透徹地理解了「豪放」的特點，才能在我們頭腦中呈現一個相對完整的「豪放」美學範疇的形象。

再次，「豪放」與相關範疇的辨正。這裡所謂的「相關範疇」，主要是指一些這樣的美學範疇，它們和「豪放」在內涵、特點、表現方式等方面上有著或多或少的聯繫，有著「同中之異」或「異中之同」，對於一般人而言，要辨析清楚並不容易，甚至還容易導致混淆，而分析辨正這些細微的地方，正是學術研究走向深入的必經之路。這種辨正是在一般意義上來進行的，是這些美學範疇所有內容的一個綜合效果，它們各自都有自己確定的內涵，並不能導致混淆。所以，像和「豪放」對立的美學範疇「婉約」，它和「豪放」並不存在任何意義上的混淆的可能，因此此一部份並無「豪放」與「婉約」的辨正。對於「豪放」與「婉約」的關係，我們在「豪放」的義界的確定和「豪放」與「婉約」的種種理論問題的探討中，還要詳細地涉及。

再次，「豪放」範疇的根本思想精神、哲學辯證法精神與詩學精神。這裡所說「豪放」的根本思想精神是指儒、道互補、取長補短、意在現實的積極人生境界，對這種境界的理解決定著很好地理解「豪放」範疇以剛健爲主導的美學風格。哲學辯證法精神是指中國封建社會後半期民族審美意識對「中和」之美的偏離和歪曲，在很大程度上背離了以《易傳》美學爲代表的剛健積極精神，而只有理解了這點，才能對「豪放」範疇能夠突破併兼有「婉約」之長這一特點並不感到突兀。詩學精神是指詩「可以怨」的精神，在傳統的偏於柔弱消極靜態的審美意識影響之下，以「溫柔敦厚」爲特點的傳統詩學對於「豪放」進行壓抑和排斥，「豪放」範疇成熟於宋代並與「婉約」相對待，是這個過程之中的一個關鍵環節。理解「豪放」的詩學精神，對於理解「豪放」範疇的魅力是極其重要的。

最後，「豪放」的審美意蘊。對於「豪放」的內涵及特點的研究，雖然內涵足以揭示「豪放」的本質屬性，特點使我們更好地聯繫著具體的意象，來對「豪放」有一個比較全面的理解，但是，這樣做仍然不足以理解「豪放」豐富而飽滿的形象和意蘊。因此，聯繫「豪放」的內涵、特點，結合具體的「豪放」形象、意味闡述其審美意蘊，是我們深刻領悟和理解「豪放」全面、完整、豐富、飽滿的形象的必然選擇。

對於「豪放」的「歷史」（包括理論史）的研究，則涉及到這樣幾個方面：

首先是對於「豪放」這一美學範疇生成、發展和嬗變的歷史的研究。詳細研究探討「豪放」作爲一個美學範疇在歷史上的生成、發展、嬗變的歷史，是我們研究「豪放」最基本的也是最堅實的立論基礎。對於「豪放」生成、發展和嬗變歷史的考察，是和探討「豪放」的內涵逐漸生成、發展並成熟爲一個美學範疇，其在社會人生、文學藝術、技藝表達中的歷史演變及理論形態的研究結合在一起的，重點則是前者，後者我們只能做一個簡單的線索式的勾勒，因爲——畢竟，我們可以選擇那些在特定歷史時期足以能夠代表問題的線索即可。

最後，是在整個中國詩學和中國美學的基礎上，對「豪放」及與其相對立的「婉約」所涉及到的各種理論問題，做出一個較爲詳細而完整的探討研究。關於「豪放」與「婉約」，尤其是在詞學的領域之內，是一個首要的重大理論問題，如何在整個中國詩學和中國美學的視界之內，對兩者的種種問題做出一個較爲客觀公正的分析、評價，是我們研究「豪放」的核心所在。有關「豪放」和「婉約」理論問題的研究，不但直接牽涉到我們對「豪放」的整體認識和評價，而且還和「豪放」在現代社會文化和審美意識中的作用、地位和價值的認識及實踐，有著密切的關係——這是不可或缺、不能迴避的關鍵問題。

至於具體的工作，則分以下幾步：

第一步，搜集資料。原則上講，研究一個問題，究以資料的全面完整爲最終目的，然而實際上這又是不可能的，但這至少是我們努力的一個目標。爲了全面地反映「豪放」並盡可能做到客觀公正，筆者將盡可能地搜集資料，包括發表在網絡上但沒有正式發表，然而卻有一定代表性而對「豪放」研究具有重要意義的文章或觀點。從浩如煙海的中國古代典籍（包括中國古代文化典籍和文論典籍）中查找「豪放」（甚至包括「豪」與「放」）的蹤跡，整理出「豪放」發展變化的一個基本線索，然後繼續在此基礎上搜找「豪放」研究的成果，包括古今中外的資料，這是第一步，也是最基本的一步，是整個「豪放」研究的基礎。雖然這一步需要耗費的工夫很大，並在某種程度上影響著研究結果和成效，但資料的搜集僅僅是一個基本工作，它和研究的最終水平和成效並無必然的聯繫。

第二步，整理資料、分析資料。整理資料是分析資料的前提，同時這兩個工作實際上又是結合在一起進行的。整理資料的過程，不但是分析資料的過程，而且還是一個選擇資料的過程。選擇資料，並不是越多越好，將具有代表性的資料整理出來並分析備用，才是最重要的，這是論文創作最爲關鍵的一步。採用各種先進的方法和現代手段來整理、分析、選擇資料，達到條理化、合乎邏輯化、有機化。同時，由於本書涉及到很多理論問題，爲了使所及理論問題及論辨盡量有一個全面而客觀的呈現，因此在材料的使用及徵引上，盡量引用原文而不是簡單地概括其觀點作爲證據或予以反駁。同時，本書又是美學範疇研究，整體構架和材料的選擇、取捨上始終把握這個核心，除了一些必要的與「豪放」範疇在範疇意義及與之密切相關的詩學意義上的材料之外，對於一般性的關於「豪放」文學藝術的文本研究材料，一般不作涉及。

第三步，得出基本結論，進行寫作。資料分析選擇的過程中，實際上全書的主要觀點就已經出來了。寫作其實就是一個資料和觀點「條理化」、「合乎邏輯化」、「有機化」得到貫徹的實踐過程，這個過程的完成就是全書寫作的完成。從資料的整理、分析、選擇到觀點的形成，緊緊把握住歷史與邏輯相結合的研究方法，力爭用科學的眼光來研究和評價「豪放」在各種層次和意義上的存在情態，從而在最大程度上體現學術爲公的氣度和精神，這是基本的學術態度。事實上眞正的困難不是資料的收集，也不是對於資料的細緻研究和分析，或勇於作出一個結論，這些對於一個學者而言沒有什麼問題。筆者認爲眞正的困難是面對同樣的資料，我們應該以何種眼光來發現一點新的什麼東西，在眾人都認爲已經沒有什麼可寫可研究的資料之中，擺脫成見，從某一個新的角度來發現問題解決新的問題——筆者是在閱讀陳寅恪《唐代政治史述論稿》一書時領悟到這一點的。這樣一種學術境界，是要高於單純的面對材料作出不同的價值評價，因而單純就凸顯學術多元化的意義上來說就已經顯示了一種創新精神的。前者是一個堅實的基礎，沒有這樣一種基礎，價值評價的多元化就不可能彰顯和達到眞正的學術創新的境界。所以，重要的仍然是在這種新的角度之上來面對材料分析材料的能力，這樣價值的評價才能夠對現實起到參考作用，從而有益於社會人生。本書將本著這樣一種態度和精神，力求在前幾步的基礎上，對「豪放」的研究取得盡可能理想的效果。

同時，由於對「豪放」還沒有人從美學範疇的角度進行過系統而全面的研究，並以歷史與邏輯相結合的方式來充分展現其豐富而飽滿的風姿，因此筆者在寫作時也在相當程度上對材料進行嚴格的取捨，務必充分佔有並展現這些材料具有代表性或有特別價值的成果，這也是筆者一個明確的思想意識，本書篇幅稍巨，與此一思想意識有直接的關係。故與其他已有相當研究而期望從新的角度或方法進一步深入下去的研究選題（可以捨棄別人已有的成果而在其基礎上前進）相比，本書則務必在既定邏輯的基礎上包含各種已有有價值的成果，力爭使各成果之間作爲本書整體的有機部份，發揮其超越部份的作用，以達到整合「豪放」美學範疇各個邏輯層次的目的——讀者對於文中各種資料、成果、觀點，亦應持此方法，而勿將其重新割裂爲部份，而忽視其已經產生的整體性功能和邏輯關係。

第一章　「豪放」的內涵與生成

第一節　「豪放」的義界（廣義、狹義）和內涵

一、「豪放」義界（廣義、狹義）的探討

研究「豪放」此一範疇，探討其義界和內涵是最基礎的一步，其他工作，都必須圍繞此點展開。「豪放」作爲一個語辭，最早見於《三國志・魏書・張彝傳》：

> 彝少而豪放，出入殿庭，步眄高上，無所顧忌。文明太后雅尚恭謹，因會次見其如此，遂召集百僚督責之，令其修悔，而猶無悛改。〔註1〕

《三國志》成書於西晉太康年間，武帝平吳之後，約在公元286年左右。「豪放」在這裡是描述形容張彝其人的，它作爲一種人的行爲姿態，在當時是有悖於當時的封建禮法制度的，所以文明太后「遂召集百僚督責之，令其修悔」，但張彝姿態如故，不守約束。對於人性本眞面目自然而然的保持和不屈服於外在事物的壓力而改變其姿態，尤其是和世俗禮教外在形式上的衝突，這樣的一些意蘊，在這兒已經初步形成了，「『豪放』與『恭謹』對舉，指人的個性高傲，不受拘束，狂放不羈，與謙恭謹愼、循規蹈矩相反」。〔註2〕但是，這一結果不是憑空出世的，而是有著漫長的歷史積澱和醞釀。「豪放」作爲一

〔註1〕《文淵閣四庫全書・三國志》（電子版），上海人民出版社、迪志文化出版有限公司，1999年版。

〔註2〕蔣哲倫：《詞別是一家》，上海社會科學院出版社，2005年版，第87頁。

種事物的形態、風格、基質或精神，與其內涵確定基本上同步完成，《三國志》的有關語辭，只是說明了它進入文本語言的最初歷史時間。從這個意義上說來，「豪放」這一語辭之所以出現是偶然的，但它作爲一個美學範疇的出現則是必然的。由此點向前追溯，我們可以追查到「豪放」的眞實存在形態，或者說是「個案」式的例證，由之可以發現「豪放」最初的萌芽、產生之源。由此點向後順著歷史推進，則可以發現「豪放」作爲一個語辭或範疇進入中國古代美學的時間、痕跡，如唐末司空圖的《二十四詩品》，其中即有「豪放」一品。「豪放」的產生發展，至此實現了歷史文化、主體行爲及其精神面貌、文藝和美學理論的合流，它在這些領域裏都有所體現。可以肯定的是，歷史文化的因素是一個潛在的力量，而主體行爲及其精神面貌的品評，通過有關資料的整理可以發現（比如歷代史傳中對於人的豪放行爲的評價），其內涵基本沒有變化。文藝是實踐的層面，因而根據不同的情況（如地理的、文化的、性格的、時代的，這些因素被整合在不同的創作個體那兒），「豪放」在其中的體現呈現著豐富多彩的差別，這是可以理解的。然而也正是這些差別造成了文學理論中對於「豪放」的理解的差別，歷史上關於「豪放」的爭議多由此而來。這是統屬於「豪放」內部陣線的差別，在外部的差別則形成了和「婉約」的對立。不管怎樣，「豪放」的內涵是在文論家那裡得到最圓滿的闡釋的，也就是說，從美學的角度而言，「豪放」作爲一個語辭或者範疇，它貫穿了不同的領域並有著自己對立面的範疇（通過對立而統一到一起，而不可分離，包括互相影響、互相包孕和轉化），因而它就必然有著一以貫之的那種普遍、抽象的形而上的意蘊及內涵，所以，本書對於「豪放」這一範疇的義界的界定、內涵的界定，也就從文論上的這一角度著手。

首先要解決的是「豪放」此一範疇的義界。今人歐陽俊認爲：

> 豪放與婉約對舉，是指詞的一種風格類型，屬陽剛美、壯美、崇高美範疇。雄壯、雄渾、悲壯、剛勁、清曠、飄逸、粗獷、沉鬱頓挫、慷慨激昂等，都包括在豪放範圍內，這是廣義的豪放。狹義的豪放僅指豪邁、放達、不受束縛，與悲壯、清曠對舉，是陽剛風格類型的一種，也是詞的眾多風格中的一種。一般人所說的豪放是指廣義上而言，我們這裡也採用這一概念。〔註 3〕

除此之外，還有把「豪放」視爲具有「壯美」、「崇高」、「陽剛」之美的審美

〔註 3〕歐陽俊評注：《豪放詞三百首》，巴蜀書社，2001 年版，第 1 頁。

特徵的例子。〔註4〕上文中歐陽俊對「豪放」的狹義的界定是正確的，但他在這裡出現了一個非常重要的問題，即就狹義而言，他認爲「豪放」是和「悲壯」、「清曠」等範疇不同的，後者僅僅是詞眾多風格中的一種，於是狹義上「豪放」的對立面就不是「婉約」了。因此，出現的問題就是：

其一，狹義是確立一範疇核心內涵的根本因素，將「豪放」的狹義不與「婉約」對舉而與「悲壯」、「清曠」對舉，是存在很大問題的。從一般人所說的「豪放」的廣義來理解「豪放」，正遺失了「豪放」狹義中所蘊涵的核心精神——「不受束縛」或「不受拘束」，因而也就未能從其根本層次上來把握「豪放」，這就將「豪放」降低到了一般的風格意義上，而不是將它擺放到與「婉約」對待的位置上。要知道，「豪放」和「婉約」相對待，是作爲「一代之文學」的宋詞中的頭等大事，這既標誌著兩個範疇的成熟，又體現了「陽剛之美」和「陰柔之美」在宋詞中的代表性呈現，這兩個範疇實際上代表了所有統屬於「陽剛之美」和「陰柔之美」的諸多風格。若泛泛而論「豪放」風格自可原囿，但本書系編選賞析豪放詞，則實不應該有此錯誤。

其二，實際上「豪放」和「悲壯」、「清曠」等範疇不是對舉的，後者應該說是「豪放」與「婉約」對立兩極之間的中間形態〔註5〕，如「清曠」，「清」可以說是偏遠於婉約的，而「曠」則偏於豪放，但是「曠」的「放」的姿態是不足的，姿態上仍然是以內斂爲主。因此，在廣義的「豪放」諸範疇中，我們必須將它們跟「豪放」有效區別開來，否則就不足以上升到「豪放」的狹義即「豪放」範疇群的核心範疇的高度。又如「狂放」，它和「豪放」的區別主要在「放」的姿態的不同上，「狂」已經在姿態上走向一個極端了，「狂放」之「放」比之「豪放」之「放」，「放」的意味和力度都要足、要大得多，在表現形態上已經多少有點溢出了「中和」之美的範圍，但是由於「狂者進取」的精神，所以縱然「放」得過了，仍然具有積極的意義。〔註6〕「放」得

〔註4〕如彭會資主編《中國古典美學詞典》一書中說：「（豪放）常指豪邁奔放、寬闊雄渾的藝術風格，表現出壯美、崇高、陽剛之美的審美特徵。」相反，「（婉約）常指委婉蘊藉、纏綿含蓄的藝術風格，表現爲優美、柔美、秀美的審美特徵。」廣西教育出版社，1991年版，第148、147頁。周篤文《豪放詞典讀》云：「豪放與婉約，其實就是壯美與優美在詞論中的另一種表達方式。」遼寧教育出版社，2009年版，第1頁。

〔註5〕此處所論「中間狀態」問題，可參本書第九章第二節相關內容。

〔註6〕必須指出的是，「豪放」本身就具備「狂」的內在氣質和外在姿容，誠如張國慶所言：「『狂』是《豪放》所謂『豪放』的一個必備的正面要素。這樣的『狂』，

過了的，還有「橫放」、「放蕩」，而「豪雄」、「豪邁」、「豪雅」等，則是「放」得不夠，「豪雄」之「雄」偏於單純形態的「剛」，這種形態還沒有充分地舒展開來，「豪邁」之「邁」雖然有所「放」，但是「放」的姿態是壓抑著的，不是「豪放」之「放」的完美姿態；而「放曠」也是屬於這種情況，且其「豪」的內在積聚建樹顯得有所不足。這些都應該具體分析，它們都在「豪」或者「放」的角度上區別開來，而不應糾纏於「豪放」與「婉約」能不能概括文學的諸多風格的問題上。如果按照歐先生的解釋，顯然還缺乏「豪放」何以成爲雄壯、雄渾、悲壯、剛勁、清曠、飄逸、粗獷、沉鬱頓挫、慷慨激昂等範疇的代表，即其廣義如何生成的邏輯線索。

對於「豪放」的廣義和狹義，趙仁珪也對其狹義從作品的角度做了闡述，他認爲：

> 我們這裡所說的豪放，當指今日所說的狹義的豪放，即指那些豪邁奔放、意氣振奮、筆力縱橫、慷慨激昂、氣勢磅礴、恢宏剛勁的作品，具體說，即指那些表現自己英雄之氣、報國之志，或歌頌叱吒風雲的歷史人物的作品；或指那些表現奔騰澎湃、奇偉壯觀的闊大景色與崢嶸氣象的作品；或指內容雖是一般的傳統題材，但確實以清壯頓挫、激昂排宕之筆來加以表現的，以至達到「筆力奇健」、「句句警拔」藝術效果的作品。〔註 7〕

這主要還是從藝術風格的角度來解釋「豪放」的，嚴格推究起來，還不是眞正狹義上的「豪放」，爲什麼呢？對比一下歐陽俊的解釋就可以知道，這種解釋沒有點出「豪放」的核心內涵「不受拘束」——這在後文中我們會一步步逐漸涉及到並加以探討。

是置根於大道之上的昂揚，而非失根者的輕狂；是元氣充盈於內德自信與勃發，而非氣餒者的虛橋；是因忘懷物我而來的胸襟的自然大解放，而非拘拘者難得一見的偶然放膽。這是詩人氣質性情的最眞實的表述：豪氣萬丈，不得不狂！」（《〈二十四詩品〉詩歌美學》，中央編譯出版社，2008 年版，第 61 頁）只有具備了內在的「豪」的因素，即必須在「豪」的「源」之引導下，作爲「流」的「放」或「狂」的表現才不是「非美」、「非眞」、「非善」的，「狂者進取」（《論語·子路》），正是在這一點上，「豪放」與「狂」密切而很好地結合起來了。若單純從風格姿態上來看，「豪放」之「狂」則如王明居所言：「所謂狂，就是指狂蕩不羈，倜儻不群，自由自在，無拘無束，而絕不是瘋狂、癲狂。它狂而有則，蕩而不浮，而不是放浪形骸，濫醉如泥。」（《唐詩風格美新探》，中國文聯出版社，1987 年版，第 126 頁）

〔註 7〕趙仁珪：《論宋六家詞》，北京師範大學出版社，1999 年版，第 147～148 頁。

其實任何一種文學作品，作爲風格也好，作爲其他的因素也好，並沒有純粹的「豪放」與「婉約」，這兩個範疇實是中國古代文化及其哲學中的「陰」、「陽」觀念在文學中的具體體現，因此艾治平曾指出：

> 其實婉約、豪放之說淵源有自。《易・繫辭上》云：「剛柔相摩，八卦相蕩。」……魏晉以後，剛與柔從哲學概念進入文學批評領域，引起審美的興趣。劉勰由文學創作「因情立體，即體成勢」立論，說「剛柔雖殊，必隨時而適用」；「勢有剛柔，不必壯言慷慨，乃稱勢也。」其後剛柔之論，歷代有人（如殷璠、司空圖、元好問等等），而至清代的姚鼐集諸家之大成，總結似的指出：「其得於陽與剛之美者，則其文如霆，如電，如長風之出谷，如崇山峻崖，如決大川，如奔騏驥；其光也，如杲日，如火，如金鏐鐵；其於人也，如馮高視遠，如君而朝萬眾，如鼓萬勇士而戰之。其得於陰與柔之美者，則其文如升初日，如清風，如雲，如霞，如煙，如幽林曲澗，如淪，如漾，如珠玉之輝，如鴻鵠之鳴而入廖廓；其於人也，漻乎其如歎，邈乎其如有思，暖乎其如喜，愀乎其如悲。觀其文，諷其音，則爲文者之性情形狀舉以殊焉。」……清代劉熙載、馮煦受姚鼐的影響，將陰陽剛柔用到詞中來。前者於《藝概・詞曲概》云：「詞有陰陽，陰者採而匿，陽者疏而亮。」所謂「採而匿」，即華美而婉曲；「疏而亮」，即疏闊而顯露。後者於《東坡樂府序》云：「詞派有二：曰剛曰柔。」顯然婉約與豪放，陰與陽，柔與剛，這三者並無實質的不同，只是有的往往用以論詞，有的往往用以論詩——而這似乎成爲人們的習慣了。〔註 8〕

艾先生這裡所講的恰恰也是「豪放」的一般意義上的界定，凡是偏於陽剛、壯闊境界的，都屬於「豪放」的統轄範圍，上面已經講到「豪放」的狹義，如果把它和「悲壯」、「清曠」等範疇對舉的錯誤糾正過來，那麼可以說「豪放」還是有其狹義的（這種情況同樣也存在於「婉約」那裡，所以在「婉約」的狹義上，「豪放」仍然可以和它對舉），這個狹義恰恰需要我們認眞深入探討，因爲若不如此的話，「豪放」這個範疇就只能停留在一般的意義上，不能成爲和「婉約」相對待以統領「壯美」風格意義上的那個「核心」範疇，這無異是對它的消解。「豪放」的狹義實際上是它的中心意思，若不把它加以界

〔註 8〕艾治平：《婉約詞派的流變》，遼寧大學出版社，1994 年版，第 5～6 頁。

定的話，那麼我們就會還像古人那樣，有很多是在十分寬泛的意義上使用這個概念的，有的則因爲有自己的獨到見解而不是那麼的寬泛，所以在理論上糾纏不清也就在所難免了。「豪放」的這個狹義，就是其在一切領域裏都可以解釋得通的核心意思，它可以解決有關「豪放」的一切問題，或者說它是解決一切有關「豪放」問題的基本出發點。本書對於「豪放」的界定，就是以此狹義爲基礎，並在合適的地方擴展到其廣義，這既符合「豪放」作爲一個範疇有其歷史發展的一面，因而顯示出它在中國古代美學體系中的活力，從而揭示其最豐富、最飽滿、最完善狀態的含義，又能夠緊緊把握住「豪放」基本、核心內涵，揭示其作爲一個美學範疇關乎質的一些東西，從而爲我們的研究確立最基本的立足點。

理清了「豪放」的義界（即其狹義），就可以進一步探討一下「婉約」和「豪放」到底有何本質區別，因爲「豪放」成熟爲一個美學範疇是在和「婉約」相對待的意義上實現的。「婉約」一詞最早見於《國語・吳語》：「夫固知君王之蓋威以好勝也，故婉約其辭，以從逸王志。」陳琳《爲袁紹與公孫瓚書》云：「得足下書，辭意婉約。」陸機《文賦》云：「或清虛以婉約，每除煩而去濫。」張彥遠《法書要錄・梁庾元威論書》云：「敬通又能一筆草書，一行一斷，婉約流利。」許顗《彥周詩話》：「近時僧洪覺範頗能詩……又善作小詞，情思婉約，似少游。」〔註9〕「婉」和「約」兩詞都有「委婉」、「曲」（即含蓄）之意。「婉」是表達方式的含蓄不太外露，婉轉而柔順，「約」的本義爲纏束，引申爲精練、隱約、微妙，也即一切優異文字的共同特色：以少總多，故有言外之意。以上所引第一例意即如是，第二例與「煩濫」對舉，更凸顯了其意義；第三例是說孔敬通（南朝梁人）草書風格柔美。因此，「婉約」的意義基本上有兩點：一是文字語言本身所具有的言不盡意的特點（當然這種特點在最好的文字裏體現的才分外明顯，「豪放」之作也是具有這個特點的），一是表達方式上的含蓄不直露。〔註10〕「在抒情方式上，豪放詞多直抒胸臆，強烈的感情直瀉而下，一吐爲快，如泉湧潮奔，如電閃雷鳴。

〔註9〕《文淵閣四庫全書・彥周詩話》（電子版），上海人民出版社、迪志文化出版有限公司，1999年版。

〔註10〕嚴安政《試論婉約與豪放之區別》（《陝西教育學院學報》2003年2月第19卷第1期）一文從「題材範圍」、「表達的情感」、「感情的表達方式」、「表現方式」、「語言運用」、「音律」、「最後造成的意境」、「給人的感受」、「總體風格和審美效果」等九個方面詳細比較了兩者的區別，可以參考。

意境或雄奇闊大，或高遠蒼茫，或奇異變幻，如同潑墨大寫意畫，如狂草書法。……有時，豪放詞爲了感情表達的需要，有意突破音律、格律的限制，從某種程度上『解放』詞體，使詞更加自由地表情達意。」〔註 11〕可見，首先，「豪放」與「婉約」最直觀的區別是在表現方式上，其他諸如思想精神、風格等方面，都由此點作爲對立的核心點而得到表現或解釋。値得一提的是，詞學史上的「婉約」，也有所謂的狹義和廣義：

> 對於作爲「正體」風格範疇的「婉約」，我們可以有廣義和狹義兩種理解。廣義的理解就是按照張綖的說法，詞體「一體婉約，一體豪放」，除「豪放」之外的其他風格，都屬於婉約的範疇。狹義的理解是，只有繼承《花間》傳統的綺豔之詞（內容言情、辭采綺麗、格調柔靡、聲律諧協），才算是婉約詞，也才可以稱爲「正體」。以此標準來衡量，則質實、清空、豪放均爲詞之變體，只是「變」的程度不同罷了。〔註 12〕

就「婉約」的狹義來說，「豪放」和它形成的尖銳對立自不消說，從詞的發展歷史的實際情況來看，「豪放」詞的誕生（或說得到繼承而發揚光大）及其意義，主要是針對著「婉約」的狹義來的。但我們又不能不看到，在後來實際的發展過程之中，則「質實」、「清空」之類，作爲「豪放」和「婉約」之間的第三種形態、第三條道路，因爲它們乃是南宋詞壇末期的一種詞學審美理想，不代表詞發展的先進、積極的方向，因此在廣義上也和「豪放」是對立著的，這在詞學史上已經是常識，很多學者對此都有所闡述，例如吳熊和的《唐宋詞通論》。〔註 13〕也就是說，無論是「婉約」的廣義還是狹義，「豪放」都是可以與之成爲一個對立的範疇的。

其次，在文學的風格和藝術境界上，以「婉約」爲特徵的作品呈現出優美柔婉的美學風貌，偏於陰柔之美，而「豪放」則偏於陽剛之美。以詞爲例，「『本色』詞以『情致』爲主，詞情蘊藉，表達含蓄」（筆者按：這裡的「本色」詞，作者指的是「婉約」詞）〔註 14〕。與之相對立，「豪放」則是在

〔註 11〕歐陽俊評注：《豪放詞三百首》，巴蜀書社，2001 年版，第 6 頁。

〔註 12〕周明秀：《詞學審美範疇研究》，華東師範大學博士論文（2003 年，導師方智範）。

〔註 13〕吳熊和：《唐宋詞通論》，浙江古籍出版社，1989 年版，第 307～311 頁。

〔註 14〕周明秀：《詞學審美範疇研究》，華東師範大學博士論文（2003 年，導師方智範）。

表達方式上直率而酣暢、淋漓盡致，在文學的風格和藝術境界上表現爲雄壯放曠、氣勢盛大。田耕滋認爲，「豪放」以「氣」勝，而「婉約」以「韻」勝〔註 15〕，分屬陽剛、陰柔兩種美學形態：「從詩美形態上看，豪放詞具有陽剛之美，婉約詞具有陰柔之美。在司空圖的《詩品》中，我們就能找到對這兩類詩美形態的詩意描繪，豪放詞因其有『氣』才剛，婉約詞因其有『韻』而柔，而『氣』和『韻』正代表著作爲主體的人對外部世界的兩種最根本而且是截然相反的態度。『氣』由於與功利性的『志』相聯，便明顯具有目的性與意志性成分，體現著人對外部世界的征服與控制態度；『韻』由於是非功利性情感的特定表達方式，這一情感的內核實質上是對對象的愛戀，它體現著人對外部世界的依戀性態度。在人對外部世界的征服與控制性態度、意欲中，輻射著人的本質力量，因而就顯出崇高來；在人對外部世界的依戀性態度中，流溢著主體的生命眞情，因而使對象感到心暢神怡的愉悅。這就是豪放詞具有陽剛美、婉約詞具有陰柔美的根源。在主體對待外部世界的這兩種根本相反的態度中，深隱著兩種哲學意蘊：宇宙存在的衝突性與和諧性。」〔註 16〕而南宋俞文豹《吹劍錄》裏的一段話，則形象地體現了「婉約」和「豪放」在風格上的區別：

> 東坡在玉堂，有幕士善謳。因問：「我詞比柳詞何如？」對曰：「柳郎中詞，只合十七八女郎，執紅牙板，歌『楊柳外曉風殘月』。學士詞，須關西大漢，銅琵琶，鐵綽板，唱『大江東去』。」〔註 17〕

作爲相對立的兩種文學境界或風格，「婉約」和「豪放」都有著存在的價值，缺一不可。應該指出的是，上述兩者在表現方式上的區別，僅是從兩者對待的初級意義上來區別的，實際上「豪放」還有更高階段的意義，因爲無論是文字語言本身所具有的言不盡意的特點也好，還是表達方式上的含蓄不直露

〔註 15〕葉朗《中國美學史大綱》（上海人民出版社，1985 年版）云：「『韻』是由『氣』決定的。『氣』是『韻』的本體和生命。沒有『氣』也就沒有『韻』。」見第 221 頁。「氣」爲「韻」之根本，此點無可置疑，然「韻」之有「氣」，在「豪放」、「婉約」對待的層次上來說，則主要牽涉一個「氣」的盛大充沛與否的問題，「豪放」之生成流程爲「氣」的「收」即積聚與「放」，而「婉約」則在「收」與「放」上均不明顯，故後文云「豪放」可以兼有「婉約」之長，此爲基本理論依據之一點。

〔註 16〕田耕滋：《詞分豪放與婉約的詩學意義》，載《西安交通大學學報（社會科學版）》2000 年 6 月第 20 卷第 2 期（總 52 期）。

〔註 17〕《文淵閣四庫全書・御選歷代詩餘》（電子版），上海人民出版社、迪志文化出版有限公司，1999 年版。

也好，「豪放」也完全可以包容這些意義。第一點很好理解，因爲文學都是以語言爲載體的。第二點比較難理解，因爲在我們的印象裏，「婉約」的特色好像就是含蓄不直露，表達曲折有致。實際上這樣一個層面上的區別只是外在的形式上的區別，而沒有從精神實質上對二者加以區別。王明居在談到「頓挫」的時候，他舉了豪放詞的例子：

> 我們不僅要從修辭上去解釋頓挫，更應從風格上去領悟頓挫。這就是情感的千回百折，節奏的徐疾相間，音調的抑揚抗墜，旋律的跌宕有致。辛棄疾的《水龍吟‧登建康賞心亭》「可惜流年，憂愁風雨，樹猶如此。倩何人、喚取紅巾翠袖，揾英雄淚。」《永遇樂‧京口北固亭懷古》「四十三年，望中猶記，烽火揚州路。可堪回首，佛狸祠下，一片神鴉社鼓。憑誰問，廉頗老矣，尚能飯否。」〔註18〕

相似的例子還有辛棄疾的《摸魚兒》（「更能消、幾番風雨」）之作，更是曲折迴環，欲吐還斂。實際上這是稼軒詞的一大特色，它不像後來的豪放詞那樣每爲人詆爲「粗豪」，即多得力於此——這種境界涉及到「豪放」可以兼有「婉約」之長的問題，本書第八章第二節將作專門探討——也就是說，從表現方式上原是不足以根本區別「婉約」和「豪放」的。兩者的本質區別究竟何在呢？筆者認爲是在主體性精神上。主體性也就是自覺能動性，它是人的全面發展最根本的特徵，是人之所以爲人的根本魅力之所在，是人獨出於宇宙萬物的最重要一點。它在文學藝術中則充分地表現爲作者的「意」（其中最重要的是「情」，「意」的最高點是「理想」）上，即一定內容的「意」是毫不含糊的——雖然可以用曲折多致的方式含蓄表達出來，但必須讓人感覺到其「意」其「情」的不可阻遏，「意」味鮮明。這是一個由「收」到「放」的動態過程，極大地表現了主體的精神、情感、氣勢，它和「婉約」的眞正區別就在於不管表達的方式是多曲折含蓄的，但它最終把這種主體精神、情感、氣勢表達了出來，而後者則是雖或也有相似的內容，但在表達的時候，最終是欲露又隱，收了回去。「豪放」固然在通常的表達方式上體現爲直抒胸臆，但最重要的歸結卻是其主體的思想精神，主體精神的姿態關係著主體關注和介入現實

〔註18〕王明居：《詩詞風格談——雋永　沉鬱　豪放》，引自「http://blog.zgwww.com/html/49/n-10949.html」。此處所引一段文字辛棄疾之前的幾句，亦見其《唐詩風格美新探》一書（中國文聯出版社，1987年版，第158頁）。

生活的程度；而「婉約」則將其最重要的部份歸結到情態、風格上。「壯美爲表現力的方面，優美則力之薄弱，至少亦須將力內斂。」〔註 19〕這樣做的結果，是在相當程度上消解了主體的精神，而且主要是正視、關注現實的精神和姿態。因此，「豪放」的張力主要是體現在「放」上，而「婉約」的張力則主要是體現在「收」上。就「豪放」而言，在藝術表達上可以含蓄，但是在思想精神和志意理想上則毫不含糊。而「婉約」呢，卻在表達方式上也是含蓄的，更不用說是思想精神了：「明明有某種情思，偏偏不直說，而採用婉曲的方式來表現，這是含蓄的第二種方法」。〔註 20〕從內在的精神的層面來區別二者，具有重要的意義，它是我們理解爲什麼一些字句凝煉、表達含蓄的作品，也可以是「豪放」的，例如辛棄疾《鷓鴣天》裏的「卻將萬字平戎策，換得東家種樹書」，《永遇樂》裏的「君恩重，且教種芙蓉」，《菩薩蠻》裏的「江晚正愁餘，山深聞鷓鴣」，等等。理解了以上所述兩者的區別，我們就可以來探討「豪放」這一範疇的具體內涵了。

二、不受拘束，氣盛使然——「豪放」的內涵及其三個層次

要探討「豪放」的內涵，並不是一件很容易的事情，這是因爲，「中國美學範疇最難下確切的定義進行解釋，因爲它沒有固定的內涵和外延，範疇的意涵隨著不同的語境和情境靈活多變。這樣就出現以彼範疇解釋此範疇的現象，比如，『傳神者，氣韻生動是也』。以『韻』釋『神』，這種循環釋義在西方的邏輯思維中是絕對不允許的。因爲西方學術中的概念都是針對某一類物象現實的本質概括，概念彼此間有明確的界域和所指，相互間互不干涉，各司其職。若相互通釋，就犯了串錯門的邏輯病。中國美學範疇卻恰恰熱衷於這樣的大串門。」〔註 21〕因此，深切理解中國古代美學範疇的特點，根據其歷史發展的實際情況總結出中國古代美學範疇的一個總體性內涵，區分其在不同語境之中的生動而豐富的不同層次，而不是像西方的邏輯思維那樣爲這些範疇主觀先在地抽象出一個本質，這正是我們探討「豪放」的內涵的一個基本前提。

〔註 19〕宗白華：《宗白華講稿》，江蘇教育出版社，2005 年版，第 100 頁。
〔註 20〕周明秀：《詞學審美範疇研究》，華東師範大學博士論文（2003 年，導師方智範）。
〔註 21〕程琦琳：《論中國美學範疇網絡體系》，載《江海學刊》1997 年第 5 期。

（一）歷代對「豪放」內涵的探討

從歷史上來看，司空圖《二十四詩品・豪放》最先對「豪放」的內涵作出解釋，但其闡釋方式卻是別具一格的：

> 觀花（筆者按：孫聯奎《詩品臆說》作「化」，並釋此句爲「能洞悉造化，而略無滯窒，是爲觀化匪禁」〔註22〕，極是，作「花」非也）匪禁，吞吐大荒。由道反氣，處得以狂。天風浪浪，海山蒼蒼。眞力彌滿，萬象在旁。前招三辰，後引鳳凰。曉策六鼇，濯足扶桑。〔註23〕

司空圖以詩歌形式來闡述自己對「豪放」的理解與領悟，或許他想避免純理論的枯燥和非感性、局限性，因而以此方式表現。這樣既可以將理論觀點闡述得富於詩情畫意，「浸注著濃鬱的詩性和人文意識」〔註24〕而具有感性的特色，給我們更多的自由想像和發揮的空間，又避免了理論闡述因過於確定而導致僵化的弊端。中國古代文論重感悟式的批評方式，在司空圖的《二十四詩品》這裡得到了淋漓盡致的體現。如果不是在科學研究的意義上，這確是一種很好的方式，是一種「以天合天」式的詩學闡述方式，具有以心會心、微得其意的特點。但是這種方式一旦進入學術視野，就會帶來許多問題。一是由於詩歌本身的模糊性，我們只能間接推論其理論觀點，這就出現了很多不同的意見；二是在科學的意義上，《詩品》並沒有給出一個比較明確的「豪放」的定義，或闡述其內涵。因此，後人對這一品的不同理解和具體闡釋不斷出現，直至今人仍有繼續努力者。第一個對「豪放」作出令人比較滿意的解釋的是清代楊廷芝的《詩品淺解》，他把「豪放」解釋爲「豪邁放縱。豪以內言，放以外言。豪則我有可蓋乎世，放則物無可羈乎我。」他又具體解釋說：

> 前招三辰，玩一「招」字，則聲撼霄漢，手摘星辰。鳳凰，不與群鳥爲伍，而今且無不可引，則進退唯我，不可方物矣。策六鼇，豪之至。濯扶桑，放之至。亦其胸懷不啻雲開日出，海闊天空，故曉策六鼇，濯足扶桑。〔註25〕

〔註22〕《司空圖〈詩品〉解說二種》（孫聯奎《詩品臆說》、楊廷芝《廿四詩品淺解》），齊魯書社，1980年版，第28頁。

〔註23〕祖保泉、陶禮天箋校：《司空表聖詩文集箋校》，安徽大學出版社，2002年版，第166頁。

〔註24〕汪湧豪：《範疇論》，復旦大學出版社，1999年版，第44頁。

〔註25〕郭紹虞集解：《詩品集解・續詩品注》，人民文學出版社，1959年版，第23

楊廷芝的解釋是十分精彩的，尤其是對「豪放」的內涵的界說，對於「豪」的解釋鮮明地體現了突出人的主體精神（主要是人的志意理想）特徵這一點，而對於「放」的解釋體現了它在本質上有一種超越的特徵和品格。周明秀認爲，這個解釋「可謂中肯」。〔註26〕此外，孫聯奎在《詩品臆說》中解釋「豪放」一品的意義說：

> 「豪」，乃「豪傑」、「豪邁」之「豪」，對齷齪猥鄙言；「放」，非「放蕩」，乃挫放，對局促言，即放乎四海之「放」也。惟有豪放之氣，乃有豪放之詩，若無其胸襟氣概，而故爲豪放，其有不涉放肆者鮮矣。太白《將進酒》、少陵《丹青引》諸篇，試一披覽，當得其大略。〔註27〕

他對「豪放」內在結構合成的兩個概念也做了很好的解釋，並指出了理解「放」之一義必須要限定在審美範圍之內；指出了「豪放」所依託的胸襟氣概因素，這是很到位的。同時，他對「豪放」的內因即「氣」也做了說明，可見「氣」爲豪放的內因並不存在任何疑問。

對於詩的內容，呂漠野認爲《二十四詩品・豪放》前「四句說所以能夠豪放的內因」，後「八句以具體形象闡說豪放」。〔註28〕張少康則認爲「中四句是對『豪放』的意象之形象描寫」，「後四句則進一步描寫『豪放』的氣派」〔註29〕，這些解釋都是可取的。張國慶則認爲「『觀化匪禁，吞吐大荒』，主要說的是『放』」，而「『由道返氣，處得以狂』，主要說的是『豪』」〔註30〕，

頁。筆者按：孫昌熙、劉淦校點《司空圖〈詩品〉解説兩種》（齊魯書社，1980年8月第1版）中所錄楊廷芝《詩品淺解》，其中「豪則我有可蓋乎世，放則物無可羈乎我」一句（見第104頁），標點爲「豪則我有，可蓋乎世；放則物無，可羈乎哉！」且最後一字異文。綜合分析文、句之意，當以郭紹虞本所錄爲是。

〔註26〕周明秀：《論作爲詞學審美範疇的豪放》，載《貴州社會科學》2002年第6期。

〔註27〕孫昌熙、劉淦校點：《司空圖〈詩品〉解説兩種》，齊魯書社，1980年版，第27頁。

〔註28〕呂漠野：《司空圖〈詩品〉釋論》，載《杭州大學學報》（哲社版）1994年第4期。

〔註29〕張少康：《〈二十四詩品〉繹意（下）》，載《江蘇大學學報》（社科版）2002年第3期。

〔註30〕張國慶：《中國美學對「雄偉」、「秀麗」的體系式研究》，載《文藝理論研究》2005年第3期。此文爲張氏《〈二十四詩品〉詩歌美學》一書先期發表的內容（基本相同的內容見其《〈二十四詩品〉詩歌美學》，中央編譯出版社，2008年版，第51頁）。

這是不錯的，但是首四句主要說的是之所以能夠「豪放」的內因，而不是其內涵，如上文中所引孫聯奎的解釋，就充分說明了這一點。值得注意的是，「豪放」第一次進入中國古代美學史，司空圖的《詩品》就把它和中國的傳統文化密切結合了起來，並把它提高到「道」的高度來認識它，這是十分可貴的。這說明，我們不能把「豪放」這一範疇僅僅放在文藝甚至更爲狹小的詞的範圍來認識其豐富性，這和對其核心內涵（狹義）的探討並不矛盾。

《辭海》「豪放」條釋義爲：「氣魄大而不受拘束」，並以《三國志・張彝傳》及《宋史・蘇舜欽傳》爲例。〔註31〕《現代漢語詞典》釋義同《辭海》，並舉「性情豪放」、「文筆豪放」爲例。〔註32〕這說明形容人物品性或性情的「豪放」，大體的適用範圍應該是人（人生）和文學藝術兩個方面，前者作爲人的屬性的限定，可以說是屬於認識論的範圍，而後者屬於風格論的範圍。其中在文學藝術的領域之中，「豪放」得到了最全面的表現，從而兼有前面我們所說的「豪放」的三個表現層面。《辭海》的解釋顯然偏於前者，是「豪放」這一範疇本質的最中心的抽象的界定，這是一個狹義，這個狹義在一切涉及到「豪放」之意蘊的範圍之內都是適用的，因而人生中的豪放，我們基本上就是採用這種狹義，而在風格論的意義上採用廣義，因爲在風格論中「豪放」是與「婉約」對舉的，因而是一切偏於陽剛雄壯風格的統稱，這在前文中已經提到了。明確這一點，對於掌握本書後面論述的思路，是極其重要的。

但是，《辭海》對於「豪放」所下的定義是極其模糊的，還不能從中容易地見出「豪放」的內在精神和特色，從而凸顯其本質的特徵，這對於一個具有豐富意蘊的美學範疇來說，畢竟又是不夠的。此外，錢鍾書也對「豪放」的內涵有所悟解。他在解釋蘇軾《書吳道子畫後》一文中的「出新意於法度之中，寄妙理於豪放之外」（筆者按：孫聯奎《詩品臆說》附錄蔣斗南《詩品目錄絕句》有云：「含蓄色相空，豪放入高妙」〔註33〕，亦以一「妙」字著眼，可供參考）時說：

> 從分散在他著作裏的詩文評看來，這兩句話也許可以現成地應用在他自己身上，概括他在詩歌裏的理論和實踐。後面一句說「豪

〔註31〕《辭海》上冊，上海辭書出版社，1989年版，第952頁。

〔註32〕《現代漢語詞典》，商務印書館，1996年修訂第3版，第501頁。

〔註33〕《司空圖〈詩品〉解說二種》（孫聯奎《詩品臆說》、楊廷芝《廿四詩品淺解》），齊魯書社，1980年版，第9頁。

> 放」要耐人尋味，並非發酒瘋似的亂鬧亂嚷。前面一句算得「豪放」的定義，用蘇軾所能瞭解的話來說，就是：「從心所欲，不逾矩」；用近代術語來說，就是：自由是以規律性的認識爲基礎，在藝術規律的容許之下，創造力有充分的自由活動。」〔註 34〕

錢先生在這裡對「出新意於法度之中」的解釋是正確的，但是把它當作「豪放」的定義，我們卻不能加以認同。因爲這句話主要解決的是怎樣不爲法度所囿的問題，是屬於技術層面（即傳統文論「道」、「技」之「技」的境界）上的事，這和揭示「豪放」的內涵是有著不少差距的。並且這句話的主要意思是無論如何都不出法度之外，明顯地既無內在的氣勢方面的規定，又沒有外在的「放」的規定和闡解，這可能是達到「豪放」的一個方法，但卻絕不是它的定義。實際上蘇軾的這兩句話在意思上是並列的，所以並無前一句話是後一句話中一個語辭的定義的可能。從文理上來看，蘇軾倒是有意地把「法度」和「豪放」對舉，而具有明顯相反的意蘊，這是耐人尋味的。不過，蘇軾這裡的「法度」是在技藝表達層面的意義上來使用的，並不是社會人生中的禮法制度，而是規律的別名，蘇軾在使用這一語辭時不過是把它人格化了而已。我們認爲，這裡的「豪放」並不是從風格的意義來說的，而是指對於固定（因而是僵化的、束縛人的創造力的）的法度（即有點「相對眞理」的意味）的超越，但這超越並不是毫無節度的，它仍然要以一定的法度爲基礎。「法度」和「豪放」構成了既相對立又相統一的藝術境界，在這個意義上，「豪放」已經和中國傳統文化精神聯繫在了一起，也就是和「無拘無束」聯繫在了一起。而且，如果更進一步來推敲的話，那麼這兩句話的後一句，我們似乎還可以理解爲只有達到了「豪放」的境界，才能眞正使「妙理」得到最佳的寄託或表現〔註 35〕，也就是說，重點是在主體的修養，因此張惠民認爲「這裡的『豪放』是指在藝術作品之中表現出來的創作主體充滿鬱勃自由創造的精神。蘇軾以『豪放』評詞而指出其精神本質是『快活』，這一點是極重要的。這是蘇軾一貫主張並努力追求的文藝創造的自由境界，這種境界的實現，即是其生命存在的一種大歡喜狀態。」〔註 36〕這就揭示了「豪

〔註 34〕錢鍾書：《宋詩選注》，三聯書店，2002 年版，第 99 頁。

〔註 35〕周篤文《豪放詞典讀》云：「只有既不悖於法度，又不拘於法度，而能盡古今之變的新意和妙理，才是東坡心中的『豪放』。」遼寧教育出版社，2009 年版，第 1 頁。此亦一解。

〔註 36〕張惠民：《宋代詞學審美理想》，人民文學出版社，1995 年版，第 8 頁。

放」的主體修養才是「豪放」表現的來源——在「豪放」風格成為既成事實以後，當然可以說「豪放」的精神狀態或表達之自由得之「豪放」的內在修養，但就其本末次序來說，主體修養是先於其技藝表現，因而也就是先於「豪放」的風格的。

關於蘇軾的這兩句話，以及蘇詞的「豪放」問題，趙仁珪也有過探討，他認為：

> 其實，宋人使用豪放一詞評蘇詞並不著意於某一範疇，即本不著意於究竟是指音律還是風格，他們所取的是這個詞所代表的總傾向，即突破陳規常俗和固定的法度。所以歐陽修、王安石才以豪放論李杜詩，蘇軾自己才宣稱要「出新意於法度之中，寄妙理於豪放之外」(《書吳道子畫後》)，並以「豪放」一詞來評陳季常詞：「但恐豪放太過，恐造物者不容人如此快活也」(《與陳季常書》)。也就是說，凡是突破傳統框框者——這傳統框框在當時無疑是指傳統的婉約詞風——即是豪放。用它來論題材，則指題材上的創新解放；用它來論風格，則指風格上的「自是一家」。〔註 37〕

趙先生在這裡用這種解釋來反對很多人「認為宋人以豪放評蘇詞應指從內容到形式，從題材到情韻的整個藝術風貌」，而著重突出了「豪放」的「突破傳統框框」——在當時指婉約詞風這一核心，這還是符合「豪放」的廣義的。

任訥曾在《散曲概論·派別》中詳細闡述了「豪放」的三義。首先，他以馬致遠的〔雙調·夜行船〕《秋思》為「第一義」的例子：

> 若問此曲何以成其為豪放，則無人不知其為意境超逸實使之然，文字不過適足以其意境副耳。然重賴意境之超逸以造成豪放，乃豪放之第一義也。〔註 38〕

接著，他又以馬氏的〔雙調·撥不斷〕(「菊花開」)為「第二義」的例子而進行分析：

> 意境自與前曲完全相同，而意境之外，修辭亦大可注意。則全曲之中，用人名、地名、物名以表象者，聯貫成串，其多實出於尋常也。第三句之連舉三地，有如地理志；第四句與末句之連舉四古

〔註 37〕趙仁珪：《論宋六家詞》，北京師範大學出版社，1999 年版，第 122～123 頁。筆者按：此處趙先生所引『恐』字衍。

〔註 38〕任訥：《散曲概論》，中華書局，1931 年版，第 34 頁。

人名，有如點鬼簿；第五句又羅致諸品名，如市廛之陳百貨。此種修辭法，在尋常之詩詞中要皆不宜，所謂羈是也，而在曲中用之，乃特放異彩，所謂不羈是也。故此曲之所以形成豪放不羈者，端由修辭法之特殊，不僅倚賴意境，此乃豪放之第二義也。〔註 39〕

又以馬氏〔雙調．壽陽曲〕（「心間事說與他」）爲「第三義」的例子而進行分析：

……可謂深得風人溫柔敦厚之旨矣。顧其文全用白描，無論雅俗之材料，都不藉重妝點，此恰與清麗一派相反，故亦認爲豪放乃完全脫離意境之豪放而豪放者，豪放之第三義也。〔註 40〕

任訥先生將豪放分爲三種：「意境超逸」、因「修辭法之特殊」而造成的「豪放不羈」的表現方式、「完全脫離意境之豪放而豪放」，這三種「豪放」大體對應著思想內容或境界、表現方式或手法、語言或風格三個方面，就「豪放」內涵的層次而論，無疑是極好的，只不過他沒有找到貫穿三義的核心線索、義理，而且，他所認爲的「豪放」的「第一義」（「意境超逸」），實際上還不是「豪放」內涵的最高層次，這種「超逸」的意境從總體上來說仍然屬於消極的「天人合一」的範圍，偏於沖淡、消極而缺乏眞正的主體性精神，因此其主體之「氣」仍然沒有達到盛大充沛的狀態。

今人王明居也對「豪放」下了這樣的定義：

豪情滿懷，直抒胸臆，奔騰咆哮，一瀉千里；氣勢奔放，思潮激蕩，吞吐日月，縱橫八荒：謂之豪放。〔註 41〕

這樣一個定義雖然不太嚴格——多是描述性質，從中我們不能確切地知道「豪放」這一範疇的外延——但它揭示的特色和精神面貌基本上是正確的。其中還殘存有以形象化的語言來界定概念的不規範性，因而這種規定的缺陷

〔註 39〕 任訥：《散曲概論》，中華書局，1931 年版，第 35 頁。任氏所言「豪放」諸義所舉的例子，應該是傑出的作品方有代表性，以免容易造成他人以藝術性不高而詆議「豪放」類的作品的後果。而此處所舉馬致遠的作品，則非是，甚至就藝術性而言，乃是極爲一般之作。

〔註 40〕 任訥：《散曲概論》，中華書局，1931 年版，第 35 頁。

〔註 41〕 王明居：《詩詞風格談——雋永　沉鬱　豪放》，引自「http://blog.zgwww.com/html/49/n-10949.html」。另王明居《唐詩風格美新探》定義「豪放」爲：「豪邁奔放，謂之豪放」（中國文聯出版社，1987 年版，第 112 頁），《文學風格論》（花城出版社，1990 年版，第 62 頁）、《唐詩風格論》同之（安徽大學出版社，2001 年版，第 119 頁）同之。

是，我們既不能由之將「豪放」和「壯美」區別開來，也不能從中見出「豪放」的成因，同時這種理解也是片面的，因爲用「壯美」來理解「豪放」，就必然遺棄了並非是壯美範圍而又屬於「豪放」的那部份美。因此，這可以說是一種非科學的漫談式的界定方式。此外，今人周濤也界定「豪放」的內涵說：

> 什麼是豪放、狂放、奔放？我理解，就是一種面對人生的戰鬥姿態，男兒的天性，高貴靈魂的豁達與坦蕩，強大自信力的精神折射，人對自身尊嚴的肯定，智慧對整個客觀世界大而化之的滲透和包容。〔註42〕

所謂「天性」，當然並非原本如此，「豪放」的主體最終形成「豪放」的精神、姿態，是其面對整個外在世界（核心是人類社會的現實生活）磨礪之後的一種後天必然性，「天性」尚屬於「豪放」的較低層次〔註43〕；靈魂的「高貴」是必然的，因爲「豪放」的主體會始終堅守自己的理想信念，而不爲外在事物所屈折，如此，「豁達與坦蕩」就是必然的，與之相形的則是現實社會中若干形形色色的卑鄙齷齪的「小人」形象；「強大自信力」是「豪放」主體堅守理想信念的必然產物，而維護人的「自身尊嚴」，則是「豪放」最根本的人性基礎。總之，周氏將「豪放」與「狂放」、「奔放」並列在一起，當然是不科學的，但就「豪放」的內涵而言，這算是一個不錯的理解，雖然所謂「戰鬥姿態」，還帶有特殊時代的特殊色彩。不過，周氏所言不過是「豪放」的種種既成表現，對於「豪放」最爲根本、核心的要素，還沒有涉及，而仍然停留在較爲本體的泛泛而論的層次，這是因爲，他沒有將「豪放」徹底、充分置之於社會歷史和現實生活的豐富、複雜、深刻的背景、意蘊之中，因而沒有觸及「豪放」所面對的主要社會問題——同時也是人作爲主體所面對的主要問題。當然，他所說的「豪放最本質的力量，在於人格力量突破了一般社會倫理道德所構築的柵欄，而不在於口氣多大、文詞多麼

〔註42〕周濤：《我已經尋找過我自己——一次關於文學或詩的對話》，見《周濤散文（第二卷）》，東方出版中心，1998年版，第427頁。

〔註43〕周濤同文又有云：「豪放或者婉約，都不是人們努力經營建設的結果，而是天性流露的反映。老鼠即便站在摩天大樓上高喊，也依然是卑瑣之物；兔子背上獵槍漫步荒野，也改變不了東張西望的習慣；獅子臥病時孤獨的呻吟，也照樣威猛有力使百獸震惶。」（《周濤散文（第二卷）》，東方出版中心，1998年版，第427頁）

貌似磅礴」〔註 44〕，已經接近了「豪放」的本質，但「人格」和「社會倫理道德」的層次，顯然還不夠核心、深刻。

由於「豪放」乃是筆者所提出、建構、闡釋的新審美理想理論體系「神味」說理論的核心、根本思想精神，故亦曾對「豪放」下過定義、做過闡釋，在此摘錄有關著作的相關內容，僅供參考：

> 豪放者，歷經最大束縛而獲得之自由之境也，戴枷鎖而能舞也，於事物之本質得玲瓏剔透之領悟，而與其生命存在之節奏相俯仰感應，得物我之間莫大之和諧，而又使我之性情適乎天地萬物，緣世俗民生而臻致「無我之上之有我」之境，出入人天，而又呈現爲爛熳之狀態者也。其核心内涵則不受拘束，故豪放乃事物演進之内因，亦我性與於創造之表現也。純粹之豪放，其生命力恒及於宇宙自然而以物待我，故能於虛應萬物，以我性改造自然人生者也。豪放之我性，必不徇於物，而保持自由之思想、獨立之精神，其所徇於物者，物之自然也，無之，物不得其生焉；必不徇我也，其所徇，乃芸芸衆生之大者，故由之得以成就燦爛爛熳之人格境界、思想境界、精神境界也。豪放之境界，寫意之所生也，以動爲其本色也，以歷虛而虛實互生之境爲其結構，其心境不可下於沖和平淡也。故豪放一義，非僅疏曠放達即所謂達觀而已，而必兼達觀與積極兩種精神境界；故如詞中蘇東坡之豪放，未辛稼軒若也。
>
> 世俗之所云豪放，多膚淺之論，往往在風格論之層次，雖與豪放之精神相關，而與其最佳無上之義諦，相去遠矣。豪放一義乃東方文化精神之最高境界，雖儒道二家之極致，不足以當之也。必和合儒、道二家之積極、進步之精神而補其未善，而後可以當之也。豪放之境爲吾國特有，唯有此特質，乃能使藝術在形式上直抒性情，不拘格套，姿態爛熳，在内容上富有活力，情趣不俗，氣質大方，表現爲積極樂觀之精神境界。西方之勇武強壯、威猛莊嚴，與豪放無涉，西方人不含此特質，亦不解豪放爲何物。西方人之情感以激情爲形態，其瀟灑在形體，東方豪放之本質則在於精神。即以釋氏言之，其清淨莊嚴、玄秘精深之境界，亦不蘊含豪放之精神。

〔註 44〕周濤：《我已經尋找過我自己——一次關於文學或詩的對話》，見《周濤散文（第二卷）》，東方出版中心，1998 年版，第 427 頁。

豪放存在之環境，亦由吾國兩千年醞釀而成之人格化之事物爲其氛圍，事物或緣古之意境理論而不盡適於今，若灑脱不羈、姿態爛熳之我性，則無古無今，越度時空，如魏晉南北朝時達觀放蕩之士之性情，明季激進自由之士（如李贄）之性情，無不燦爛於千古，永恒於歷史。又豪放之得，必歷「悟」之境，然如釋氏，如中土之禪宗，專以之爲事，如六祖慧能與歷代高僧之故事，其行亦或放蕩不羈，自由不拘，睥睨俗世，脱棄紅塵，空色自如，不執於物，然以吾人之目光視之，此可謂之達觀，不可謂之樂觀，不可謂之積極，故非豪放。其於世也，雖期諸普度，實限以自證，世俗中人之智計，又不可期之以遍悟也。歷代高僧猶有數十年不悟者，況世俗中人哉。蓋釋氏空悟義理，自陷抽象，其所行止、尊崇，不過如瓶中之花、鏡中之象、空中之音、水中之月，去眞實存在之境界，隔一層矣，故云自我圓滿，實不關人痛癢，普度眾生，便如霧中觀花光景。蓋自然人生之眞諦，不患現實世俗，而患罔能超越世俗。紅塵世俗，大美存焉。釋氏之所爲，實無異緣木求魚，脱離世俗。超越如蜂採花而釀爲蜜；脱離乃避開世俗，自求虛擬理想之境，如「蝶飛蛹外繭成全」之句所揭，不過蛹化爲蝶。蜜不可復成爲花，故其過程，乃一創造之提升；蝶可復產卵而成蛹，故其過程，乃一機械之循環。此兩種境界，一名大我，一名小我。大我乃於平凡、尋常中造就非凡，小我則因人稟賦因緣之異以成，不可強求。故豪放之境，必是大我，即「無我之上之有我之境」，能於此者，乃眞豪放也。

豪放之爲精神境界、精神意態，爲自信，爲爛熳也。東坡《卜算子》之「揀盡寒枝不肯棲，縹緲孤鴻影」，不具自信也。若《定風波》之「回首向來蕭瑟處，歸去，也無風雨也無晴」，則可矣。又如張于湖《念奴嬌》之「悠然心會，妙處難與君説」，嚴蕊《卜算子》之「若得山花插滿頭，莫問奴歸處」、李太白《山中與幽人對酌》之「我醉欲眠卿且去，明朝有意抱琴來」，必具自信而不待於外物，乃堪與於豪放也。豪放之事物之本質，在其生命力內蘊之美之閎大充實，無物可以挫之敗之而能阻擋其向完美完善之境發展之趨勢，亦即事物自然而然又不得不然者，亦即《〈聊齋誌異·嬰寧〉之意境神味》所言「外形實不足以掩其內美」黃蓉之例之義旨。又如屈大均《魯連臺》詩云：「從來天下士，只在布衣中」，無限自信之意態，又何如也。《莊子》有云：「獨與天地精神往來，則大美存焉」，是何等自信之境界；若「雖千萬人，吾往矣」，不必言矣。必具自信之美，而後能摒絕浮躁繁華，離於色相，而能與物交融心會，固守孤獨寂寞，寄其形骸，探其眞美。發之於外，乃見動媚爛漫。按「媚」之一語，實即內蘊之美之主於靜而動而爛熳者，內媚而外爛熳，皆爲英姿勃發深具自信之豪放者所有，皆攝人心魄、澡雪精神之美也，必具自信，乃能如是也。西人萊辛之《拉奧孔》有「化美爲媚」之一法，雖倡動態之美，而於內美（人格、思想、精神境界之美）仍在門外，亦不可期以豪放之精神也。

吾國文學中詩人之最具豪放之氣質者，其杜少陵、李太白、關漢卿、辛稼軒數子者歟？其次則蘇東坡、龔定庵輩。文學雖未大見而人極豪放者，則嵇康也。以書爲論，則顚張狂素之大草也。或能解李太白之豪放，而不能解杜少陵之豪放，而歐陽修《六一詩話》有云：「唐之晚年，詩人無復李、杜豪放之格，然務以精意相高」，則其豪放爲確然無疑也。詞人不得不獨許蘇、辛者，蓋二人之後之所謂豪放派，實鮮蘊含豪放之精神也。關漢卿之豪放，乃元曲以豪放爲本色之最出色者。龔定庵之豪放，則異於李太白之清華瑩澈、玉雪皎潔，而透露瑰麗奇譎、一往情深之色彩，未易多得也。或以如放翁「樓船夜雪瓜洲渡，鐵馬秋風大散關」之句者爲豪放，實則豪放並非依於雄大壯闊之境，亦不喜以熱烈奔放爲主，而大致在動中孕靜，靜乃我性和諧於物之表現，動則寓我之內美於其中，故如稼軒詞中之寫鄉村閒適者，雖貌似靜，而其內在所蘊含勃鬱超逸、深渾優美之人格、情志、理想則絲毫未減未遜，無往而非具豪放之精神者也。

豪放之精神必飽含深情，於自然人生之事、理、意、趣，所謂千形萬態之色相，能欣賞其美，而以陶冶怡養性情，葆持虛盈之態，貌似極靜，極無所事事，實則物極而反，待時以動，身心精神，皆極靈動，如蛇信然。豪放之精神在於勝己，而非溺陷於世俗，爭擾於名利。由勝自然以提升自我，而非以人爲的，以辱、敗、陷、殺之爲滿足，亦不以玩性情爲代價，亦不重世俗之名利，所謂天下交譽之而不加其喜，天下交毀之而不加其憂焉而已。故眞正具豪放之精神者，不以名利富貴爲意志，而能以布衣傲王侯。亦非傲之，不過視之如稚子赤裸之時，人人不異也。故眞正具豪放之精神者，必愛人，必以仁待人，以平等待人，以平常心處世，而尤對世俗中人之弱者飽含深情，而能以其生爲一己之喜怒哀樂，而恒欲其生得大美滿幸福。然現實世界之民生又恒不得善，恒爲名利所曲，權貴所迫，爲惡劣穢醜所污辱毀滅，故豪放者常能捨一己之私而起與之爭，而能不以生死爲意，林少穆「苟利國家生死以，豈因禍福趨避之」之句，得其實矣，縱身死之，猶得「零落成泥碾作塵，只有香如故」也。吾人之覽杜詩，深鬱固佳，而其中隨處而有之深情，尤使人不能自持。故眞正具豪放之精神者，其性情必特出，其大而可觀者則成爛熳，而能入於「無我之上之有我之境」，亦唯此種人格境界、思想境界、精神境界，而能有燦爛偉大之成就也。縱生不逢時，亦由之足以欣賞自然人生，悠然笑傲江湖、林下、市街以終，不可以哉！如子路之將死正冠，雖有其迂而腐；而嵇康之臨刑彈琴一曲，何其灑脱風流也！王右丞有句云：「日落江湖白，潮來天地青」，宇宙自然人生之氣象，如是而已，必得此生生不息、大氣深情之天地氣韻之領悟，而後乃能於豪放之精神有深解也。嗟夫，後世之人，孰可與言乎豪放者哉！……

豪放之精神，意中之豪放也，故如令狐沖之被迫而起，而成淡然悠遠、渾涵一切之氣象，即其正色也。若能以實現，則其出色也。如蕭峰之豪放，多具現實世界之色彩，而以陽剛大氣之美爲主，慷慨激昂而一往情深，於慘痛激烈之中，以成生命精神之異彩，方之令狐沖，一剛烈正氣，一虛靜靈秀，豪放之稟斯二美，亦足以移人矣。若崇豪放而不解其精神，誠鄉愿者矣。如嵇康詩之「手揮五弦，目送歸鴻」、「微嘯清風，鼓楫容裔」者，豪放之意態何其揮灑自然也。唯有此種豪放之意態，乃能爲《與山巨源絕交書》也，孟子所言之「富貴不能淫，威武不能屈，貧賤不能移」，而內又「善養吾浩然之氣」，則洵豪放者之能事矣。令狐沖與蕭峰，皆足以當之也。若夫享富貴之清華而不務實事世務，爲而又僅止於其身，或孤芳自賞，或三五麋聚，終日耽於詩酒，溺於聲伎，自稱傲嘯山林朝市，其實外強中乾，事起則變節，自降身爲婦人女子，似此之人，雖有豪放之行，之意態，而玷污豪放之精神矣。蓋豪放之精神之所本，爲眞淳樸素之性情所具之內美，由茲內美，生諸意態，則無往而非豪放，故吾人觀《神雕俠侶》中之楊過，而覺其豪放之氣質，遠不如郭靖爲多，即此理也。又如周伯通，性情雖佳，終不可以豪放目之者，以去現實世界之利害關係已遠之故也；又如左冷禪、岳不群諸人，即之過近而不能超脫物外，亦不足爲豪放之境界也。〔註 45〕

上述內容原摘錄自拙著《金庸小說詩學研究》〔註 46〕，「其論既以《笑傲江湖》爲主，則武俠小說中之江湖本有超世虛幻之色彩，故所論豪放之精神，總體仍在詞中蘇軾之豪放境界，如令狐沖雖能豪放而淡泊名利，然終於世俗民生無所與，而唯歸隱一途也。若蕭峰之欲用世，而不得其用，欲於歸隱有所突破而不能得，則亦惟自盡一途，以升入崇高之境界，此亦足見武俠小說不足與於豪放之最高境界，若詞中辛稼軒之精神境界，則又不可不知者也。」〔註 47〕這些論述雖然富有感性色彩，但較之古人對於「豪放」的泛泛理解已然不可同日而語，並且廣泛地涉及到了「豪放」範疇及其思想精神、藝術特點、藝術表現等多個方面。此外，拙著《詩詞曲學談藝錄》等著作對於「豪放」的其他零散的涉及之多，也都是前人文獻資料中所未見過的，由於本書其他部份或有引述〔註 48〕，此處不再加以摘錄。

從歷史上看來，「豪放」作爲一個範疇，它的適用範圍首先是用以品評人物的性情或行爲——主要涉及的是人的思想精神的「豪放」，然後吸收具體的

〔註 45〕于永森：《詩詞曲學談藝錄》，齊魯書社，2011 年版，第 93～99 頁。

〔註 46〕《金庸小說詩學研究》一書初稿完成於 2002 年，上述所引內容基本未變。其中若干細部已經無法與本書所探究的內容相提並論，這裡只是作爲本書相關研究內容的一個部份，予以引錄，以供參考。除此而外，筆者《「神味」說新審美理想理論體系要義革論——當代中國「本土化」文論話語體系之建構》一文與《詩詞曲學談藝錄》對於「豪放」的理解和闡釋，代表著「豪放」融入「神味」說理論體系建構、闡釋的最終樣態，因本書撰寫在此要義革論的最終版本之前，因此若干相關本書的有關「豪放」的理解和闡釋就沒有完全納入（作爲要義革論，其篇幅也不允許這麼做），特此說明。

〔註 47〕于永森：《詩詞曲學談藝錄》，齊魯書社，2011 年版，第 99 頁。

〔註 48〕詳見本書第五章第一節第一部份相關內容。

哲學文化意蘊，並表現在文學藝術上——其中又必然夾雜著技巧表現的「豪放」，最後在文學理論得到詮釋和總結。這樣一個過程，是一個「豪放」不斷發展和完善的過程，但其用以品評人物或其行爲的內涵，並沒有隨著「豪放」的進入文學藝術及其理論之領域而改變。而品評人物的適用，至少說明「豪放」是揭示事物的本質性質、特徵的一個範疇，在哲學上屬於認識論的範圍，在此它的對立面不是「婉約」，而是「恭謹」——這一對立在「豪放」首次出現的《三國志·張彝傳》就存在了，意思非常明顯。而《宋史·張奎傳》云：「奎治身有法度，風力精強，所至有治跡，吏不敢欺，第傷苛細。亢豪放喜功名，不事小謹。兄弟所爲不同如此，然皆知名一時。」則是「豪放」與「法度」對舉。前者是在表現方式上，後者則是在內容上。其邏輯起點仍然是「收」和「放」的關係，和與「婉約」相對立的「豪放」相比，兩者在形而上的層面或者說精神的層面上，其內涵是統一的，都是不受拘束之意，在具體的差別即事物的表達、表現方式上，後者的「收」、「放」側重體現在形成事物矛盾的焦點，即束縛作者而作者不受拘束的是表達的自由程度，即「法度」，而前者則側重體現在「禮義」、「制度」上。除了抽象和具體的角度，我們也可以從事物的內容和形式這一對範疇來認識「豪放」，正像陸侃如、馮阮君《中國詩史》裏所說的那樣：

> ……我們應先知道豪放的意義。我們認爲豪就是氣魄雄偉，放就是解放，不守常規。不過放的內涵不似豪那樣單純，有辭句方面的放，有內容方面的放，更有聲律方面的放。〔註 49〕

實際上辭句和聲律方面都可以歸入形式的範圍，這方面還有藝術手法、表達方式等因素，內容方面則可以包含精神、「意」、「志」、「情」等方面的因素，而風格論意義上的「豪放」則是這兩者的有機統一。從內容、形式的角度而言，「壯美則處處欲衝破其形式，至少亦須超過之若干倍」〔註 50〕，作爲「壯美」之一的「豪放」，自然也有這樣的特點。不論是從何種角度來審視「豪放」的，二者的統一點是：「豪放」所要超越的不是「法度」或「制度」本身，而是要超越其腐朽、僵化的地方，阻礙人的生命力和創造力的地方，這就是蘇軾爲何強調「出新意於法度之中，寄妙理於豪放之外」的原因。也正是由於這個原因，「豪放」作爲一個範疇不但具有美學的意義，而且還具有更廣闊的

〔註 49〕陸侃如、馮阮君：《中國詩史》，百花文藝出版社，1991 年版，第 517 頁。
〔註 50〕宗白華：《宗白華講稿》，江蘇教育出版社，2005 年版，第 92 頁。

文化、哲學和社會意義。關於「豪放」的超越性質——這一點非常重要，它關乎到我們對「豪放」內涵的總結——從哲學思想上來說，最初在《莊子》一書中就出現了：

世之所貴道者書也，書不過語，語有貴也。語之所貴者意也，意有所隨。意之所隨者，不可言傳也，而世因貴言傳書。……桓公讀書於堂上。輪扁斲輪於堂下，釋椎鑿而上，問桓公曰：「敢問，公之所讀者何言邪？」公曰：「聖人之言也。」曰：「聖人在乎？」公曰：「已死矣。」曰：「然則君之所讀者，古人之糟魄已夫！」桓公曰：「寡人讀書，輪人安得議乎！有説則可，無説則死。」輪扁曰：「臣也以臣之事觀之。斲輪，徐則甘而不固，疾則苦而不入。不徐不疾，得之於手而應於心，口不能言，有數存焉於其間。臣不能以喻臣之子，臣之子亦不能受之於臣，是以行年七十而老斲輪。古之人與其不可傳也死矣，然則君之所讀者，古人之糟魄已夫！」（《莊子・天道》）

這種思想，是基於世界萬物變動不居的特性而得出的結論，而眞正的新事物，必定是呈現爲對於舊事物的不斷提升、推進和超越的，本質上是一種與時俱進的思想精神。這種哲學思想，在儒家哲學思想之中也很早就存在了，如《易傳》云：

日新之謂盛德。

聖人有以見天下之動，而觀其會通，以行其典禮。

易有聖人之道四焉：以言者尚其辭，以動者尚其變，以製器者尚其象，以卜筮者尚其占。

易窮則變，變則通，通則久。

爻也者，效天下之動者也。

易之爲書也，不可遠；爲道也，屢遷。變動不居，周流六虛，上下無常，剛柔相易，不可爲典要，唯變所適。〔註51〕

《易傳》代表了儒家思想中積極、辯證的哲學思想，本質上是一種進步的發展觀，「因而，不可固執被法則拘束，惟有因應變化，才能適當應用」〔註52〕，

〔註51〕《文淵閣四庫全書・子夏易傳》（電子版），上海人民出版社、迪志文化出版有限公司，1999年版。

〔註52〕《易經》，中國文史出版社，2003年版，第248頁。

「日新」、「尚變」、「效動」、「唯變所適」，這些寶貴的思想，正是「豪放」精神「不守拘束」的核心精神得以形成的深厚的哲學淵源。〔註 53〕因爲認識到世界變動不居的本質，進而認識到現實社會的眞切情態，才激發起主體的能動性，形成主體的社會理想，形成了主體改造現實、積極進取的精神。具備了這種認識，無疑就會給主體帶來一種「超越」的性質。馮友蘭在《中國哲學簡史》論述向秀、郭象的《莊子注》時也指出：

> 向、郭認爲宇宙是在流動不居之中。……社會也是處於不斷的變動之中。人類的需要同樣是在不斷變化之中。典制和道德適應一時，不可能適應於永久。《莊子注》中說：「夫先王典禮，所以適時用也。時過而不棄，即爲民妖，所以興矯傚之端也。」（《莊子·天運》「圍於陳蔡之間……」注）
>
> 《莊子注》中還說：「法聖人者，法其跡耳。夫跡者，已去之物，非應變之具也，奚足尚而執之哉！執成跡以御乎無方，無方至而跡滯矣。」（《莊子·胠篋》「然而田成子一旦殺齊君而盜其國」注）
>
> 社會隨情況而變化。情況變了，制度和道德也應作相應的改變。如果不隨之而變，就將扞格如入，(「即爲民妖」)，變成人爲的桎梏。新的與舊的扞格如入，因他們所處的時代變了。兩者都是應時而生，因此不能說，哪個比另一個就一定高明。向、郭注並不像老子、莊子那樣一般地反對典制和道德，他們所反對的是在現實世界中已經過時、已經背乎自然的典制和道德。〔註 54〕

「豪放」本身所具有的這種超越性質，正是其具有鮮活的生命力和巨大的創造力的源泉和原因之所在！〔註 55〕當然，在現實社會之中，「豪放」所具有的這種性質和生命力、創造力，是要面對各種保守、僵化、過時的思想觀念及

〔註 53〕《易傳》就其哲學思想而言，應當屬於漢儒的產物，漢代是儒家思想定於一尊即統治階層以保守、僵化的態勢束縛了思想多元自由發展的時代，與《易傳》的哲學思想根本上是矛盾的。而之所以在漢代出現如此矛盾的兩種情形，主要原因有二：一，《易傳》思想大體出現於儒家思想定於一尊的歷史時期；二，《易傳》哲學思想主要對先秦（主要是周）的《易經》文本進行闡釋，思想指向主要面向周代，而爲周的立國及其奮鬥史進行哲學上的論證。

〔註 54〕馮友蘭：《中國哲學簡史》，新世界出版社，2004 年版，第 230～231 頁。

〔註 55〕「豪放」的超越品格主要來源於「氣」的精神性的強勢動力和活力，參見汪湧豪《範疇論》，復旦大學出版社，1999 年版，第 455 頁。

複雜的利害關係、利益所形成的極大的「艱難險阻」的，舊事物和既得利益集團是不會自己心甘情願地逐漸地退出歷史舞臺的。

（二）對於「豪放」內涵探討的總結

綜上所述，「豪放」是和中國傳統文化相始終的美學範疇，其適用和表現的層面爲社會人生、技藝表達和風格形態三個領域。從內容上來說，這三個領域和「豪放」形成對立的因素分別是「禮法制度」、「規律」（藝術規律或原則）和「婉約」（可以擴大到「優美」，因爲「婉約」只是適用於詞學領域，而「豪放」則貫穿於文學藝術的所有領域，從「豪放」的表現領域來說，較之「婉約」廣闊得多〔註 56〕，並且它在中國古代美學史上是以「優美」的對立面出現的，是對於以柔弱、靜態、消極爲主的審美意識的一種糾正）。而從表達形態上來說，「豪放」的對立因素分別是「恭謹」、「墨守成規」（未充分認識新的規律而導致的技藝表達上的不嫺熟和拙劣及思想精神上的保守傾向）及「含蓄」（主要是精神層面上的含蓄，或者說是表達方式上的含蓄對於精神上的內容的限制）。從本體論意義上來說，「豪放」的內涵或說是核心精神是「不受既有過時規律或法則的拘束」，而其之所以具有這種精神並形成對過時規律或法則的超越，主要是由於在人的主觀能動性指引下的人的人生理想和社會理想（即古人所說的「志」）的巨大推動下，人通過不斷的社會實踐積聚起盛大而充沛的內在之「氣」的結果，是這種內在之「氣」必然要釋放出來的一種必然結果，是「收」決定了「放」，也即「豪」決定了「放」。通

〔註 56〕張仲謀《婉約與豪放詞派新論》（見《語文知識》2007 年第 1 期）一文認爲：「詹安泰先生曾說，把宋詞分爲婉約與豪放兩派，『是論詩文的陽剛陰柔一套的翻版，任何文體都可以通用』（詹安泰《宋詞風格流派略談》，《宋詞散論》，廣東人民出版社，1980 年版，第 52 頁）。說婉約、豪放兩派說是陽剛陰柔一套的翻版，雖有嘲弄意味，卻有見地，但說『任何文體都可以通用』，卻不準確。原因在於，豪放或可用於詩文，婉約似乎只可用於詞。《二十四詩品》中有『豪放』而無『婉約』，就是這個道理。婉約可以說是詞的基本風格、典型風格，是晚唐五代即已形成的傳統風格，是詞體當行、本色正宗的基本風格指向。也只有在這種詞體個性認知的背景下，宋人才會拈出豪放的風格概念以與婉約相對。由此可知，婉約與豪放就只能是一對並列的詞學批評範疇，用於其他文體就會是勉強的或不適當的。」其意蓋謂「豪放」與「婉約」雖爲陰陽剛柔之翻版，然對待拈出，卻並非適用於任何文體，而僅適用於詞。若不對待拈出，則「豪放」可適用於詩詞文等文體，而「婉約」則特指詞之風格特色。史上誠有以「婉約」論書者，然非若「豪放」之能在《二十四詩品》成一範疇，僅一般意義之概念應用耳。

過對於過時規律的超越，人的主體性精神和美充分地展現了出來，呈現爲一種「豪放」之美，人的創造性得到實現，現實社會的實踐也得以完成，從而推動了社會和人的積極發展。「豪放」精神及美貫穿於上述三個領域，具體說來就是：

在社會人生的意義上，「豪放」主要表現爲主體思想、精神、性情、行爲等方面，「豪放」之所以呈現是因爲社會中的禮法制度對於人形成了壓抑和束縛（這些壓抑和束縛最爲核心和最終的體現是現實的利害關係和實際利益），例如封建社會的道德，即以「拘束身心」〔註 57〕爲務，從而導致了人的主體性精神的極大失落，人的自由的喪失，人的第一位價值不能得到有效的保證，人受束縛於不利於人的發展和發揮的禮法制度，因而違背了人類社會發展的正常規律和人類社會理想向善的規律，「豪放」即是對這種已經僵化或部份僵化了的社會禮法制度的超越，而這種超越一旦完成，就會促使新的社會變革發生，從而推動社會歷史的發展，推動人自身的發展，而每當新的社會變革足以糾正舊的社會禮法制度的弊端之時，「豪放」的主體就暫時趨於低落即重新進入到「收」的狀態，爲再一次的「豪放」的超越做準備，如此循環往復呈現一種螺旋上升的狀態，使社會和人在不斷發展中得到根本上的眞正的提升、完善。

在技藝表達的意義上，「豪放」主要表現在技藝表達方面，「豪放」之所以呈現是因爲在藝術規律（包括對物質質料的特性的充分瞭解、對於所表達對象的完美把握、自我本身的功力及對於內容表達的最適合的表達形式的認知等等）面前墨守成規、拘於舊法，而這些舊法舊規律已經不能適應新的現實生活和新事物的表現，從而不能體現出一種創造創新精神。這種情況實際上是藝術領域中不能不斷地認識新的規律，從而使藝術表現和表達不斷趨於僵化的結果，而「豪放」就是對於舊法和舊規律的超越，也只有這種超越，才能使藝術表現和表達進入到創造創新的境界。而僵化之所以能夠產生，則是由於藝術家脫離了社會實踐和社會現實活生生的人生狀貌，對他人的生存狀態缺乏應有的關注和熱情，未能在主體之「我」上由「小我」提升到「大我」境界。這種對「小我」境界的迷戀，導致了其藝術內容的貧乏，從而使得他只是醉心於藝術技巧和形式，片面地發展了藝術技巧和形式的因素，也

〔註 57〕陳崧編：《五四前後東西文化問題論戰文選·靜的文明與動的文明》，中國社會科學出版社，1985 年版，第 19 頁。

就導致了對於內容的限制，不能深刻地表達表現超出於「小我」之外的社會和人生內容，導致了藝術的僵化和毫無生氣。也就是說，這種情況之所以出現，根本原因即在於藝術創作的主體沒有「豪放」的內在精神，而只講究外在的形式和技巧方面的東西，就必然會使其藝術境界趨於僵化，藝術表達墨守成規，而人的對於大自然的天然優勢主觀能動性及美也就在這種墨守成規中喪失殆盡了。

從美學風格的意義上來說，「豪放」主要表現爲一種「壯美」範圍內的美學風格。「豪放」之所以呈現是因爲優美佔據了美的主導地位，使得具有創造創新精神的壯美退居次要地位，甚至於被以非正宗的名義被壓制和抹殺，這在中國文學藝術史上具有深刻而慘痛的經驗教訓，其典型例子就是宋詞中的「婉約」和「豪放」的此消彼長的歷史事實。優美風格走到極致的狹隘之處，就是在詩歌中詞這種體裁的出現。「婉約」起初是一種藝術表達方式，後來逐漸發展到一種風格論，因而它具有上面我們所述技藝表達意義上的「豪放」對立面的一切弊端，而這種弊端的發展，則是上升到優美的領域中進行的，這就和壯美對立了起來——而「豪放」正是壯美的特殊形態，它不是一般意義上的壯美，而是壯美諸風格中最具有主體性精神的，因而最具有創造創新精神，而優美對於「豪放」的排斥，實際上就是對於藝術中創造創新精神的排斥，對於人的主體之我中「大我」境界的排斥，這樣一來，就導致了文學藝術充滿著復古氣息和陳詞濫調，阻礙著人之「大我」之美在文學藝術中的表現，阻礙著具有進步積極色彩和創造創新精神的文學藝術的出現——即使出現也盡力對其地位及價值加以排斥和貶低。從美學風格的意義上來審視「豪放」之美，實際上其對立面的這些弊端是和整個民族的審美意識聯繫在一起的，而不僅僅是美學風格的問題了，這既是風格意義上的「豪放」超出了技藝表達意義的範圍的原因，因而超出了僅僅把「婉約」作爲一種風格來和「豪放」對立並以此視角來認識和研究「豪放」的做法，又是「豪放」之所以在中國美學史和中國文化史上佔有重要地位的原因。關於這部份所涉及到的內容，我們將在後面的研究中再作詳細闡釋，此處主要是研究「豪放」的內涵，不再贅述。

總之，「豪放」作爲一種美，它不僅僅具有風格論、藝術表達論層次上的意義，而且是有著內在的「豪放」精神層次的意義，後者是前兩者的基礎，也是三者的一個核心。這是「豪放」之所以能夠呈現爲美的內在原因，也決定了其外在的表現形態和姿態。「豪放」是一種內容上積極進步而具有進取精神現實世界世俗色彩、表達方式上淋漓盡致無拘無束、美學風格上偏於陽剛雄壯而具有鮮明的主體性精神的美的形態。其中，「不受拘束」是貫穿「豪放」這一範疇最本質的因素，剛健積極的入世精神是其基本精神，也是形成「豪放」的「不受拘束」的核心思想精神的根本保障。〔註 58〕由於「豪放」的產生主要是儒家之「志」即社會理想和現實精神的影響，這就決定了「豪放」的精神層次是其最高境界，「正如陳來指出的：『於是憂國憂民成了儒家知識分子的精神傳統和內在關懷。』而且這種精神傳統和內在關懷正是對個體生命價值的追求的外在體現，只不過這種追求與國家、民族命運緊密結合在了一起。因此，從這個意義上來說，這種豪放是最高層次的，是純粹的豪放。」〔註 59〕可以說，「豪放」精神層次上的意義，是「豪放」範疇的本質所在，它貫穿了「豪放」之美表現的所有三個層次。古今對於「豪放」的涉及和研究基本上都是限制在風格論的意義上來進行的，因而具有極大的片面性。

除此而外，「豪放」範疇在其核心內涵、意義之外，還有統領在這個核心內涵、意義之下的一種呈現爲多層次、多角度的「意蘊」，這種「意蘊」主要是從審美的角度來得到審視的，周明秀曾做過探討，其結論是：

> 總括「豪放」範疇的意蘊，大略包括以下諸方面：①「豪放」指以蘇辛爲代表的詞人詞作的總體風貌。②在情感內容上，它既有道家「出神入天」、「甘心淡泊」、「超然乎塵垢之外」的「逸懷浩氣」，又有儒家「耿介諒直」的「擊揖中流之心」、經邦濟世之懷；③在描寫物象上，它「登高望遠」、「氣象恢弘」，區別於婉約詞的「倚紅偎翠」、「淺斟低唱」；④在美感的剛柔屬性上，它以「雄」、「浩」、「英」、「厲」的剛性美爲特點，「氣魄雄大」，境界「蒼涼」，

〔註 58〕而且從根本的邏輯上來說，剛健積極的入世精神決定「不受拘束」的思想精神的形成，即在根本上是「內」決定「外」，「內」決定「外」的質量和所能達到的最終程度（兩者辯證關係的形成原因，可參本書本章下節所論「豪放」的生成）。「剛健積極的入世精神」，不是在一般意義上進行的表述，它指的是主體能夠代表社會歷史發展的進步思想觀念和力量，並代表社會下層群體利益而爲之積極作爲的精神姿態，即主體既要有突破、超越舊事物的素質、能力，又要有代表社會下層群體利益的良知。

〔註 59〕李清華：《豪放與崇高——論中西方兩種文學精神的文化內涵》，載《楚雄師範學院學報》2003 年 12 月第 18 卷第 6 期。

> 「沉鬱頓挫」，「有力如虎」，具有一種崇高的美感，從而區別於婉約風格的纖柔美；⑤在美感的動靜屬性上，它「跳躍動蕩」，「姿態飛動」，具有一種強烈的動態美，區別於「婉約」風格的寧靜之美；⑥在表達方法上，它擺脫了「綢繆宛轉」之度，「舉首高歌」、「傾蕩磊落」，直抒胸臆，但它也並非與含蓄無緣，當把「一腔忠憤」寓於含蓄而不直露的境象、事典的描寫之中時，便形成「沉鬱」的特色；⑦在協律問題上，「婉約」以協律為硬性要求，「豪放」則往往不守規矩，率性而為，「有曲子中縛不住者」；⑧在詞采特徵上，婉約詞以精雕細刻的「穠豔」為特點，豪放詞「絕去筆墨畦徑間」，不「與群兒雌聲學語者較工拙」，體現出清新自然的特點。〔註60〕

這些概括雖然多是在「豪放」範疇的外在層次上進行，總的說來還是比較全面的。「豪放」的審美意蘊的探討，是我們能夠深刻理解「豪放」範疇豐富而多姿多彩的意蘊的基本前提，也是我們更好地理解「豪放」範疇的內涵的一個基本前提。由於有關「豪放」審美意蘊的內容更趨於豐盈的感性，是彰顯「豪放」範疇魅力的一大主要因素，故本書放到第七章進行專門探討，在此部份不再進行闡釋。

第二節　「豪放」的生成

一、「豪放」的內在結構合成

以某個範疇為中心而形成一個個語辭群，是中國古代文論的一大特點，這些語辭群表現為「範疇集團和集團範疇的凝聚與消散。範疇融合的方式並非是『1＋1』式的，而是圍繞核心範疇凝聚成範疇集團。範疇集團內的所有範疇，我們稱之為集團範疇。如以『韻』為核心，構成風韻、神韻、韻味、妙韻、餘韻、氣韻、體韻等等集團範疇；以『神』為核心，構成神氣、神韻、神思、風神、神境等等集團範疇。以此類推，『氣』、『意』、『境』等都可以作為核心範疇形成自己的範疇集團，擁有自己的集團範疇。而所有這些範疇集團都不是封閉的互不相關的，而是敞開的網絡交織的。所謂敞開的網絡交織，就是某一範疇既是此集團的範疇，又是彼集團的範疇。如『神韻』，

〔註60〕 周明秀：《詞學審美範疇研究》，華東師範大學博士論文（2003年，導師方智範）。

便跨越『韻』、『神』爲核心的兩大範疇集團。這也就意謂著所謂範疇集團是無形的敞開的相通的，而不是有形的封閉的自足的。所謂相網相織，是因爲範疇集團之間的相互敞開，集團範疇之間的相互跨越使所有的範疇集團相互交織相互闡釋。這樣一來，中國美學範疇就形成以範疇爲支點，以範疇集團爲骨架，以集團範疇爲血肉，以範疇集團之間的相網相織爲網絡的範疇美學體系。」〔註 61〕「豪放」作爲一個範疇，情況也是如此。和「豪放」相近的語辭還有很多，例如「豪宕」、「豪邁」、「豪雅」、「豪雄」、「豪壯」、「豪縱」、「豪誕」、「豪恣」、「放逸」、「放達」、「放曠」、「放肆」、「放浪」（其外圍還有「狂放」、「曠達」、「雄渾」、「狂狷」等等）等等——正因爲如此，筆者的《終二十四詩品》一作，即是以「豪放」範疇爲核心，從「豪放」語辭群中選取了二十四個語辭，用詩歌創作的形式做了一個形象化的表述、闡釋：

豪　放

豪氣干雲，鐵笛橫江。俯仰天地，逝者汪洋。秋風獵獵，問誰其狂。天下無我，悠然蒼茫。天下有我，情其何傷！纏綿寂寞，若是彷徨。

狂　放

縱酒使氣，擊劍嘯歌。天下無人，徒喚奈何！窮彼高山，欲挽逝波。立彼大道，中心峨峨。寧酒傷身，不紛其舌。仰觀宇宙，歲月婆娑。

放　逸

種菊滿園，飼雞以粟。背倚青山，陰陰若雨。雨則川流，巨瀑如注。注則水盈，濺濺大木。孤舟波上，浩渺蒼鷺。釣竿拂處，自歌如訴。

頹　放

醉嗔白雲，跣足看花。人間無事，自在生涯。煩煩世人，擾擾

〔註 61〕程琦琳：《論中國美學範疇網絡體系》，載《江海學刊》1997 年第 5 期。此外杜磊《古代文論「韻」範疇研究》（復旦大學 2005 年博士論文，導師汪湧豪）也認爲，「『韻』是中國古代文論中使用頻率極高的一個範疇，具有極強的衍展性和包容性，『韻』往往與其他範疇互滲結合，組成一個以『韻』爲核心的範疇群落」。

如麻。水喜滄浪，解酒以茶。冷香如射，何用人誇。動中得靜，與杖還家。

放 宕

人立花前，青春無恙。浩歌穿雲，孰可以當！氣凌霄宇，吾子昂揚。擊劍撫琴，聲勢鏗鏘。敗者爲寇，成者爲王。悠然事外，不作棟樑。

豪 曠

生性好酒，醉眼看花。既醉則矣，不怪路凹。步履青雲，深山安家。頭頂日月，身傍有她。胡不爲足？何事坐罵？平生最恨，把風景煞。

放 浪

或爲俗利，不爲俗名。老而且妖，不失其誠。逐蜂引蝶，特是劣行。得魚忘筌，得意忘形。忘其形矣，眸子何清。眸子清焉，飲酒如風！

豪 邁

豪則有氣，氣盛則激。激情澎湃，深情以滋。遊方物外，秉性自奇。浩然獨坐，往往有思。琴以寫心，酒都慰癡。青山之上，與誰圍棋。

豪 鬱

氣鬱傷情，人生何事。紅塵漫漫，誰得其意。氣乎氣乎，持之以志。感慨莫名，置酒恣肆。悠然魂消，臨風灑涕。鳳兮鳳兮，逐逐群雉。

橫 放

氣溢乎物，僅得暫避。大道揚塵，聖人已死。虹見於天，其動也麗。雖千萬人，吾其往矣！神情自得，其中有似。君子之行，期諸國士。

粗 豪

枕劍衣葛，擊掌而歌。縱酒炫技，佳人能和。粗中有細，頗解上邪。青眼茫茫，知交何多。壯而多力，我武如何。美人欲嗔，卻先呼哥！

悲　壯

黃葉飄零，雕橫九霄。秋風江湖，水波迢迢。七尺男兒，胡不云驕。悲從中來，凌空而嘯！天地有形，終覺其小。壯歲寂寞，安用逍遙！

悲　憤

人爲刀俎，我爲魚肉。天地不仁，百姓芻狗。大貪炫國，小樸成垢。以親以賄，任人卓秀。荒野極目，北風拂袖。螻蟻之存，瞻夕瞻晝！

淵　放

天地不利，匹馬窮途。悲不可抑，頹然獨哭。深夜撫琴，如泣如訴。壯志滿膺，神情奇古。氣能浩蕩，謀自迂餘。自棄自暴，形同散木。

鏗　鏘

同氣相求，鐘鼓蕩漾。與子成說，誓不可忘。天地廖廓，吾子堂堂。拔劍割肉，金鐵琅琅。一言九鼎，大羹和湯。放眼江湖，風生水長。

鞺　鞳

地深則潤，天高爲迥。精氣與神，傲然眞勇。曾不以利，大事無功。淵明誠高，稼軒乃龍。見山水後，處紅塵中。捫心自問，何去何從！

狂　傲

狂嘯長歌，豪情水激。古道罔極，倚馬而立。若不可近，如不可抑。心有所向，念之在茲。一屋不掃，人不解之。皎皎不群，茫然何視！

鬱　悶

氣結爲鬱，情結成悶。世道如砥，竟不堪問。竹懶梅閒，任子消沉。花下獨思，雨來花損。君子難逢，世多小人。狂歌度日，爛漫存眞。

發　憤

物外繁華，總非其家。遊心於物，何限其涯。遊而不返，梅花欲嫁。讀書山中，青雲欲下。十年一劍，天地爲匣。當其出也，伊其誰詑。

振　拔

振振於聲，氣拔於世。古道紅塵，人情如紙。慷慨當世，誰其可意？隨波逐流，以眞養氣。忽然有得，原非爲技。蒼極澒洞，悠然獨立！

激　切

水出高山，一瀉汪洋。盤礴曲折，用成其剛。柔而無力，剛道無亢。亢龍有悔，其音茫茫。失之圓滑，以離家邦。龍見於野，其血玄黄。

閎　壯

靡靡如醉，僅能知麗。九霄之下，流衍大氣。神不外作，其內有力。氣凌終古，接接大地。萬馬奔騰，飛塵蔽日。日月周回，追之何計。

長　歌

短歌郁郁，長歌淋漓。長歌浩蕩，終日無思。雖無思焉，而以神馳。神之爲用，控馭其氣。觸之世俗，其味乃逼。長歌壯哉，彷彿隔世。

大　地

大地莽蒼，萬類化育。博厚載物，無何能沮。大地蒼莽，物各有數。草木欣欣，鵬雀飛舉。莽莽蒼蒼，大哉萬物。蒼蒼莽莽，於今生予！〔註62〕

但是作爲美學的一個範疇或者說是作爲一種美，在諸多與之相近的範疇（或概念）的形成過程當中，卻只有「豪放」脫穎而出，最終成爲了和「婉約」相對舉的一種美的形態。也就是說，在「豪放」周圍以之爲中心，形成了一個語辭群——筆者認爲，這是中國古代美學總體特徵的一個顯現，也是歷史

〔註62〕于永森：《詩詞曲學談藝錄》，齊魯書社，2011年版，第319～323頁。《終二十四詩品》創作於2007年11月9日至12月20日，其《小序》有云：「此篇之意，不過使後之來者，知崇而寵『豪放』一事者，莫我過耳。」（同上第318～319頁）後亦收入《諸二十四詩品》一書（陽光出版社，2014年版，第26～30頁）。

的、實踐的選擇和發展的必然結果。

首先，從中國古代傳統文化、古代美學的價值取向來看，以「和諧」爲社會和人生追求的觀念貫穿了整個中國古代的社會歷史和文化的方方面面。「和諧」思想是中國傳統文化思想的要義之一，它在哲學中的最重要的表現是以「天人合一」爲代表的思想觀念深入人心，而在美學中最重要的表現則是「中和」思想。在中國傳統文化奠定深厚根基的先秦，「中和」思想就在文藝思想中佔有十分突出的地位。《周易》的卦、爻辭中有五次提到「中行」這個概念，大思想家孔子也說：「不得中道而行之，必也狂狷乎！」（《論語・子路》）很顯然，「中道」也是孔子處世行爲準則的理想境界。在《中庸》裏，更是把「中和」提高到了「致中和，天地位焉，萬物育焉」的崇高地位，認爲天地協和而生萬物，和諧發展是自然界最美的境界。《國語・鄭語》中記載了史官鄭伯「和實生物，同則不繼」的思想，所謂「和五味以調口」，只有「和」才能生成新的完美的事物。《左傳》記載的「晏子論樂」則更具有形而上的哲學意味，鮮明地強調了對立兩極的統一與和諧，如「清濁、大小、短長、疾徐、哀樂、剛柔」〔註 63〕等等對立的範疇，這些對立的範疇實際上簡明扼要地揭示了事物完善、完美狀態的結構要素，在現實世界裏事物是紛繁複雜而多樣的，就像鄭伯所說的「雜多的統一」一樣，而用對立的兩極概念揭示事物的完善、完美的境界，雖體現了形而上的哲學思辨的進步，卻容易導致認識事物的教條主義和僵化，所以「中和」的思想之出現就是必然而及時的了，「哀而不傷」、「樂而不淫」就是其在美學思想中的體現。〔註 64〕實際上像「清濁、大小、短長、疾徐、哀樂、剛柔」等這樣一些對立的概念，都是「陰陽」這一概念在不同層次、角度上的具體衍生形態，陰陽互動而生萬物，也就是「一陰一陽之謂道」（《周易・繫辭上傳》）。而在後世的太極圖裏，陰極而生陽，是爲少陽，陽極而生陰，是爲少陰，如此循環往復以至於無窮。所以，這種以「陰陽」爲統帥的思想，正是「豪放」之所以必然由兩個對立的兩極的概念來形成的基礎——「婉約」則沒有這樣一種內在的結構，它是由「婉」即表達意義上的含蓄隱約和「約」即表達上的以少總多這兩個屬概念構成的，它們都偏於陰柔的性質，這就是我們在後文中論證的「豪放」必然要形成對

〔註 63〕《四書五經》（下冊），嶽麓書社，1991 年版，第 1126 頁。

〔註 64〕朱恩彬主編：《中國文學理論史概要》，山東文藝出版社，1996 年版，第 13～17 頁。

於「婉約」的超越和糾正，以及「豪放」可以兼有「婉約」之長的一個基本理論基礎。也就是說，「豪放」除了在外部和「婉約」形成對立的兩極之外，其內部的結構，也是遵循著「中和」這一原則的。在「豪宕」、「豪邁」、「豪雅」、「豪雄」、「豪壯」、「豪縱」、「豪誕」、「豪恣」、「放逸」、「放達」、「放曠」、「放肆」、「放浪」等範疇裏，其內部結構形成可以說都不是最完善、最完美的，例如「豪宕」，其中的「宕」陽剛有過，又如「豪縱」中的「縱」、「豪恣」中的「恣」，而「豪雅」中的「雅」則又偏於陰柔。又如「豪邁」中的「邁」——楊廷芝《詩品淺解》把「豪放」解釋爲「豪邁放縱」，「豪邁」並舉以釋「豪」，正說明了「邁」與「豪」的性質是大體相同，而都偏於陰柔含蓄、深潛未發的一面的；與「放」相結合的範疇也有類似的缺陷。「豪以內言，放以外言」這句話，恰恰揭示了「豪」與「放」作爲構成「豪放」的兩個要素的不同甚至是對立的性質。因此，在「豪」和「放」這兩個範疇與其他範疇帶有許多偶然性的結合過程之中，它們的結合也可以說有著邏輯和歷史的雙重必然性。這是一個結構優化的過程，有著巨大生命力的正在發展著的新事物，它的內部結構是趨於優化的，在經歷了若干次看似隨意的碰撞之後，「豪」和「放」最終結合到了一起，這是中國傳統文化在「中和」的審美意識影響之下積極選擇的結果，也是人們審美經驗、審美意識中和人類的社會理想（趨於「善」的理想）聯繫在一起而共同選擇的結果。〔註 65〕更爲重要的是，「豪放」還秉承著「中和」之美中積極剛健的一面，突破了傳統的以平和爲「中和」的僵化思想形式，是詩學中「詩言志」和詩「可以怨」的典型代表。在「中和」的結構之中，其內在的對立統一因素偏於對立和衝突，具有極爲強烈的主體性精神和介入現實生活的能動性，「流蕩於豪放詞中的『氣』，本來就是主、客體尖銳衝突的結果……從婉約詞與豪放詞所內蘊的哲學意義看，和諧是美，衝突也是美」〔註 66〕，衝突和對立的動因來源於主體的社會理想即「志」，來源於對社會人生極大的負責態度和精神，而這正是「豪放」此一範疇的積極意義所在。

其次，我們說，「豪放」內部結構的這種優化之所以產生，也和美學的特

〔註 65〕 汪湧豪《範疇論》謂之「整體的動態平衡」結構，復旦大學出版社，1999 年版，第 66 頁。而「豪放」，則是以之爲核心的範疇群中「整體的動態平衡」的最佳結果。

〔註 66〕 田耕滋：《詞分豪放與婉約的詩學意義》，載《西安交通大學學報（社會科學版）》2000 年 6 月第 20 卷第 2 期（總 52 期）。

質密切相聯繫。美是和諧的產物〔註 67〕，「豪放」作爲美的一種形態，它的產生本身就包含了其內部結構優化的可能。在形成美的過程當中，文學藝術不斷剔除「非美」（如「豪放」在表達方式上的過「放」）的因素，而以美的狀態指引著人們的生活和文學藝術。這種在文藝中集中凝結美的過程，主要得力於作者的主體性精神，美對於人來說始終是一個目標、一個理想，正是在人們追求理想向理想逐漸靠近的過程當中，點滴的積累和完善才使得「豪放」的結構優化成爲可能，如果我們把「豪宕」、「豪邁」、「豪雅」、「豪雄」、「豪壯」、「豪縱」、「豪誕」、「豪恣」、「放逸」、「放達」、「放曠」、「放肆」、「放浪」等概念和「豪放」之間看做是一個動態的發展過程，那就能很好地理解這一點，我們說這些範疇以「豪放」爲核心，也正是建立在這一意義之上的。可以說，人的理想使得「豪放」的內在結構合成和從「收」到「放」的流程，成爲可能，因而「豪放」實際上是人的理想的一個必然產物，是若干理想的結晶「點」之中的一個。進一步來說，「豪放」範疇成熟於宋代，這絕非偶然。宋代是中國古代美學史上的一個轉折點，是「優美」的美學風貌逐漸取代「壯美」成爲中國傳統美學的主要特色的一個關鍵時期（這種轉變始於中唐，至北宋初期得到確立）〔註 68〕，處於這種歷史轉折點之後的「豪放」範疇的發展成熟，不能脫離這個具體的美學環境，它要發展成熟並在宋詞中和「婉約」成爲相對待的兩個主要範疇，就必須捨棄以前廣義的「壯美」風格範疇所擁有的缺點（如不能盡可能的包容「優美」形態，表現形式沒有一個統一的核心等等），盡量吸收「優美」的長處，確立自己的美學特色。如果說之前的「壯美」和「優美」的區別是很顯著地存在於一個較爲外在的層次，而未能達到有效的內部融合，那麼「豪放」和「婉約」這一對範疇，則主要是存在於同一個美學思想體系之中，而有了內部的交流、融合，是一種統一

〔註 67〕「和諧」本來在根本上具有思想精神的品性，但中國傳統文化思想對於「和諧」的理解是狹隘的、偏於形式主義傾向的，其背後的根本原因是現實利益的左右。眞善美從來是三位一體的，美學側重於「美」這一角度、層次，往往不能兼有「眞」、尤其是「善」的最高思想精神境界，比如在「眞」、「善」的維度，「和諧」並非是最高的思想精神境界，其例證之一就是西方古代亦以「和諧」爲審美的理想境界，但到近現代後，則不斷突破和超越了「和諧」，走向了崇高乃至荒誕，而後者顯然不能也不應僅從形式上將其納入所謂的「和諧」圈。筆者撰有《形式主義美學的「勝利」——新時期以來美學視野中的周來祥辯證和諧論美學之批判》一文，可爲此處所言之注腳。

〔註 68〕周然毅：《論中國美學範疇的邏輯發展》，載《學術論壇》1995 年第 2 期。

之中的對立和矛盾。正是在這種意義上，「豪放」和「婉約」才發展成熟爲一個美學範疇。

最後，「豪」、「放」結合而爲「豪放」，因「豪」所蘊涵的主體精神因素，故可以說「豪」此一範疇的根本意蘊的和占主導地位的一方面，是一個根本因素。也就是說，一方面「豪放」主要表現在「意」即精神的「豪放」上，但是這種「豪放」的「意」未必全表露出來，而只體現爲「情」的「豪放」，例如陳與義的《臨江仙・夜登小閣憶洛中舊遊》詞：

憶惜午橋橋上飲，坐中盡是豪英。長溝流月去無聲。杏花疏影裏，吹笛到天明。　　二十餘年成一夢，此身雖在堪驚！閒登小閣看新晴。古今多少事，漁唱起三更。

整個詞境在表達方式上是一點也不算是「放」的，基本上是以靜永沈雋爲特色，和辛棄疾「渡江天馬南來」（《水龍吟・甲辰歲壽韓南澗尙書》）式的抒情相去甚遠，甚至稱不上雄壯闊大的境界。這就是「意」中的豪放，試看「杏花疏影裏，吹笛到天明」一語，是何等豪放！同時這也牽涉到另外一個問題，那就是「豪放」作爲一種美學的特色，它不存在於自然事物上，例如再奇偉高大蒼茫雄渾的高山巨嶽，也不能用「豪放」形容之，「豪放」只存在於有關人的事物上，更確切地說「豪放」只存在於能夠直面現實社會並能夠超越現實社會的利害關係和利益的主體身上，人的主體性必須得到相當的體現，「豪放」才能出現。因爲自然事物是不存在「豪」之一種特質的，「豪」的產生是和中國傳統文化的產生密切聯繫在一起的。我們之所以覺得李白的詩歌豪放，是因爲在詩中我們看見了一個狂放不羈的李白，他的人格、性情、精神，他的強烈的主體性特色的流露。因此，如果作品中作者的主體性得不到極大地（應該是占主導地位的）發揮，就不會產生「豪放」。例如陸游《書憤》中的「樓船夜雪瓜洲渡，鐵馬秋風大散關」之句，境界雄壯開闊，屬於十分明顯的「壯美」風格，但卻不是「豪放」。明代前後七子的復古，號召以盛唐氣象爲師，他們寫了很多氣象開闊、境界雄壯的詩歌，但是他們沒有盛唐如李杜那樣的胸懷，沒有像他們一樣鮮明的主體性色彩的流露，所以其詩歌的特色是不能用「豪放」這一範疇來概括的。

另一方面，既然「豪放」是由「豪」與「放」兩部份組成的，因此，「豪放」又需要「放」。「放」言其外，是指表達或表現上無拘無束，效果上淋漓盡致，體現出一種直率灑落之美，這種美可以說是事物之美的一種巔峰狀態，如同花之開到最佳狀態一樣，是事物內在和外在共同作用的一個結果。同時，又因為它能適時地「放」出來，所以也體現了主體的內在精神，使之得到寄託和表現。「放」是一個量的尺度，過「放」就如同日之過午，花之始衰，開始包含非美的因素了。「放」得太過則非美上升到主導地位，就已經變質為非「豪放」了。在人生和文學中，對於「放」的認識和要求是不同的。我們可以參照溫瑞安小說《少年追命・自棲棲人》一章裏的一句話：

女子很美，

美得像把生命一時間都盛開出去了，明朝謝了也不管。〔註69〕

在這裡作者恰恰把人與花作了一個比較，並在比喻的意義上找到了兩者的共同之處，那就是她們的某種狀態，一種「放」的狀態。在現實生活裏，無論對人對花而言，一旦「放」之如此，則意味著色或其生命力的衰落，所以平時我們要避免出現這種狀態，它有損於我們的人生、生活，但是在文學藝術的作品裏，像萊辛在《拉奧孔》一書中提倡的繪畫要善於選取「最富於孕育性的那一頃刻，使得前前後後都可以從這一頃刻中得到最清楚的理解」的那樣〔註70〕——這似乎是與「豪放」的原則背道而馳的，而具有明顯的支持「婉約」含蓄不盡的意蘊的意味，這似乎是常識性的理解而難以反駁了——這確實是文學表現的一種方式。但是，我們要知道，萊辛的這部著作是探討詩與畫的界限問題的，是「針對自古希臘以來混淆詩與畫的美學特徵，片面強調『詩如畫』的錯誤觀點而寫的。它的目的旨在批判以溫克爾曼所宣揚『靜穆美』為代表的古典主義藝術趣味，探討詩與畫，尤其是詩與雕塑的不同藝術特徵，為文學的發展方向開拓道路。」〔註71〕萊辛強調：「能入畫與否不是判定詩的好壞的標準。」〔註72〕萊辛認為詩歌有著自己的特色，他在強調繪畫中應該選取「最富於孕育性的那一頃刻」的同時，也強調說：「同理，詩在它的持續性摹仿裏，也只能運用物體的某一屬性，而選擇的就應該是，能夠引起該物體的最生動的感性形象的那個屬性。」〔註73〕對於一個事物來說，其最生動感性的形象的時刻就應該是它的生命力最為飽滿、表現得最為充分的時刻，這樣的時刻雖然在現實生活中是有損於人生、生活的，但在文學

〔註69〕溫瑞安：《少年追命》（下），花城出版社，1995年版，第22頁。
〔註70〕（德）萊辛：《拉奧孔》，朱光潛譯，人民文學出版社，1978年版，第83頁。
〔註71〕馬新國主編：《西方文論史》，高等教育出版社，2002年版，第142頁。
〔註72〕（德）萊辛：《拉奧孔》，朱光潛譯，人民文學出版社，1978年版，第78頁。
〔註73〕（德）萊辛：《拉奧孔》，朱光潛譯，人民文學出版社，1978年版，第83頁。

（即萊辛所說的都是屬於「時間上的先後承續屬於詩人的領域」的以語言文字爲表達手段的表現、創造）的虛擬的藝術空間和藝術境界裏，則不存在有損於人生、生活的情況，那麼萊辛所說的那個「屬性」，就只能是淋漓盡致的這樣一種呈現狀態，這和「豪放」的某些內涵恰恰是相通的，是「放」的一些證據。而且，雖然「豪放」的境界在現實人生中是有損於人生的，但是「豪放」的內在精神也決定了它有時候是必須這樣做的，爲了自己的主體自由和人生理想的實現，不惜付出生命的代價，達到舍生取義的精神境界。可以說，文學藝術中對於「豪放」之美的最豐富完滿的表現，也是以現實世界中的這種「豪放」爲基礎的，沒有這種現實的基礎，文學就沒有感染力和動人的魅力了。

總之，「豪」以言內，「放」以言外，「豪」偏於陰柔，「放」偏於陽剛，這兩個範疇的結合，充分體現了認識事物過程中的辯證法，由此可以衍生很多對於認識「豪放」十分有益的不同層次、不同角度的性質：從內容和形式的關係上說，「豪」是偏於內容的，而「放」偏於形式；從動和靜（這是中國詩歌中十分重要的一對美學屬性）的關係上說，「豪」偏於靜而「放」偏於動；從虛和實的關係上說，「豪」偏於虛而「放」偏於實；從收和放的關係上說，「豪」偏於收而「放」偏於放——這些屬性都是中國古代美學的重要標誌性的貢獻。當然，這都是大體而言的，還可以進行更具體的分析，比如在我們的印象裏好像屬於內容的東西應該是比較「實」的，爲什麼既說「豪」是偏於內容的，又說「豪」是偏於「虛」的呢？原來，正因爲「豪」是「以內言」的，它本身不具備「外」的形態，所以它是內容的，又因爲其尚未具備具體的形態，是一種潛在的形態，所以它又是「虛」的，而「豪」的主要構成因素「氣」，其內在是「實」而外在的表現形式是「虛」的，就證明了這一點，在這一點上看似矛盾的兩點就統一起來了。再比如動靜的屬性上，「豪」之作爲「靜」，這種「靜」其實是形態（即表面）上的靜，其內容是「動」的，正在孕育著外在的表現形態，只不過它在總體上不如「放」更具有「動」性而已，而「放」之作爲「動」則是其本身的，因爲這種「放」是一個過程，但是當它達到「放」的頂點即最佳點時，而爲文學、藝術家所取而賦予形式表達之，那它這時候其實在一瞬間是「靜」的，按照康德的觀點，美主要是和事物的形式相聯繫著的，「能夠構成我們評判爲沒有概念而普遍可傳達的那種愉悅，因而構成鑒賞判斷的規定的，沒有別的東西，而只有對象的不帶任何目的（不管是主觀目的還是客觀目的）的主觀合目的性，因而只有在對象藉以被給予我們的那個表象中的合目的性的單純形式，如果我們意識到這種形式的話。」而且他認爲審美「愉快只是靜觀的」〔註 74〕，「豪放」之美作爲美的一種類型或形態，當然也不例外。「豪放」以這樣辯證而又靈動的方式結構而成，還只是中國古代美學發展的中古時期，它的在後世的繼續存在並不斷發展壯大，本身就說明了其內在的活力，這種活力，在很大程度上得益於其內在結構的這種穩定的辯證性、靈動性，最後終於發展成爲和「婉約」相對舉的具有鮮明特色和獨到意蘊、內涵的美學範疇，這是應該加以非常的注意的。

二、「志」（或理想，含「小我之情」→「大我之情」）→「氣」→「豪」→「放」——「豪放」生成的流程

陳傳席在分析「氣韻」範疇時曾說：「『氣』代表一種陽剛之美；『韻』代表一種陰柔之美；綜而言之，「氣韻」代表兩種極致的美的統一。」〔註 75〕「豪放」亦然，其中「豪」偏於靜（指形態上，若從氣的積聚爲「豪」來講，則也是動態的），而「放」偏於動，從整體上來說，「豪放」是偏於「動」的。從「豪」到「放」，是一個完整而統一的流程，是一個動態的流程，而這個流程中最關鍵的一點是「氣」（如辛棄疾的文學主張和審美理想體現在「他的文學創作理論意識中，也是主張以『氣』爲本的」〔註 76〕），它聯繫著「豪」和「放」，其積聚至於盛大充沛則成「豪」，舒放出來則成「放」。「動者是精神的美」〔註 77〕，主體精神正是「豪放」之「動」的根本動力所在。司空圖《二十四詩品‧豪放》裏說「由道返氣」，這種「氣」表現爲「眞力彌滿」的狀態，它前聯繫著「道」，後聯繫著「處得以狂」的表現形態。張少康說「豪放的風格……亦由內中元氣充沛，得自然之道，內心進入得道之境，則外表自有狂放之態。故云『由道返氣，處得以狂』」〔註 78〕，呂漠野也說「『豪放』的關鍵在於『由道返氣』」〔註 79〕，這是肯定的。盛大而充沛的「氣」，正是促成

〔註 74〕（德）康德：《判斷力批判》，鄧曉芒譯、楊祖陶較，人民出版社，2002 年版，第 56～57 頁。

〔註 75〕陳傳席：《中國繪畫美學史》，人民美術出版社，2002 年版，第 102 頁。

〔註 76〕劉揚忠：《辛棄疾詞心探微》，齊魯書社，1990 年版，第 58 頁。

〔註 77〕宗白華：《美學散步》，上海人民出版社，1981 年版，第 274 頁。

〔註 78〕張少康：《〈二十四詩品〉繹意（下）》，載《江蘇大學學報》（社科版）2002 年第 3 期。

〔註 79〕呂漠野：《司空圖〈詩品〉釋論》，載《杭州大學學報》（哲社版）1994 年第

「豪放」的原因，也是「豪放」外在表現中的重要特點。《四庫全書總目提要》評價宋代毛滂的詩文說：「平情而論，其詩有風發泉湧之致，頗爲豪放不羈，文亦大氣盤礴，汪洋恣肆」〔註80〕，因此，由「氣」所促成的「豪」是「放」的根本原因之所在，如果沒有內在的充實盛大的「豪」之「氣」，外在方面就不可能表現出「放」的姿態。

應該指出的是，本書所述之「氣」是專屬於人這一主體的，這源於「豪放」是人所特有並體現出來的一種審美境界，也是和審美是專屬於人類的一種高級精神活動這樣一個基本論斷相統一的。專屬於人的這種具有主體性精神特徵「氣」，它和中國傳統哲學中「氣」的範疇，有著很大的區別：前者具備了後者的特徵，因爲後者是從哲學的層面上來著眼的，但是後者就不具備前者的那種主體性特徵了。〔註81〕這也正和人與自然萬物的關係一樣，人是一種動物，具有動物的生理特徵、心理特徵，但是動物沒有人的複雜、豐富、深刻的高級社會性特徵及精神性特徵。因此我們研究「豪放」這個審美範疇時所涉及到的「氣」，不是後世哲學家們那種物質化、具體化了的「氣」，也不是中國古代「元氣」論哲學中的「氣」的概念——「以未成形質、連續無間的氣爲天地萬物的本原和遠近萬物相互作用的中介，是元氣論自然觀的主要特點。」〔註82〕在「元氣」論的層次，「氣」是精神性的「道」和物質性的「萬物」的一種中間狀態，是一種「元氣」的自然狀態，「元氣混沌，陰陽未分，是謂太極」（《誠齋易傳》卷十七《繫辭》）〔註83〕，它上聯繫著「道」，因而才能「由道返氣」，下聯繫著自然萬物，在萬物生成以後，「氣」仍然沒有消失，而是作爲萬物之中一種較爲高級的因質存在著，其最高層級體現於人這一事物。作爲更爲高級（對比於其他萬物）的人，「氣」代表著人的根本活力和精華，俗話所說的「人活一口氣」，乃即指此，它是代表人生在世的三種重要因質「精」、「氣」、「神」中的一種，而絕非僅指人的物理性呼吸吐故納新的「氣」。有「氣」則有精神活力，則有良好的氣質、品格和盛大的魄力，

4期。

〔註80〕《文淵閣四庫全書·總目提要》（電子版），上海人民出版社、迪志文化出版有限公司，1999年版。

〔註81〕這種主體性特徵是「豪放」之「氣」的一大要義，也因此，「豪放」與其他「壯美」風格的範疇區別了開來，即「豪放」並非一般的「壯美」範疇。

〔註82〕程宜山：《中國古代元氣學說》，湖北人民出版社，1986年版，第24頁。

〔註83〕侯外廬、邱漢生、張豈之主編：《宋明理學史》，人民出版社，1997年版，第477頁。

因而體現在文學藝術中，「氣」是一個非常重要的因素。文論中曹丕的「文以氣爲主」（《典論・論文》）、謝赫繪畫「六法」論中最重要的「氣韻生動」（《古畫品錄》）、張彥遠論畫的「書畫之藝，皆須意氣而成」（《歷代名畫記》）、蘇軾的「觀士人畫如閱天下馬，取其意氣所到」的觀點（《東坡題跋》下卷《又跋漢傑畫山》），都說明了「氣」的重要性，而「氣」誠如陳傳席所言，是一種「陽剛之美」，是和人的主體性精神融合在一起的，而非單純的物質因質了。簡言之，對於「氣」的理解不能停留在泛泛層次（如古代哲學中的「元氣」論等）〔註 84〕，而只有主體直面社會民生所積聚的最具「現實性」（這種「現實性」與現實社會的民生根本利益密切相關）的「氣」，才是眞正的「豪放」之「氣」。

在中國傳統哲學思想中，「氣」本來有「陰」、「陽」兩種屬性，這是從自然萬物的角度上來說的，一具體到人這種特殊的自然事物，「氣」就具有了鮮明的主體性色彩，是人的一種能動性的體現，「氣」之動即是人之動，包括精神上的動和行爲上的動。而與「豪放」直接而密切聯繫起來的「氣」，確切地說是和「氣」的「量」密切相關的，「豪」即是這種「量」的規定性的體現。「豪」就是「氣魄大」，是超過一般人身上所具有的「氣」的那種狀態，《鶡冠子・博選》云「德千人者謂之豪」，楊廷芝《詩品淺解》裏說的「豪則我有可蓋乎世」，正是從量上來體現「豪」的特點的。比如宋詞中的「豪放」派，都是以「氣」勝的，「……蘇軾一派則是從『以氣爲詞』角度來對詞進行雅化的。從胸襟氣度上來說，蘇軾已不是一般的文人雅士，而是曠世難有其儔的『逸懷浩氣之士』〔註 85〕，『豪放』也好，『放曠』也好，其特點都在一個『放』字。將蘇詞與同時代及稍前稍後的大家如晏殊、秦觀、周邦彥等人相比，最大的不同之處即在於其詞能『放』，而『放』這一特點的形成有很大一部份原因即是主氣所造成的。」〔註 86〕「『以氣入詞』是辛棄疾詞章藝術表現的特徵」。〔註 87〕

〔註 84〕所謂「泛泛層次」，即上文所言的「自然狀態」，指的是「元氣」論解釋萬物生成是面向萬物（包括人）的，而不是單純面向人的，其根本宗旨在闡釋的全覆蓋性，但無法闡釋人的特殊性。

〔註 85〕胡遂：《論唐宋詞創作旨趣的發展演變》，載《文學遺產》1999 年第 3 期。

〔註 86〕胡遂：《論蘇詞主氣》，載《文學評論》1999 年第 6 期。

〔註 87〕楊信義：《辛詞藝術風格獨特與多樣的統一》，載《鹽城師專學報》（哲社版）1995 年第 1 期。

明白了這一點，我們就可以指出，「豪放」之美生成的流程中最關鍵的因素有兩點：一是「豪」是「放」的內因，這一點前文中已經論述過了，從「豪」到「放」，只有「豪」才能「放」。二是在第一點的基礎上，進一步來講，「豪」的顯著特徵是「量」的規定性。因此問題的關鍵就是，「豪放」的生成流程實際上就是涉及到這樣一個問題：只有人的內在的「氣」達到「豪」即達到一定的「量」，「放」才可能表現出來。所以，總結以上兩點，關於「豪放」生成的流程，其關鍵的因素就是怎樣積聚這種「氣」而使之達到一定的「量」，從而爲達到「放」的姿態做好準備。也就是說，能不能夠「豪放」或在文學藝術中表現這種「豪放」的美，關鍵就是看作爲主體的人能不能夠積聚起這種盛大的「豪」之「氣」的問題——這是研究「豪放」生成最重要的一點。

既然人之「氣」是和人的主體性精神密切聯繫著的，因此，它必然要受到人的意識、思想、精神等一系列主體內容的統治和制約，積聚這種「氣」的過程，實際上是受人的意識控制的。中國古代儒、道兩家均講究「養氣」，而側重點不同：

> 在道家那裡氣是和諧的精氣、神氣、生氣，在儒家那裡氣則爲正氣、勇氣、浩然之氣。並且由於中國美學是一種倫理——心理美學，中國藝術教化傳統始終居於支配地位，所以在中國的文藝心理修養理論中，儒家的養氣觀便更易於爲文藝家所稱道，它對中國的文藝創作也是有更直接的影響。
>
> 儒家的養氣……偏向於以道德禮義充實人類的社會生命和文藝家的倫理人格，故追求實踐、求知、功利。〔註88〕

可見，作爲以儒、道互補爲基礎生成的「豪放」，其內在之「氣」也主要是由此兩種「氣」質構成的，其中儒家之「氣」更居於主流地位〔註89〕，它爲

〔註88〕夏之放、孫書文主編：《文藝學元問題的多維審視》，齊魯書社，2005年版，第214、217頁。

〔註89〕本書涉及到中國傳統文化的一些論述（如儒家思想），凡屬於肯定的表述，乃是就其長處或理想境界而言的，實際上在中國古代社會歷史語境中它們在整體上極難達到這種理想境界。筆者對於傳統文化的基本態度是取長補短，其中補短是根本性的、核心的，因爲不如此則不足以整體性、全局性地突破、超越傳統文化而創構新的文化思想的更高境界。而且，就中國傳統文化而言，國人所理解的最高境界往往只是雜糅各家思想之長，可謂似是而非。本書第六章第一節以「儒、道互補」論「豪放」，而特意在「儒、道互補」之後

「豪放」提供了「豪」的強大的現實動力支持，決定了「豪放」的最終境界，而道家之「氣」則爲「豪放」提供了生氣勃勃自然律動和深厚的生命意識。所本不同，古人謂之其道不同，則因「道」而形成的理想也不同，而理想正是人之「意」的一種最高體現。但不論怎樣，從「豪放」生成的流程上來說，「氣」都是受「意」的支配的，在「意」的激勵下產生。人的意識、思想、精神等方面的主體性內容的綜合，古人都可用一個「意」字來統攝之，古代文獻中往往以「意氣」並舉，如《沉下賢文集・馮燕傳》裏有「燕少以意氣任俠」〔註 90〕的話，以及上文中提到的張彥遠論畫的「書畫之藝，皆須意氣而成」(《歷代名畫記》)、蘇軾的「觀士人畫如閱天下馬，取其意氣所到」的觀點（《東坡題跋》下卷《又跋漢傑畫山》）等等。有「意」乃有「氣」，無「意」則無「氣」，而且這種「意氣」，是一種很高的素質，這從張彥遠、蘇軾的話裏可以看出來。而要積聚在量上十分盛大的「氣」，「意」的作用是巨大的，並且我們可以認爲，「意」之中那種有關於理想境界的部份，對於「氣」的積聚作用是最大的，這就是「志」。這一點可以從孟子那裡得到印證，孟子把「氣」(而且是「浩然之氣」〔註 91〕) 和「道」、「志」、「義」聯繫起來：

> 「……夫志，氣之帥也；氣，體之充也。夫志，至焉；氣，次焉。故曰：『持其志，無暴其氣。』」「既曰『志，至焉；氣，次焉』，又曰『持其志，無暴其氣』者，何也？」曰：「志壹則動氣，氣壹則動志也。今夫蹶者趨者，是氣也，而反動吾心。」「敢問夫子惡乎長？」曰：「我知言，我善養吾浩然之氣。」「敢問何謂浩然之氣？」曰：「難言也。其爲氣也，至大至剛，以直養而無害，則塞於天地之間。其

加上「意在現實」(指的是意在社會下層民生的現實) 一語，即表明「現實」本身是比任何中國傳統文化思想更爲根本的因素，「豪放」之一範疇，即根本上得力於主體的「現實性」品性。而中國傳統文化的逐漸衰落，也是以喪失「現實性」品性爲根本特徵和內在原因的。筆者有關中國傳統文化的根本思想見之拙著《論語我說》一書，《「新文化主義」思想宣言》等文，亦可參考。

〔註 90〕曹亦冰：《俠義公案小說史》，浙江古籍出版社，1998 年版，第 56 頁。

〔註 91〕陳望衡認爲，「氣」達到「浩然」的境界或狀態，已經「是一種壯美。中國美學所推崇的陽剛之美，即爲這種美。」這正揭示出了「豪放」之「豪」的審美特質，因爲這種「浩然之氣」是人內在的東西，因此「豪放」鮮明而強烈的主體性精神是有別於一般的「壯美」的。

爲氣也，配義與道；無是，餒也。是集義所生者，非義襲而取之也。行有不慊於心，則餒矣。我故曰告子未嘗知義，以其外之也。……」（《孟子・公孫丑章句上》）

這裡，孟子把「志」看做是「氣之帥」，而「志」正是「意」的集中體現，人所有的「志」，就是人生某一階段或者是整個人生的理想。而且孟子指出，「氣」要養而「無餒」，必須「配義與道」，並且「言所行一有不合於義，而自反不直，則不足於心，而其體有所不充矣。然則義豈在外哉？告子不知此理，乃曰仁內義外，而不復以義爲事，則必不能集義以生浩然之氣矣。」（朱熹《孟子集注》）〔註92〕「道」也是一個十分難以界定的中國傳統哲學思想的核心概念，不過無論如何解釋，它一般都是各派思想的最高理想或最高規範，孟子這裡說的是儒家之道即儒家所追求的理想境界，司空圖《詩品》裏的「道」則是「造化」之道，是造物主的玄機之所在，偏於老莊之「道」。〔註93〕由悟道而得氣，由氣盛而「豪放」，這是司空圖所闡述的「豪放」之美生成的流程，和孟子的由「道」、「志」、「義」而得「氣」，基本上是一樣的，孟子的重點在於這個流程的前半部份，這是因爲他沒有直接涉及到「豪放」的問題。而且，孟子還爲這種境界提供了美學意蘊——李羅明認爲，「這種『至大至剛』的『氣』，給人一種崇高偉大、雄渾勁健的美感，它不但充實於內，而且彌漫於整個廣闊的宇宙。這種『氣』，具備由理性的凝聚即由道德支配感性行動的剛強意志，所以它的強大宏偉主要不在其外在面貌，而在所蘊含的內在的巨大生命一道德的潛能、氣勢。這種能力和氣勢，來源於仁義道德的修養，以及個體人格的提升。這也就是文學中講究的陽剛之氣，也就是儒家美學對古代文人的審美觀念產生的影響。因此，儒家美學認爲，要具備陽剛之氣，就必須『集義』；要充實而有光輝，就必須『養心』，要有偉大的人格，就必須具備仁義道德。一旦仁義充實，則人必將有所進步，上升到一個更高的人生境界。這既是一種人生境界，也是一種審美境界。」〔註94〕可以說，「豪放」之美的最大魅力，就在於從其各種意蘊背後所顯示出來的作者的強烈而鮮明的主體性精神，當然，這裡李先生所說的「人生境界」或「審美境界」還和眞正意義上的「豪放」有著不小的差別，因爲單純由仁義道德而來的「豪

〔註92〕朱熹：《孟子集注》，齊魯書社，1992年版，第40頁。

〔註93〕參見趙旗《禪境與藝境》一文，載《文藝理論研究》1999年第6期。

〔註94〕李羅明：《稼軒詞審美闡釋》，上海：華東師範大學碩士學位論文，2006年。

放」顯然是形而上的，缺乏現實的實踐品性，而後者卻是「豪放」範疇最爲重要的一種根本屬性、必要條件。孟子從「道」、「志」、「義」各個角度揭示了「氣」的來源，要比司空圖單純從「道」的角度更能說明問題，很大程度上減小了其模糊性。如果說孟子的「道」主要是和人的社會理想聯繫著的，那麼司空圖所說的「道」則主要體現在自然規律這樣一種層面上，還帶著道家思想的那種深密玄機。〔註 95〕無論「氣」是來源於「道」也好，還是來源於「志」、「義」也好，它們都是和人類社會、現實世界相聯繫著的。「道」既是自然之道，也是人類社會的人之道，它比較抽象，「義」則是直接和人類社會相關的，是人類一切正價值的精神思想的綜合，而「志」則更具體到個人。人和現實社會打交道，正是感性和理性交相作用的體現，不過人在社會實踐的時候，最初是從感性開始的，而和感性相聯繫的人的主體性精神方面的內容，例如「志」、「意」、「情」等，最接近的卻是一個「情」字。人是感情的動物，「情」是人生的靈魂，所以明代張潮《幽夢影》卷下裏說：「情之一字，所以維持世界；才之一字，所以粉飾乾坤。」只有對社會和人生具有極大的熱情，才會建立起「志」，才會產生各種「意」，而「道」這個層次的東西，就是在實踐的過程中慢慢掌握的。而在「氣」裏面或者說在能夠不斷使人積聚「氣」的過程裏，在「意」支配下的「情」與「氣」形成了一個互相激發的態勢：

唯其有充沛的情，才會鼓起充足的氣；唯其有貫注的氣，才能引發洋溢的情。所以，情與氣是相互滲透、共同協作而施之於豪放的。有情無氣，則情焉能汪洋恣肆、噴射而出？有氣無情，則氣豈

〔註 95〕張國慶《〈二十四詩品〉詩歌美學》一書探討了「豪放」一品「由道返氣」中之「道」爲哪家之「道」的問題，認爲《二十四詩品·豪放》所言並非如「有較多的學者聯繫儒家思想尤其是孟子來理解」的那樣，「『由道返氣』的提法更可能從道家而來」（中央編譯出版社，2008 年版，第 56～57 頁），從忠實於《二十四詩品》的文本闡釋的角度來說，這是對的；但從「豪放」範疇的研究、闡釋來說——即《二十四詩品·豪放》僅僅是「豪放」範疇意蘊發展過程中的一個環節，且不是最高環節——儒家、道家思想對於「氣」的貢獻都很大，而且孟子思想比道家思想的貢獻更大。《二十四詩品》對於「豪放」及「道」、「氣」的闡釋仍然偏於本體論的泛泛層次——張氏對其理論價值評價過高了（同上第 63 頁），而實際上對於「豪放」之「氣」貢獻最大的「道」乃是社會民生的「現實」之「道」，而非形而上的抽象的哲學思想之「道」，只有理解這一點，對於「豪放」的理解才會臻致巔峰，因此，顯然從儒家或道家思想那裡去追尋「道」或「氣」的解釋，是遠遠不夠的。

> 非淺淡稀薄、空虛無力？可見，在豪放之中，情與氣雖水乳交融、融爲一體，但從分析的角度而言，則似可謂：氣是情的載體，情是氣的主體。
>
> 司空圖《詩品‧豪放》云：「觀花匪禁，吞吐大荒。由道返氣，處得以狂。」這不僅強調豪縱之情，而且強調狂放之氣。楊廷芝《詩品淺解》云：「豪邁放縱。豪以內言，放以外言。豪則我有可蓋乎世，放則物無可羈乎我。」可見，豪放內充豪邁之情，外射放縱之氣。既揭示了內心世界，又展示了外在姿容，最後都歸結爲一個我字。〔註96〕

這裡也涉及到「情」的量的問題——充沛，應該還有熱烈、積極等色彩。但是到了「情」這裡，量的多少並不和「豪放」直接相關係，婉約含蓄的人或文藝作品，未必就沒有充沛、熱烈、積極、深厚的感情，因此，關鍵是這個「情」的情感色彩指向何處的問題，——這就涉及到「小我」之「情」和「大我」之「情」：

> 我，有大我、小我。大我，顯示了詩人的群體意識，傳達著時代的聲音；小我，顯示了詩人的個體意識，飽含著詩人獨特的個性特徵。豪放就是以獨特的個性爲靈魂的，它必然也打上了時代的烙印。因此，豪放既是詩人個性的昇華，又是時代的呼喊；是小我的淨化、大我的鎔鑄；是小我對大我的攝入、大我對小我的輸出；也是小我與大我的化合。當然，這種大我乃是以小我爲基礎的，捨棄了以個體存在爲特徵的小我，也就談不上以群體存在爲特徵的大我。而小我也必須體現大我、與大我融爲一體，才能充分顯示出小我的人生意義與美學價值。在人類美學史上，豪放之所以能獲得永不枯竭的生命力，而成爲人們所讚美的藝術常青樹上的奇葩，其原因即在於此。屈原的《離騷》，於悲憤中見豪放，既有詩人自己小我的影像，又重疊著詩人所處的那個時代大我的影像。「路漫漫其修遠兮，吾將上下而求索！」「長太息以掩涕兮，哀民生之多艱！」這難道不是詩人個體情感的迸發和時代群體意識（這裡指愛國主義）的集中表現嗎？

〔註96〕王明居：《詩詞風格談——雋永　沉鬱　豪放》，引自「http://blog.zgwww.com/html/49/n-10949.html」。

> 但是，不論大我也好、小我也好，都歸根於我。我，總是離不開個別的，總是以獨特的個性爲存在的基本的；而獨特的個性總是喜愛自由的，因而自由便成爲豪放所執著追求的目標。康德在《判斷力批判》中說：「花是自由的自然美。」我則借題發揮：豪放是自由的風格美。唯其自由，故無拘無束，不受羈絆，不爲物役，不爲形役，而是充分地發揮自己的個性，盡情地施展自己的才華。大凡阻礙自由個性發展者，則施豪放之氣衝破之、蕩滌之。且讀《夢遊天姥吟留別》：「安能摧眉折腰事權貴，使我不得開心顏！」封建權貴，仗勢欺人，這是對自由的侵凌。李白憤而斥之，這就捍衛了自由。
>
> 當然，豪放的自由絕非小我的極端膨脹，絕非個人主義的擴張；它絕不背叛大我，絕不違反自然，而是在符合大我、適應自然前提下的自由，因而這種自由是高尚的，是人類純潔的思想感情。「誰揮鞭策驅四運？萬物興歇皆自然」（李白《日出入行》）。「吾將囊括大塊，浩然與溟涬同科。」（同上）這是何等地自由！又是何等地符合必然！

王先生的論述實在是精彩之極，他指出了「情」和「氣」交融一體的統一體裏，有個人一己「小我」之情，有「大我」之情，很顯然，「大我」更具有關注社會現實的積極色彩，因此，只有作爲大我的那種「情」，才是「豪放」的主體最值得擁有和表現的，它實際上是小我之「情」的兼有和提升。只有積極投身於社會實踐並對現實生活和人生、人類的前途抱有極大的熱情和希望，才能將「小我」之情昇華到「大我」之情。所以，「小我」之情也許不乏積極、熱烈、充沛的特點，但是它和「豪放」是沒有關係的，它不能積聚起盛大的「氣」而臻於「豪放」的境界。比如宋代的婉約詞，情感熱烈深厚的作品並不缺乏，像李後主後期的詞作，感情深沉而熱烈，但是它不能積聚起盛大的「氣」，也就不能呈現「豪放」的審美風貌；再比如明代的民歌，就更能說明這個問題（此一問題本書第五章第一節已作專門闡述）。

這樣，我們就可以得出結論，能夠在人生或文藝中呈現出「豪放」的美學風貌的，都是那些熱切地關注人生、社會和現實的人，只有這樣才能達到「大我」的境界，才能激發熱烈的「情」，積聚起盛大的「氣」，表現爲「豪放」的姿態。從擁有著積極進取精神的社會理想的「大我」到「情」到「氣」

再到「豪放」，這就是「豪放」之美生成的整個流程。這個結論，和歷史上以「豪放」爲特徵的人物及文學藝術是一致的，比如「豪放」詩風的代表詩人李白，「豪放」詞的代表詞人辛棄疾，都是如此，例如周嘉惠指出：「辛棄疾詞……豪放的風格，源於詞人熾熱的愛國激情，和以天下爲己任的廣闊胸懷。」〔註 97〕很顯然，在這個流程之中，大我之「志」是一個最重要的基礎和先決條件（然後才能有「大我」之「情」），而「氣」無疑是「豪放」的關鍵性因素，這兩點層次不同，卻不可分割。充沛盛大的「氣」中，一定有熱烈深厚的「情」，而「氣」更有「豪放」之美鮮明的標誌性意義。

三、影響「豪放」生成的主客觀因素

影響「豪放」生成的各種因素，大體上可以從主客觀角度進行審視。

（一）影響「豪放」生成的主觀因素

「氣」的積聚過程和呈現爲盛大沛然的狀態，其實是和主體對社會現實的態度密切相關的，在「志」或「意」的主導之下，主體可以根據需要培養積聚各種不同類型的「氣」質，如偉大的史學家司馬遷，一部浩瀚波瀾、斑斕多姿的《史記》之所以產生，是和作者有意識的培養、積聚那種主體性的「氣」分不開的，對此，宋人馬存在《贈蓋邦式序》一文中分析得十分到位：「將以盡天下之大觀以助吾氣，然後吐而爲書」〔註 98〕，這也正是《史記》之所以能寫出很多具有「豪放」意蘊的歷史人物和俠士之流的原因。因此，探討一下哪些因素對於形成「豪放」及「氣」起根本作用的「意」（理想）具有決定性的作用，是十分有必要的。這就涉及到人作爲主體（主觀）和其面對的客體（客觀）兩方面的內容，這兩方面的內容才是「豪放」產生的現實因素。而這兩方面的內容，我們可以從個體、時代、社會、文化、地域、民族等方面考慮。張國慶在《中國美學對『雄偉』、『秀麗』的體系式研究》中分析概括了司空圖《詩品》「豪放」一品所必須具備的四個要素，其中屬於主體（主觀）層次的是第一點：「開放不羈的心胸（這是『放』的內在根基，由此，乃有『吞吐大荒』的藝術表現）」〔註 99〕，徐傳禮則論述了「豪放」作爲

〔註 97〕周嘉惠：《唐詩宋詞通論》，中國文聯出版社，2001 年版，第 463 頁。

〔註 98〕《文淵閣四庫全書・文章辨體彙選》（電子版），上海人民出版社、迪志文化出版有限公司，1999 年版，卷三百三十九。

〔註 99〕張國慶：《中國美學對「雄偉」、「秀麗」的體系式研究》，載《文藝理論研究》2005 年第 3 期。此文爲張氏《〈二十四詩品〉詩歌美學》一書先期發表的內容

一種偏於陽剛之美的思想精神意蘊：

> 若以宋詞論，粗略地分，是豪放、婉約兩派……一般說來，偏於陽剛者，大多重視競爭、開拓、創造、求異，偏於陰柔者，大多喜愛和諧、守成、總結、趨同；前者主動、主多、主情、主勇，後者主靜、主一、主智、主仁；前者以解放、自由、廣博、新奇為追求目標，後者以統一、秩序、精深、純正為歷史使命。〔註 100〕

總而言之，從個體（主體、主觀）方面來說，要達到「豪放」的境界，具有開闊的心胸、積極進取的精神、遠大的理想（個人理想和社會理想相結合）、堅忍不拔的意志、熱烈深厚的感情、對生活充滿信心和希望的人生態度、對於眞善美的追求熱愛及對於假惡醜的痛恨和反對、潔身自好的人格和淡泊一己小我的名利而追求社會民生的切實利益，等等，這些方面的條件互相融合在一起，難以分清，它們共同的「合力」以「情」為基礎，積聚起盛大深厚的「氣」，進而達到「豪放」的境界。在這些條件之中，具有開放的心胸和思想精神是最重要的，因為人只有保持一種開放的姿態，他才能廣泛吸收自然社會的各種對人類有益的東西，達到發展壯大自己的目的。只有具有開放博大的心胸和思想精神，才能「吐故納新」，在態度上積極接受新事物，才能以發展的眼光來看待事物，以欣賞的目光看待新事物。只有開放博大的心胸，才能以人的眞正姿態來看待人類，達到聖賢所期待的個人小我「仁」、「智」、「勇」的理想境界，進而從社會實踐著眼來完善大我，從整個人類社會的高度來切實為人類社會作出有益的貢獻——而「豪放」之中所具有的那種雄大的魄力和氣魄，可以說在最初的源頭上，就是得益於這種開放的姿態。其次，是由這種開放的姿態所培養起來的良好的心境，只有內在的心境能夠達到眞正的「放」，即放得開，放得下，放得自然而達到毫無拘束的境界，這樣才能為「豪放」的產生準備充分的基礎。心境雖然屬於主觀方面的原因，但由於這種心境主要是表現「放」的意蘊，也就是主要涉及到「豪放」最後生成的問題，所以我們把這個問題在這裡簡單交代一下，把它放到後面論述「豪放」的表現形態時再加以補充說明。

（基本相同的內容見其《〈二十四詩品〉詩歌美學》，中央編譯出版社，2008年版，第 63 頁）。

〔註 100〕徐傳禮：《藝術流派研究——試論學派和流派的生態平衡》，載《社科縱橫》1996 年第 1 期。

（二）影響「豪放」生成的客觀因素

「豪放」本體生成的客觀因素，主要是指時代、社會、文化、地域、民族等客觀條件，當然，它們之間也是互相交融的，而對「豪放」的生成產生一種「合力」。從對「豪放」的建設意義和作用上來說，人的主體性因素要比客觀性因素重要得多，是生成「豪放」的主要原因，是居於第一位的因素和條件，因而從這個意義上說，原則上講，任何時代、社會、文化、地域、民族等客觀因素和條件下，都有產生「豪放」之美的可能，「豪放」之美的生成主要取決於人的主體方面的因素和條件。這是最基本的一點；但是縱觀「豪放」這個範疇及「豪放」之美在各種因素、條件座標系中的表現的歷史我們可以發現，實際上「豪放」之所以得到不斷的發展和完善，又是受外在的這些客觀因素和條件的限制的，內因是決定性的，它決定事物發展的性質和方向，但是外因卻是內因得到發展和完善的必要條件，它決定著事物發展和完善的程度，「豪放」的主體性因素和條件在任何時代、社會、文化、地域、民族都存在著，它是構成「豪放」的最主要的因素，這個因素一直存在，它只是在「豪放」的本質上佔有絕對的地位，在「豪放」的成熟形態那裡是極爲突出的一種特徵，但就「豪放」的現實產生階段來說，它的作用就沒有客觀性的因素和條件大了。甚至在一定程度上我們可以說，正是這些客觀性的因素和條件影響和決定著「豪放」的發展。在這些客觀性的因素和條件之中，它們的作用也不是一樣的，而是有著一定的差別，而且這種差別也不是在一個時間段之內體現出來，它們在「豪放」的生成發展過程之中，隨著時間的推移而分別體現出其不同的重要作用。

在這些因素和條件之中，可以肯定地說，文化層面的原因是最根本的因素和條件，因爲它關乎人的理想。如果沒有中國傳統的獨特文化意蘊，「豪放」的出現和發展是不可想像的，從嚴格的意義上講，「豪放」是以儒、道思想文化爲主的中國傳統文化的獨特產物，它是純「中國」的，西方世界、歷史裏沒有這種「豪放」的意蘊及「豪放」之美，甚至在東方世界裏，如果不是接受和吸收了一定的中國傳統文化，也是不可能出現「豪放」的，比如同爲世界四大文明古國的印度，它在文化方面有著自己鮮明的特色，而較少地受外來文化的影響，尤其是中國傳統文化的影響，因此，印度也沒有出現「豪放」的意蘊和「豪放」之美。這是從抽象意義上的文化而言的，由這種抽象的文化思想精神所影響和發展的具體的體現著這種文化思想精神的事物，也是「豪放」之所以會出現在中國的重要原因和支持。外國文化中也有「不受拘束」這樣的精神，但是他們卻沒有中國傳統文化裏一些灌注了「豪放」精神和色彩的具體事物，例如琴棋書畫。涉及「豪放」的一系列事物，都是普普通通的，比如「酒」，外國當然也有酒和酒文化，但是沒有一個國家能把酒喝得像中國人這樣爛漫多姿、奇趣萬千，沒有一個國家能把酒和「豪放」這樣的意蘊如此精彩的聯繫起來！外國文化裏偏於壯美風格的，例如西方最重要的風格是「崇高」，正如壯美的風格有很多一樣，同屬於壯美風格的一種，「崇高」和「豪放」各有其獨到的內涵和特色。所以從根本上說，文化是「豪放」之所以產生的最主要的因素和條件。

社會和時代這兩個因素和條件在「豪放」生成的過程中作用次於文化，但要比民族、地域這樣一些因素和條件要重要。在文化這一因素和條件從根本上給予「豪放」的產生和發展以保證之後，那麼，時代和社會這兩個因素和條件就躍居到了重要的位置。從整個中國古代社會歷史的發展來看，時代對「豪放」的影響是很大的，比如整個中國傳統文化由開放到保守、審美由壯美到優美的轉變這樣一個格局〔註 101〕，就決定了「豪放」的成熟是在這兩種趨勢之間的一個時代，那就是宋代。社會發展和時代審美意識的轉變，導致了宋代在思想精神領域裏開放和保守、壯美和優美的激烈大碰撞，也就是說在「收」和「放」的量變達到足以產生質變（主導地位發生改變）的時候，「豪放」內部結構中「收」、「放」之間的「張力」達到了最高點〔註 102〕，「豪放」成爲那個時代最具特色的美學風格，與「婉約」相對舉對待，成爲那個代表性文學體式——詞的最重要的兩種風格之一，而沒有這樣一個時代背景，就沒有「豪放」發展的這個階段，它也不可能從唐代「豪放」作爲詩歌

〔註 101〕周然毅：《論中國美學範疇的邏輯發展》，載《學術論壇》1995 年第 2 期。

〔註 102〕胡傳志《豪放詞四論》一文云：「紹興三十二年（1162），辛棄疾由金國投奔南宋，他不僅給南宋王朝帶來了北方英雄豪傑的抗金鬥志，給南宋詞壇注入強勁的愛國激情，還將北方豪放詞風（『吳蔡體』）和北方人的豪邁性格帶到南方，與南方固有的詞學傳統和愛國情感相結合，將東坡豪放詞的傳統發揮到了極致，造就出詞學史上最輝煌的篇章。他以英雄豪傑強烈的報國理想、戰鬥精神和非凡手段充實和改造了豪放詞，在曠放之外，特別加大了豪放的力度，增加了悲壯蒼涼的成分，取得了超越前輩和時賢的傑出成就。他的成就，向世人有力地證明了豪放詞不容置疑的價值，帶動了一批詞人從事愛國壯詞的創作，最終完全確定了東坡豪放詞的地位。因此，在某種程度上，不妨說，是稼軒成就了東坡的豪放詞。」胡傳志《豪放詞四論》，載《安徽師範大學學報》（人文社會科學版）1999 年 11 月第 27 卷第 4 期。

重要風格的一種（僅以司空圖《詩品》而論，即有二十四種風格，實際上不止這些）的地位，發展到宋詞中最重要的兩種風格之一——現在關於用「豪放」、「婉約」二分法來審視宋詞的做法，已經很爲許多學者所不許，認爲太過籠統粗糙，確實的，用這種二分法來欣賞詞，不足以見出其千姿百態的美。但是他們之所以如此，根本上卻是因爲沒有從「豪放」和「婉約」的對立發展的角度來認識二分法對於「豪放」範疇的發展，是有著多麼重要的甚至是舉足輕重的作用。這裡我們僅舉一個例子以見其徵，比如辛棄疾，「以氣入詞」是其詞作的鮮明的藝術特色，而這種特色，正是特殊的時代背景使然，楊信義指出：

> 辛棄疾的「以氣入詞」，是時代的使然。前人對他的「以氣入詞」，稱道不已。陸游在《寄趙昌甫詩》裏說「君看幼安氣如虎」；黃幹在《與辛稼軒侍郎書》中說他「以果毅之資，剛大之氣，眞一世之雄也。」張炎更是直接地稱辛詞爲「豪氣詞」。「如虎之氣」、「剛大之氣」、「豪氣」云云，都是就辛詞的「以氣入詞」而言的。必須指出的是，辛詞的「氣」是以殺敵、誅賊、拯救民眾和統一祖國爲內核的，這是辛詞的本質特徵，也是辛詞的藝術個性形成的「本」和「源」。
>
> 辛詞是史詞，辛棄疾是時代的歌手。殺敵、誅賊和拯救民眾，統一祖國是辛詞的主旋律。辛詞的磅礴、沉鬱的藝術風格深深地打上時代的烙印。「以氣入詞」是辛詞的表現特徵，是辛詞藝術的個性。〔註 103〕

楊旭升也說：

> 豪放作品的產生還與時代相關。北宋社會，國力衰微，所謂積貧積弱，文恬武嬉，至有「二聖」被虜，宋都被迫南遷，是有南宋。南渡之初，朝庭上下，志在恢復，洗雪國恥，成爲封建士大夫日常生活的話題。因而嗣後在詞中抒發壯志豪情。以辛棄疾爲核心的一大批文人在他們的詞作中，或抒發報國志向，或表達渴望恢復的願望，北伐、抗金、恢復成爲時代強音；而張浚北伐失敗之後，主和的氣氛籠罩朝野，主張北伐的志士遭受貶斥與壓抑，於是在詞

〔註 103〕楊信義：《辛詞藝術風格獨特與多樣的統一》，載《鹽城師專學報》（哲社版）1995 年第 1 期。

中抒發請纓報國無路、無門苦悶，表達大好河山深陷敵手的苦痛。沉鬱悲壯之情是此時不少有志之士所共同的詞作基調。據此，我們即可理解豪放之作多產生於世事多變、風雲聚會、苦難深重的年代。〔註 104〕

可以說，正是時代因素的影響，使得「豪放」與「婉約」成爲對立統一的一對範疇，促進了宋詞的發展，而所有其他的風格，都是統屬於這一對立之下的，是次於這一主要線索的。如果不瞭解這一事實，當然也就不能理解二分法在宋詞中獨特而重要的作用，關於這一點，我們在第九章中還會專節討論。

特殊的時代背景，是辛詞「豪放」之「氣」積聚的現實根源。時代與社會又是緊密結合在一起的，時代是時間的座標，而社會是空間的座標，他們共同構成一定的歷史時期。我們這裡分析的辛詞「豪放」的時代因素，實際上也就包括了社會的因素在內，特殊的時代是存在於一定的社會形態之中的。不過，從社會的角度來研究「豪放」的生成條件，它還有著自己獨特的視角，那就是社會禮法制度造成的對人的束縛，這種禮法制度在建設人類社會和限制個人「小我」方面是卓有成效的，也是非常有必要的，它是人類社會文明的一個重要組成部份。但是，在一定的社會形態處於上升階段的時候，它的作用是肯定的、占主導地位的，這時候統治階級和人民一起爲社會的發展作出自己的貢獻，建立禮法制度，既是保存社會成果的必要措施，也是防止統治階級內部那些爲了一己小我私欲極大膨脹的人只顧攫取自己或小集團的利益，而不顧統治階級集團的整體利益的有效手段，因而也是保證統治階級整體利益的必要手段。然而當社會發展達到其頂峰之後，由於統治階級的逐漸腐敗退化，失去了進取的精神以後，它就只想維護既得的利益，而這些利益很大程度上是表現爲攫取人民大眾的利益，於是這時候禮法制度就成爲一種反動、落後的東西，在歷史的大潮流中起著相反的作用。而在舊的社會形態沒有消亡之前，這些禮法制度不可能從根本上被突破和超越，這時候社會意識的保守姿態和歷史潮流的開放前進姿態是不一致的，因而就會發生衝突和矛盾，「豪放」內涵中的不受拘束的精神，就是建立在要反抗這種已經落後、消極的禮法制度的精神的基礎之上的，這是一方面。另一方面，在社會

〔註 104〕楊旭升：《詞「婉約」與「豪放」說略》，載《綿陽師範學院學報》2003 年 2 月第 22 卷第 1 期。

處於上升階段時，這種禮法制度對於個體而言，它對表現爲非「法」的不爲禮法制度所容的個人的要求和利益是有著限製作用的，可是對於遵守這些禮法制度的個體，它會起到很大的幫助作用，從而調動起人民的積極性，爲社會發展貢獻自己的力量，同時也維護社會的穩定的秩序。但是當社會發展達到其頂峰以後，由於統治階級的腐朽，這些禮法制度成爲他們維護既得利益的工具，而對個人正常的發展就沒有正面的作用了，反而會限制一些想從「小我」上升到「大我」的人，而這些人往往是社會和民族眞正的脊梁，在他們身上寄託著民族和國家的希望，當他們這樣要求和追求其理想的時候，就會和禮法制度發生尖銳的矛盾衝突，禮法制度成了束縛人的發展的反面的力量。而「豪放」的意義就在於在這種反面的力量之中放棄「小我」，成就「大我」，以犧牲自己的姿態和精神（有時這種犧牲很大程度上體現爲對於現實利益的一種非功利非執著態度）達到對這種反面力量的突破和超越，而在社會上升階段的歷史時期裏，這些人的「小我」和「大我」是可以兼顧的——前者一個典型的例證就是辛棄疾，關於辛氏的「豪放」詞，我們看一看楊信義的分析：

> 討論辛詞的風格，應以「有所不能自已而作者」爲契機，即把古人之寫詩、作文和我們今天專業作家有目的地創作，旨在發表、用以啓發、教育讀者區別開來。蘇軾《南行前集敍》云：「……自少聞家君之論文，以爲古之聖人有所不能自已而作者。故軾與弟轍爲文至多，而未嘗敢有作文之意。」他非常贊同畫家朱象先所說的「文以達吾心，畫以適吾意而已。」是的，這種「有所不能自已」的「達吾心」和「適吾意」之說，實際上是許多有識之士的共同認識。我們研究辛棄疾的詞，就必須深刻地懂得這個道理。辛棄疾的詞都是激情在心裏再也憋不住了，只得吐之爲快，全是眞性情的自然流露。以此爲契機，才能對他的詞既有獨特的一面，也有多樣的一面，作出客觀的，唯物的，而不是空洞的，浮泛的，人云亦云的論述。

辛詞都是激情澎湃的產物，憋在心裏憋不住，只能一吐爲快，吐後才快，全是眞性情的流露，這正是詞人獻身國家民族，爲了國家、民族的前途而犧牲一己「小我」而追求「大我」的一種悲劇性的精神意態，正是詞人「豪放」的表現，是典型的明知其不可爲而爲之、不願意獨善其身而欲兼濟天下的儒家思想精神的體現，當然也帶有道家淡泊個人名利的積極色彩。辛棄疾能夠體現這種「豪放」之美，是和一定的社會背景分不開的，同樣是面對事不可爲的社會，陶淵明是採取了「獨善其身」的姿態，完善一己小我以保持清潔的人格，他或許也有著像《詠荊軻》那樣的「豪放」意蘊，但這不是他精神意態的主要方面，我們對他的這種選擇應該有著充分的理解和包容，但就在「豪放」這一點上，他是遠遠不如辛棄疾的。

民族和地域這兩個因素和條件，對於「豪放」的生成也有著一定的意義。民族問題，由於中國自古以來就是以漢族爲主，所以其對「豪放」的影響不如地域爲大。但是民族因素在歷史上又確實對「豪放」的生成發生過積極的影響，從「豪放」生成的角度來說，民族的因素主要是北方民族對南方民族的影響，這裡面先涉及到一個地域問題，不妨先解決這個問題。由於中國地域廣大，東西南北皆極寬廣遼闊，又由於地理上的差異，水分和光照是兩個關鍵因素，所以中國地域差別固然有著內地和沿海的差異，但是在形成人的稟性（尤其是生理方面，由生理方面由牽涉到氣質等方面）方面，要以南北差異（緯度差異）爲大。中國文化中對這個問題的關注自古以來就從未斷絕，從中國傳統文化形成的先秦時起，就存在著儒、道兩種相對立又相補充的思想，前者是入世的，後者是出世的，前者是熱情的，後者是寡情的——動靜、陰陽、積極消極、虛實等等，這些都是它們的差異所在。歸根到底，各種角度均可以從「陰陽」那裡得到解釋，是「陰陽」兩極的不同表現形式和不同角度。魏晉剛健質樸的建安風骨和南朝的陰柔華麗形成了鮮明的對比；中國式的宗教禪宗在唐代六祖惠能和神秀那裡分出了南北宗，這種分法還影響到繪畫理論，明代董其昌關於繪畫的南北宗理論影響極大。這種分法，在文學、繪畫、書法、學問、氣質、武術等各個方面都廣有涉及〔註 105〕，可以說是中國文化的一大特色。這樣分法的目的，是爲了指出兩派均有所長，也各有所短，最終目的還是爲了要達到融合兩方面的長處，事實上歷史上各個領域裏的大家，無不是融合了兩方面的長處的，例如王國維在《屈子文學之精神》中所說的屈原的詩歌，例如辛詞，儒家思想裏的「中庸」思想，其精義亦即在此。如果單純地走一極端而放棄另一端、如董其昌提倡南宗繪畫而排斥北宗畫法，最終只會導致繪畫的衰落。從根本上說，「陰」、「陽」不能用一廢一，這是很簡單的道理。在南北問題上，「豪放」無疑是屬於「北」的，也就是說，

〔註 105〕陳傳席：《中國繪畫美學史》，人民美術出版社，2002 年版，第 483～484 頁。

從地域上而言，北方對於「豪放「的生成更有建設意義。北地之人粗獷豪放，和南人的溫雅秀逸大不相同，而從中國的實際地理情況來說，西方的高原直至於偏西南的青海、西藏、四川等地，也大致可以列入北方的範圍。爲什麼這樣說呢？因爲一旦當地域上引起的差異上升到人的氣質之時，就已經超越了單純的地域範圍的層次，而不排除南方也有具有北方氣質的人物，這個問題還牽涉到人的性格等多方面的因素，不可以地域這樣一個死板的因素來限定之，例如歷史上宋代的「江西詩派」，是指詩歌做法是江西詩派的，而不必人屬於江西，明代繪畫中的南北宗、清代的常州詞派，情形也是如此。而就以「豪放」詞極盛的宋代而論，蘇軾雖然是四川人，但是他從小所受的教養是積極上進的儒家文化的薰陶，並走上了濟世的仕途，而儒家文化思想是典型的北方文化，這就比地域上的重要性明顯得多了。辛棄疾是北方人，這就更加明顯。蘇軾雖然開了「豪放」詞的風氣，但是，「豪放」詞成爲一個流派是在辛棄疾那裡完成的，正如李建國所指出的那樣：

> 在詞壇上，蘇東坡與辛稼軒素以豪放派著稱。蘇東坡雖然是先行者與開拓者，對形成豪放一派功績很大，但仍未擺脱「豔科」詞風的影響；「橫掃六合」的詞家辛稼軒才堪稱豪放派的眞正代表。〔註 106〕

清代周濟選宋代四家詞，「豪放」派選辛而不選蘇，亦即著眼於此。實際上，蘇軾的第一首「豪放」詞（《江城子・密州出獵》）正是在任職於北方的密州（今山東諸城）時做的，他在《與鮮于子駿書》中說：

> 近卻頗作小詞，雖無柳七郎風味，亦自是一家。呵呵！數日前獵於郊外，所獲頗多，作得一闋，令東州壯士抵掌頓足而歌之，吹笛擊鼓以爲節，頗壯觀也。〔註 107〕

可以想像，如果沒有這種北方生活尤其是打獵游畋的經歷，蘇軾開詞的「豪放」之風氣是很難的，也正是這種在北方生活的經歷，使得他的豪情大發，影響到了他的一生。在蘇軾之前敦煌曲子詞裏風格雄壯的作品的作者，以及稍後能作此類風格的韋應物、毛文錫、潘閬等人，都是北方人。元人王博文《天籟集序》云：「樂府始於漢，著於唐，盛於宋，大概以情致爲主。秦、晁、

〔註 106〕李建國：《論辛詞豁達自適的藝術境界》，載《貴州社會科學》1997 年第 2 期。

〔註 107〕舒大剛：曾棗莊主編《三蘇全書》，語文出版社，2001 年版，第 12 冊第 501 頁。

賀、晏，雖得其體，然哇淫靡漫之聲盛。東坡、稼軒矯之以雄詞英氣，天下趨向始明。近時元遺山每遊戲於此，掇古詩之精英，備諸家之法制，而以林下風度消融其膏粉之氣。」〔註108〕元好問在北方對「豪放」精神的繼承，正是宋詞到元曲演變的一個主要線索，也是一條生命線，元曲能夠得「豪放」的精神而以「豪放」爲主體和本色，元好問可謂厥功非小。以他爲代表的北方金源文化，對於「豪放」的發展作用是非常明顯的。趙維江在《稼軒詞與金源文化》一文中認爲，「『蘇學北行』，金源文化深受其影響，以『言志』爲特徵的「東坡體」詞爲金源詞人廣泛接受和仿傚。」辛棄疾的詞「對東坡詞體革新精神和『豪放』風格上的繼承和發展，與辛棄疾早年學詞於金源，受金源文化的薰陶分不開。而金初詞壇追步東坡的『吳蔡體』對稼軒體形成有著直接的啓發和導向作用，實爲由東坡到稼軒之間的薪火傳遞者。」〔註109〕金源文化地處北方，它能接受詞中「豪放」的風格是很自然的事，辛棄疾對它的繼承和發展也是極爲自然的事情。而且，辛棄疾渡江之後，他在南方偏安的南宋小朝廷也帶動了「豪放」詞在南方的發展。但是由於南方柔弱的氣質不足以使得這種風氣長久的支持下去，因此宋詞的衰落是以婉約詞的不能表現現實內容而一味講究格律和詞的格調的形式表現出來的，其代表就是姜夔、張炎爲代表的清空雅正一派——這裡面當然有文化方面的原因，辛棄疾一時的努力並不能改變南方主於柔弱氣質的文化和審美意識；而且也有「豪放」本身的原因，那就是在形式上學「豪放」詞而不能從精神上來把握它，這在本書後文中將詳細論述。元曲是以「豪放」風格爲主流的，其發源之點，正是金元北方詩人、詞人對「豪放」詞的繼承和發展，而「豪放」派的地位之確立，是在金代大詩人元好問那裡完成的，對此趙先生在同文中指出：

> 作爲金源文壇「一代宗主」的元好問給予稼軒詞以極高的評價，他說：「樂府以來，東坡爲第一，以後便到辛稼軒。」（注：元好問《遺山自題樂府引》、《新軒樂府引》。）「坡以來，山谷、晁無咎、陳去非、辛幼安諸公，俱以歌詞取稱，吟詠情性，留連光景，清壯頓挫，能起人妙思；亦有語意拙直，不自緣飾，因病成妍者，

〔註108〕《文淵閣四庫全書・天籟集》（電子版），上海人民出版社、迪志文化出版有限公司，1999年版。

〔註109〕趙維江：《稼軒詞與金源文化》，載《江海學刊》1998年第4期。

> 皆自坡發之。」（注：元好問《遺山自題樂府引》、《新軒樂府引》。）
> 以上所論有兩點應予注意，一是旗幟鮮明地以蘇、辛並列於冠首，就今見資料看，在詞學史上尚屬創論。終南宋之世，關於稼軒詞「非雅詞」、「粗豪」、「非詞家本色」之譏從未休歇。可以說，直到元好問之論出，稼軒詞的詞史地位才得到眞正的確立。

俗文化指引下的俗文學和「豪放」詞精神的合流，是元曲既以「俗」爲特色又呈現出以「豪放」爲主要特色的原因，它推動了曲這一體制的發展，「俗」和「豪放」在根本上相通的一點是它們都關注社會現實關注社會人生，而當元代中後期曲（雜劇）的創作和演出中心由北方的大都遷移到南方的杭州以後，曲的雅化時代也就來臨了。

關於地域方面的因素，我們可以以宋代爲例來加以說明，這在程民生《略論宋代地域文化》一文中論之甚詳，首先是人才的分佈上：「在軍事人材中，北方占絕對優勢，換言之，北方文化中軍事文化十分突出，顯示出北方文化的陽剛之氣。……文人的數量勢必相對減少。這是歷史的社會地域分工形成的格局。『東南多文士，西北饒武夫』，便成爲宋代人材地域分佈的一大特徵。」〔註 110〕其次是地域文化產生差異的原因：

> 地域文化之所以千姿百態，首先是地域環境不同造成的，而其中自然狀況最爲基礎。形態各異的地形、地貌、水土、氣候，決定著居民的生產方式和生活方式，影響著其身體和精神狀況。如宋人有言：「地勢西北高，東南下。地高而寒，其民體厚而力強，氣剛而志果；地下而溫，其民體薄而力弱，氣柔而志回。」……

最後是文化氣質上的原因和表現：

> 南方文化文氣重，但整體上內在氣質較弱。……宋孝宗總結道：「北方之文豪放，□□也粗；南方之文縝密，其弊也弱。」朱熹對南宋兩浙文風批評道：「近日浙中文字雖細膩，只是一般回互，無奮發底意思。此風漸不好。」即使北宋文豪歐陽修，也沾染文弱之弊。……〔註 111〕

程先生所分析的雖然是宋代，但是對於我們認識南北文化在地域方面的原因是很有幫助的，從這些分析之中，相信我們對地域上的北方在「豪放」意蘊

〔註 110〕程民生：《略論宋代地域文化》，載《歷史研究》1995 年第 1 期。
〔註 111〕程民生：《略論宋代地域文化》，載《歷史研究》1995 年第 1 期。

和「豪放」之美產生中所起的作用，應該是有了一個很好的理解。以上論述的是地域方面的因素和條件，以宋代而論，雖然也有民族的因素攙雜在裏面，但是從整個中國範圍之內來說，我們論述的主要是地域這一客觀因素對「豪放」生成的影響，而民族這一因素對「豪放」生成的影響，很大程度上是在中國範圍之外的視角上來進行的。自古以來，中國的疆土雖因朝代不同而變化，但是在以中原和江南爲主體的傳統版圖上，歷朝歷代卻基本上是固定的。在此基礎上，形成了中國文化的基本勢力範圍，也形成了中國歷史上極爲強烈的「華夷」之分觀念，這種觀念出現於先秦，後來隨著「華」的不斷擴大而形成以上所說的這個範圍。在東漢以前，雖然也存在著和西域等國的交往和文化交融，但是其規模還比較小，還不能對中國文化形成很大的影響。像漢代和匈奴的關係，基本上是隔絕的、排斥的，但從魏晉南北朝時期的「五胡亂華」開始，外民族入主中原即侵入漢族文化的中心區域的機會多了起來，五代十國時的亂世不用說，即使隋唐這樣在中國歷史上具有重要意義的朝代，其統治階級的血統卻是我們心目中的「胡」人的。此後，金曾長期佔據中國江淮以北的廣大地區，元則滅宋而奄有中國，清代亦然。金、元是本著侵略、掠奪之心入主中原的，其對中國的文化影響不具有建設性的意義，即使清代統治方法得當，也很爲後人以爲他們是順應和融入中國文化而被相當程度上「漢化」了的。即使如此，這種現象也不可能不爲中國文化帶來一定的影響，比如元曲「豪放」的風格，其「俗」的基礎，就是那種時代的浩大洪流推動和造成的。金、元、清三代雖然是以北方外族而入主中原，但在這種形勢已經大定之後，它們和外族之間具有建設性的文化交流和融合併不突出，這種特點和東漢之前我們所說的那種封閉的文化狀態是無二致的，這種現象對於「豪放」而言不能說沒有一點意義，但是「豪放」的衰落是在明、清以後，則和這種格局有著不可分割的關係。其實，外族對於中國文化建設性的影響和意義是在隋唐之世，尤其是唐代，那是中國歷史上眞正的民族大融合的時代，這種融合很大程度上是一種文化的融合，唐代之所以能夠和大膽吸收外來文化，一是其統治階級中的皇室和相當一部份的貴族是「胡」人，或早已經「胡」化之人，二是唐王朝處於中國歷史上封建社會發展的高峰時期，它所具有的開放的積極向上的姿態，使得它有這個膽量和度量來吸收外來文化。這一時期，從抽象意義上的文化到具體形態的文化，比如說文學、繪畫、舞蹈、音樂等等，都給中國固有的以新的氣息和活力。以音樂爲例，從先秦以來一直居於主流地位的「雅」樂，在魏晉南北朝時期五胡亂華時就受到了來自北方外族「俗」樂的衝擊，並在一定程度上融合、充實著「雅」樂，這種局面在隋唐之世達到了高潮——唐太宗時所定的唐十部樂（燕樂、清商、西涼樂、扶南樂、高麗樂、龜茲樂、安國樂、疏勒樂、康國樂、高昌樂）主要是以外族音樂爲主的，這種包容的姿態然後波及擴展到文學，引起了文學「雅」、「俗」格局的變化，即由雅文學占主導地位向俗文學取得主導地位的局面轉變。這種北方民族尤其是外族質樸、剛健、活潑、粗獷氣質的不斷輸入，給中國原有的文化尤其是南方柔弱陰和的文化帶來了新鮮的氣息，也給「豪放」的發展提供了源源不斷的動力支持。這種趨於壯美的文化氣息一旦和個人強烈的主體性精神相結合，就會調動起充分的「情」，進一步積聚起盛大而充沛的「氣」，而「豪放」的最終得以呈現，也就是水到渠成了。「中國傳統文化的主體起源於中原地區，然後向外擴散。這種擴散有個歷史過程，南方文化很大程度上是北方人士南下傳播的。每一次北方大動亂，就有大批北方人南遷，南方文化也就得到一次發展的機緣。」〔註 112〕而從中外民族文化融合的範圍來說，也是北影響南，這是中國文化的一大特點。北方文化及其氣息南移，促進了南方文化的發展，但是時間一長，就會失去北方文化中的那種陽剛活潑的氣質，一直到下一次北方文化的南移。從上面的分析中可以看出，「豪放」的生成和發展，是受這種文化移動的趨勢及其實際效果制約的，而不單單是北方文化對「豪放」的生成有所影響的問題。

四、如何更好實現「豪放」之「放」

上文已論述「豪放」生成流程的最後一個階段「放」，即其表現，「豪」至於「放」是一個必然的過程，「豪放」的表現方式在探討其內涵時已有所闡述，它可以是含蓄婉轉的，也可以是直抒胸臆而淋漓盡致的。而這裡我們此處所要著重探討的，卻是後者這種最具代表性的「豪放」的表現形式如何在文藝中成爲可能的問題。內容上的「豪放」，只要把思想精神上的「豪放」的內容表達在文藝中就可以了，它有賴於主體理想志意的培養，而不管其形式上是否是「豪放」的。如果說內容上的「豪放」是人對於人類社會中落後、消極的禮法制度的一種反動、矯正姿態，那麼，形式上的「豪放」其獨立的

〔註 112〕程民生：《略論宋代地域文化》，載《歷史研究》1995 年第 1 期。

意義在於，它所面對的不是這種禮法制度，而是自然或藝術的規律、法則。內容上的「豪放」面對的是人類社會，是廣義上的「我」，它和形式上的「豪放」所面對的自然事物即「物」，是很不一樣的。楊廷芝《詩品淺解》釋「豪放」爲：「豪則我有可蓋乎世，放則物無可羈乎我」，就內容上的「豪放」來說，它所面對的「我」也是自然萬物的一種，是人及其意識形態，這裡面當然也可以有人對於自然萬物、自然世界的那種「豪放」——人超越於自然萬物之上的那種姿態，但是這不是其重點，其重點還是主要面對人及其意識形態對人的阻礙和束縛。而形式上的「豪放」則主要面對自然或藝術規律、法則，即人如何掌握、突破、超越自然規律，從而在此之後達到一種自由的不爲自然規律束縛的無拘無束的「豪放」的境界，也就是說，「豪放」之美的完美圓滿體現，應該是內容上的「豪放」和形式上的「豪放」的兩結合，或者說如何將內容上的「豪放」用最佳的方式表現出來。那麼，怎樣才能更好實現「豪放」之「放」，即其表現呢？即影響「豪放」之「放」的表現的主要因素是什麼呢？

首先涉及到創作時的心境和姿態問題，凡是有關於美的創造的心境和姿態，當然都適合於「豪放」之美的表現，但唯其「豪放」是眾美之中一種獨具特色的美的形態，其創作心境應該也有自己的獨特之處。這裡舉兩個例子：

> 宋元君將畫圖，眾史皆至，受揖而立，舐筆和墨，在外者半。有一史後至者，儃儃然不趨，受揖不立，因之舍。公使人視之，則解衣般礴贏。君曰：「可矣，是眞畫者也。」（《莊子・田子方》）
>
> 郗太傅在京口，遣門生與王丞相，求女婿。丞相語郗信：「君往東廂，任意選之。」門生歸白郗曰：「王家諸郎亦皆可嘉，聞來覓婿，頗自矜持，唯有一郎在東床上坦腹臥，如不聞。」郗公云：「正此好！」訪之，乃是逸少，因嫁女與焉。（《世說新語・雅量》）〔註113〕

這兩則故事眞是驚人地相似，意蘊亦近，即都崇尚外在的自然的「放」的姿態，由之乃可窺見其內在之質。也就是說，只有放下架子而不受形體的拘束，得其意而忘其形，人才可以表現內在的眞實，如果要表現「豪放」，這是最基本的一點。歷來在藝術上達到「豪放」的境界而表現了「豪放」之美的人，無不是率眞性情之人，不重外在的形式，也就是不願意爲自己的形體所束縛，

〔註113〕劉義慶：《世說新語》，北京燕山出版社，1995年版，第149～150頁。

擺脫形體對自己的束縛以使自己達到創作的最佳狀態，這是很重要的。這兩個例子角度有所不同：第一則主要表現畫家的外在姿態，第二則則主要表現王羲之對待選婿一事的心境，當然也包括了外在的姿態。這兩點，是要達到「豪放」的境界或表現「豪放」之美的一個最重要的基本前提。第一則故事尤其典型，它直接涉及到了創作的心境、姿態問題，只有擺脫一切外在物的因素的束縛，才能將眞實的自我及其創造力灌注、表現於繪畫之中，這種進入創作之前的「放」的心境或姿態，對於「豪放」的「放」之表現而言，簡直就是一種「以天合天」的做法，雖其中的「豪」尚無太大建樹，但其「放」卻已經甚得「豪放」的核心精神「不受拘束」的神韻了。

其次，從中國歷史上文藝創作的實踐來看，酒是一種相當有益於「豪放」之「放」表現的因素。藝術表達是一種體力兼智力的勞作，當然並非僅是有良好的心境或姿態就可以的了。文藝家大多屬於那種「四體不勤」（《論語·微子》）的人，天生非長於力，要他們克服藝術表現中形體因素的不利影響和束縛，順利地用其智力和體力來完成創作，這並不是一件容易的事情。而藝術表現中的技術層次，尤其是書法、繪畫、雕塑、舞蹈、武術等，更在很大程度上依賴於對形體對工具的控制能力、對物質規律的嫺熟把握。怎樣解決這個問題呢？沒有任何捷徑，只能踏踏實實刻苦鍛鍊，以期達到爐火純青、水到渠成的嫺熟自如境界。如果藝術家已經盡了自己最大的努力，各種訓練在某一階段已經達到頂峰而無法再更進，那麼還可以借助一些即時性的外在因素，這就是酒。酒對於「豪放」現場的表現，無疑有著很大的作用，例如「草聖」懷素：

> 除了勤奮，懷素成功的另一要素就是「酒」。……固然酒可以表明他的漠視戒律，不受佛法，但同時也成爲他達到藝術追求的一個手段：那就是以強烈的刺激激發他的創作欲望，並使之達到近乎癡迷的興奮狀態。呼叫狂走，手舞足蹈，肢體的運動使精神得以更暢快淋漓地宣泄——而紙只不過是這種精神的一個載體。酒也許不是藝術所必須的，但它可以成爲一種興奮劑，促成通達，促成疏放。正所謂不羈的精神，往往通過不羈的形式表現出來。也許這很容易使人想起盛唐風骨，這種風骨的核心是強烈的自我表現欲，它成爲人類藝術活動最根本、最原始的驅動力。〔註114〕

〔註114〕張弘主編：《懷素書法鑒賞》，遠方出版社，2004年版，第7～8頁。

勤奮當然指的就是技法訓練的問題，陸羽《懷素別傳》說懷素「無紙可書，嘗於故里種芭蕉萬餘株，以供揮灑。書不足，乃漆一盤書之，又漆一方版，書之再三，盤版皆穿」。李肇《國史補》說他「棄筆堆積，埋於山下，號曰筆冢」，即使是這樣，酒在懷素的藝術世界裏還是佔據了非常重要的位置。其他人亦然，如《宋史・蘇舜欽傳》中說：「舜欽數上書論朝廷事，在蘇州買水石作滄浪亭，益讀書，時發憤懣於歌詩，其體豪放，往往驚人。善草書，每酣酒落筆，爭爲人所傳。及謫死，世尤惜之。」《四庫全書總目提要・困學齋雜錄提要》中說：「鮮于樞……字伯機，漁陽人。官太常寺典簿。《書史會要》（元末明初陶宗儀）稱其酒酣豪放，吟詩作字，姿態橫生，趙孟頫極推重之」〔註 115〕，也可見酒對「豪放」的作用。酒在激發人身體裏最原始的本能和力量以及使人擺脫形體的束縛方面的作用，這一點相信不需要做太多的解釋，反觀歷史上以「豪放」著稱或表現了「豪放」之美的人物，大都是嗜酒的，例如李白、辛棄疾、蘇軾、吳道子、張旭、阮籍、嵇康、曹操、徐渭、傅抱石等等，可謂數不勝數。相反，能「豪放」而不和酒聯繫在一起，那才是較爲罕見的。明人張丑《清河書畫舫》卷八下中說：

> 吳郡後學張丑獲觀東坡先生草書千文竟謹按：……筆法如古槎怪石，如怒龍噴浪，奇貴搏人，非挾大海風濤之氣，以酒助其豪放，胡能有此奇特耶？百世之下，先生英姿勁節，眞可想見於筆箚間耳。〔註 116〕

連蘇軾都曾經說「吾醉後能作大草，醒後自爲不及。」（《題醉草》）〔註 117〕酒能助「豪放」，雖然是形式上的「豪放」，但它和那種單純從形式上來學「豪放」者，是不可同日而語的。因爲這種「豪放」雖然是形式上的，卻是眞實的，它聯繫著內容的「豪放」，也就是說酒只是能有助於這種兼有內容和形式的「豪放」中的形式的「豪放」而已，它和只有形式上的「豪放」而沒有內容上的「豪放」是不同的，何況，能酒豪飲本身就是「豪放」的一種表現。酒可以通過這種形式上的「豪放」刺激人的心志意識，間接地有助於內容的

〔註 115〕《文淵閣四庫全書・困學齋雜錄提要》（電子版），上海人民出版社、迪志文化出版有限公司，1999 年版。

〔註 116〕《文淵閣四庫全書・清河書畫舫》（電子版），上海人民出版社、迪志文化出版有限公司，1999 年版。

〔註 117〕舒大剛、曾棗莊主編：《三蘇全書》，語文出版社，2001 年版，第 13 冊第 615～616 頁。

「豪放」。「酒激發了人們的創造精神。唐代很多優秀的詩篇和卓越的藝術品，都是在酒後或醉中完成的……酒還極大地激發了書畫家的創造能力。……復次，酒極大地豐富了人們的幻想能力，擴大了人的想像空間和自由度。酒是一種興奮劑，醉中的詩人和藝術家的大腦細胞十分活躍，十分有利於想像能力的發揮。好像是思維線路的開關被打開，思路被接通，靈感的火花互相在碰撞，幻想的窗口被突然變得闊大，幻想的蝴蝶自由地上下翻飛。……酒將人帶入了一個塵世未有的審美理想境界，這裡沒有塵世的煩惱和憂愁，只有身心的解放和自由。」〔註 118〕所以，杜甫也說「醉裏從爲客，詩成覺有神」（《獨酌成詩》）。但是，畢竟，酒的作用是「助」，而非生成，連蘇軾自己也不無遺憾地說：

> 張長史草書，必俟醉，醒即天眞不全。此乃長史未妙，猶有醒醉之辨，若逸少何嘗寄於酒乎？僕亦未免此事。（《書張長史草書》）〔註 119〕

酒的作用，就是要麻醉自己的形體感覺而只保持清醒的頭腦，達到「以天合天」的境界。同時，酒還以外在因素的形式，對於「豪放」的生成起到很好的作用，酒本身就含有了一種破除人的形體束縛、理性束縛以達到精神上的「豪放」的目的。中國傳統文化、道德對人的主體性精神的束縛是很明顯的，「中國人民族性格中崇尙中庸的思想，由來已久。孔子的哲學思想是『允執厥中』（《論語・堯曰》），他的最高道德標準是『中庸之道』……儒家這種修德立身的結果，是培養了一批循規蹈矩、謹小愼微、不敢越累池半步的謹愼君子，其負面作用是使人動則得咎，無所是從。這樣就極大地束縛了中國人的自由意志和活潑的創造力。而道家提倡無爲和虛靜，一味講『坐忘』的修身工夫；佛教提倡坐禪，使人入寂入靜，息怒不爭。這些都導致了中國人民族性格趨於文靜沈穩，相對來說，沈穩冷靜有餘，而熱情活潑、浪漫激情不足，缺乏青春的活力。而酒神精神，卻以火一樣熱烈的激情，青春浪漫的活力，注入到中國民族的精神性格之中，它使文靜與活潑、沈穩與狂放、激情與老成的性格相反相成，優勢互補，使我們的民族性格發展得更加完善、成

〔註 118〕葛景春：《詩酒風流賦華章——唐詩與酒》，河北人民出版社，2002 年版，第 30～32 頁。

〔註 119〕舒大剛、曾棗莊主編：《三蘇全書》，語文出版社，2001 年版，第 13 冊第 610 頁。

熟。」〔註 120〕「按照西方文化的說法，酒神精神代表狂醉、熱情、享樂、反抗、追求自由和表現生命與自我本能等。其中心精神就是放鬆身心，追求精神自由。這種精神，和我國詩歌的藝術精神是相通的。我國古典詩歌的藝術精神，基本上就是一種表現的藝術，追求浪漫的、超塵脫俗的、自由的精神境界。而這種精神境界，正是醉鄉里的境界。人在現實生活中，是要受到現實制度的種種制約，尤其是在封建社會中，封建禮教束縛著人們的思想和行動，動則得咎，是很少有自由可言的。只有在夢中和醉中，人們的思想愛從現實的約束中得以解脫，精神的翅膀才得以展開，自由地飛翔。正是醉中自由的天地，給詩歌提供了廣闊遼遠的飛翔空間。酒文化的精神，也就是自由的精神，解放的精神。從這個意義上來說，酒文化精神乃是詩的一個重要精神支柱，詩的自由之魂。」〔註 121〕可見，酒在精神的層次上，是對中國傳統文化思想有著很大的突破的，這種突破，當然是活生生的主體不受在一定程度、一定歷史時空範圍之中已經趨於定勢（因而僵化）的傳統文化思想的拘束的一種表現。

除了上述酒對於「豪放」生成的這種輔助性作用，酒不能從本質上對「豪放」的生成起作用。「豪放」生成的關鍵是內在積聚的盛大的豪「氣」，從「豪放」的結構生成上我們可以知道，「豪」是「氣」的積聚階段即處於一種「收」的狀態——當這種「氣」的積聚達到一定的限度的時候——也就是「收」必然有一個極限，它就會自然而然地物極必反，從「收」的狀態轉變到「放」的狀態，「豪」和「放」是兩個互相銜接的不同階段，它們處於兩個不同的時間段裏，而用「豪放」來命名這一過程，實際上就是表明了它是一個動態的過程，而不是一種靜態的美。「豪放」之所以最終會以「放」的形式表現出來，也就是因爲這種內在的原因。而且，這裡還存在著對於「豪放」之美的表現至關重要的一個問題，那就是這種處於「收」的狀態的「豪氣」，它的「放」是一個必然的過程，但是這並不表示它一定以美的形態表現出來。世界上類似這種「收」之極而「放」偏於壯美的事物很多很多，比如狂暴、放蕩、恣肆，事物可以顯示的壯美風格有很多種，而這些則已經染上了非美的因素，

〔註 120〕葛景春：《詩酒風流賦華章——唐詩與酒》，河北人民出版社，2002 年版，第 288 頁。

〔註 121〕葛景春：《詩酒風流賦華章——唐詩與酒》，河北人民出版社，2002 年版，第 277～278 頁。

和「豪放」是一種美的形態相比，有著很大的不同。那麼，從研究「豪放」的生成的角度出發，我們需要討論的就是「豪放」在表現爲外在的美的時候，是什麼一種因素導致或說控制它把它限制在美的範圍之內？當然是美的規律，自然的規律！既能充分地釋放、表達自己內在的盛大的豪氣，又能將這種表達的效果控制在美的範圍之內，這正是「豪放」之爲美的特殊魅力之所在！也是特別能吸引我們的地方，是「豪放」的價値之所在。關於這個問題，「豪放」派的大家蘇軾有著深刻的體會：

> 別後凡四辱書，一一領厚意。具審起居佳勝，爲慰。又惠新詞，句句警拔，詩人之雄，非小詞也。但豪放太過，恐造物者不容人如此快活，一枕無礙睡，輒亦得之耳。(《答陳季常三首（之二)》)〔註 122〕

> 畫至於吳道子，而古今之變，天下之能事畢矣。道子畫人物，如以燈取影，逆來順往，横斜平直，各相乘除，得自然之數，不差毫末，出新意於法度之中，寄妙理於豪放之外，所謂遊刃餘地，運斤成風，蓋古今一人而已。(《書吳道子畫後》)〔註 123〕

蘇軾認爲，人何嘗不願意盡情地放縱自己的個性和感情、意氣，但是，這種放縱必須要遵循一定的自然法則、自然規律，而自然法則、自然規律在文學藝術中的代表，就是美的規律，超過了一定的限度，造物主就會不讓你那麼快活了。所以他非常讚賞吳道子的畫雖然極盡「豪放」之致和美，但都合乎法度。蘇軾在這裡所揭示的，可以說是自然界和人類社會顚撲不破的眞理。然而，蘇軾對於這個問題的認識到此爲止，又是不足的——這就涉及到所謂美的規律的問題，也就是美的規律也會過時落後的問題。也許有人要問，既然是顚撲不破的眞理，爲何又有過時落後之說呢？這是因爲，從抽象的道理講來，上面我們所論述的沒有任何問題，問題就在於歷史上和現實中我們所遵循的美的規律，實際上是人的認識不斷加深和深化過程中的一鏈，只具有相對眞理的意義，人的認識是不斷深化的，並越來越接近眞理，但畢竟不是終極眞理。所以蘇軾這裡所揭示的道理雖然高妙，但是他要求「豪放」的表現限制在「法度」許可的範圍之內，這和「豪放」與「法度」相對立的事實

〔註 122〕蘇軾：《蘇軾集・答陳季常三首（之二)》，國學網。

〔註 123〕舒大剛、曾棗莊主編：《三蘇全書》，語文出版社，2001 年版，第 14 冊第 67 頁。

是不相容的。蘇軾所說的「法度」是一種抽象的不具有實踐而只有認識意義的眞理，而與「豪放」形成對立的「法度」則是歷史中的現實中的具體的眞理或意識形態存在形式，「豪放」之所以要和它形成對立，就是要在認識它、繼承它的基礎上完成對它的超越，繼承其長處而補充其不足，從而推動歷史的發展、文藝的進步和完善。也就是說，「豪放」的境界是一種創新創造的境界，是一種生機勃勃的美的形態，是一種動態的壯美，在本質上和優美相區別開來。無論是吳道子的繪畫還是懷素的書法，它們都呈現了這樣一種美的境界，是一種不斷求「變」的境界。但是蘇軾認爲「詩至於杜子美，文至於韓退之，書至於顏魯公，畫至於吳道子，而古今之變，天下之能事畢矣」（《書吳道子畫後》），卻不是一種正確的認識，不符合自然生生不息事物發展無止境的法則，所以他後來又改變了對吳道子繪畫和懷素書法中所呈現的「豪放」的態度，甚至於到了氣急敗壞破口大罵的地步。楊廷芝在《詩品淺解・豪放》裏所說的「放則無物可羈乎我」那種無拘無束、自由自在的境界，就是在超越了落後的審美規律而進入到一個暫行的審美境界的必然結果。對於舊的美的規律的突破和超越，主要是由壯美中的「豪放」完成的，然後才是優美進入到這種暫新的審美境界。或者有人要說，既然優美也可以達到這種超越了的新的審美境界，那麼它爲何不呈現爲「豪放」之美和境界？這是因爲，「豪放」進入到這種境界，即達到無拘無束自由自在表現自己的境界，是內在的盛大的豪「氣」使然，所以其表現出來的形態一般以淋漓盡致的直率的方式爲主，和優美有著很大的區別，優美在壯美的開拓之後，已經處於一種「收」的狀態，是很難表現出「放」的姿態的。蘇軾對「豪放」認識的這種局限，導致了他在「豪放」詞上的貢獻僅僅是開風氣之先，而眞正集「豪放」之大成並奠定「豪放」詞在中國文學史上崇高地位的，卻只能是辛棄疾而非蘇軾了。

第二章　「豪放」在文藝中的表現及其美學風格特點

第一節　「豪放」在文藝中的表現

中國古代美學在很大程度上是一種人生美學，「在我們看來，中國古代美學的研究對象應該包括人生美與藝術美。如果說人生論是中國古代美學的哲學理論基礎，是孕育和形成中國古代美學的文化土壤，那麼，人生美則是中國古代美學（人生美學）的根與幹，藝術美則是中國古代美學（人生美學）的花與果。」〔註 1〕這種人生美學，在「豪放」這個最具主體性精神特徵的美學範疇那裡，體現得就更爲明顯。「豪放」表現出來而見諸文藝，到底是一種怎樣的狀貌呢？首先來看它在文學中的情形，誦讀下面「豪放」詞派的大詞人辛棄疾的這首《賀新郎》，你就會有一個極爲會心的體悟：

> 甚矣吾衰矣！悵平生、交遊零落，只今餘幾。白髮空垂三千丈，一笑人間萬事。問何物、能令公喜。我見青山多嫵媚，料青山、見我應如是！情與貌，略相似。　　一尊搔首東窗裏。想淵明、停云詩就，此時風味。江左沉酣求名者，豈識濁醪妙理。回首叫、雲飛風起。不恨古人吾不見，恨古人、不見吾狂耳！知我者，二三子。

在這首詞中，它所蘊涵的一切豐富的姿態和意味，都鮮明地體現出作者的主體性精神，以及內在的那種自信而熱烈的感情色彩。充沛而盛大的內在之氣，

〔註 1〕皮朝綱：《中國古代美學的獨特品格及其現代意義》，載《山東醫科大學學報》（社會科學版）2000 年第 4 期。

加之《賀新郎》這一詞牌本身就適合創作激鬱豪宕的詞，使得此詞極盡迴腸蕩氣之致，「豪放」之美的境界如何，當可由此詞略見一斑。至於李白的《蜀道難》、《將進酒》等詩歌，其「豪放」的姿態及精神則更不用說，而早爲我們所非常熟悉的了。

在中國文學藝術史上，有很多以「豪放」爲美的文藝家，比如莊子、孟子、曹操、鮑照、李白、杜甫、吳道子、張旭、懷素、蘇軾、辛棄疾、陳亮、張元幹、張孝祥、劉過、劉克莊、元好問、關漢卿、馬致遠、貫雲石、馮子振、汪元亨、康海、馮惟敏、陳維崧、徐渭、魯迅、郭沫若、秋瑾、毛澤東、傅抱石、吳昌碩、莫言等等。而且這些人當中，很多是第一流的大文學家、藝術家，他們的作品，很多也爲普通的中國人耳熟能詳，因爲中國是詩歌的國度，詩教一直是中國人培養素質和加強修養的重要方式。像李白、蘇軾、辛棄疾、魯迅、郭沫若等人的作品，我們已經是很熟悉的了，對於他們作品中的「豪放」之美，已經有了很好的領會，例如大詩人李白，渾身浸透著「醉態狂幻」〔註2〕意味，其「豪放」的姿態貫穿了整個人生和詩歌的篇章，帶著「天若不愛酒，酒星不在天。地若不愛酒，地應無酒泉。天地既愛酒，愛酒不愧天」(《月下獨酌》四首之二）的酒氣，可謂表現出了人生的眞姿態、眞色彩，他的詩歌「通過對生命潛能的激發、宣泄、畸變、昇華和幻化，於醉心騰躍和醉眼朦朧中，體驗著生命的種種臨界狀態，看取了生命的內在秘密。生命之爲物，可感而難究，酒力刺激所造成的力量場把生命釋放出來，讓它程度不等地在脫離世俗約束和自我壓抑的自由狀態中，與神話、與歷史、與宇宙、與人倫進行坦誠眞率而恣肆放縱的心靈對話，發出一種在正常狀態下難得一吐爲快的酒氣中包容著眞諦的聲音。在這種意義上說，醉態是生命的試驗形態。……在酒後吐眞言的情形中生命的豐富性和抑鬱感、悲劇性和桀驁感，都淋漓盡致地吐露出來了。李白的醉態詩學在一種非常態中恢復了生命的豐富多彩的眞。」〔註3〕「豪放」的所有因素，幾乎都在李白的人生和詩歌之中呈現了出來，並達到一個似乎難以逾越的巔峰狀態。正因爲如此，所以「醉態高潮所產生的巔峰體驗，在李白手中創造出一種新的生命旋律和時空結構，其旋律結構的清俊豪放、奇麗弘遠爲詩史中所罕見。儒學『溫柔敦厚』的詩教所追求的『中和之美』，完全被打破了。」

〔註2〕楊義：《李杜詩學》，北京出版社，2001年版，第89頁。
〔註3〕楊義：《李杜詩學》，北京出版社，2001年版，第105～106頁。

〔註 4〕在酒和「氣」的交響中，李白的詩歌在形態上奏出了盛唐詩歌的最強音！我們看他的《將進酒》，無論在形式上（「盡廢古詞之枯槁和拘謹，以壯美而奔放的生命旋律，把古詞三言爲主的句式伸展爲七言爲主，間見三、五、十言的雜體，從而爲生命旋律的奔騰激蕩在句式章法上提供迴旋的餘地。」〔註5〕）還是內容上，都極盡「豪放」之致，凸顯出「豪放」獨特而壯觀的美。因之，李白的這種「豪放」，較之晉人便更爲出色，雖然他「缺乏陶淵明那份恬淡清靜、返樸歸眞的隱逸胸襟」，但是「多了幾分想在『醉態盛唐』中以雄才濟世、以詩酒傲世的豪放意氣和激情。」〔註 6〕這種「豪放」，是一種眞性情，同時又有與之相匹配而足以使之表現出來的胸襟和氣魄，從而成就了盛唐「豪放」的這份壯觀。又如杜甫，我們知道他詩歌的主要風格是「沉鬱頓挫」，元稹所作《唐故檢校工部員外郎杜君墓誌銘》言其「壯浪縱恣，擺去拘束」，甚或李白也僅在此方面「差肩於子美」，《舊唐書・文苑傳》則記載他「於成都浣花裏種竹植樹，結廬枕江，縱酒嘯詠，與田父野老相狎，蕩無拘檢。嚴武過之，有時不冠，其傲誕如此。」王洙《王內翰序》云「甫少不羈」〔註7〕，杜甫《壯遊》詩則有「性豪業嗜酒，疾惡懷剛腸。脫略小時輩，結交皆老蒼。飲酣視八極，俗物都茫茫……放蕩齊趙間，裘馬頗清狂」的句字，可見杜甫爲人爲詩皆涉「豪放」。且看一篇他的《高都護驄馬行》，這是一首相當「豪放」的詩歌：

> 安西都護胡青驄，聲價欻然來向東。此馬臨陣久無敵，與人一心成大功。功成惠養隨所致，飄飄遠自流沙至。雄姿未受伏櫪恩，猛氣猶思戰場利。腕促蹄高如踣鐵，交河幾蹴曾冰裂。五花散作雲滿身，萬里方看汗流血。長安壯兒不敢騎，走過掣電傾城知。青絲絡頭爲君老，何由卻出橫門道。

杜甫寫馬寫鷹皆虎虎有生氣，原因是融入了詩人自己的情感在內，寫物即是寫我，這正是其詩歌中「豪放」的主體性精神的顯現。在表現「豪放」的外在姿態上，杜甫不如李白，但是在內容的「豪放」尤其是內在的氣勢蘊涵上，李白就不如杜甫了，這一點元稹的評價是正確的。不單是內容上的「豪放」，對於形式的極大開拓和熟練的運用和超越式的克服形式的束縛，也是其

〔註 4〕楊義：《李杜詩學》，北京出版社，2001 年版，第 103 頁。
〔註 5〕楊義：《李杜詩學》，北京出版社，2001 年版，第 103～104 頁。
〔註 6〕楊義：《李杜詩學》，北京出版社，2001 年版，第 83 頁。
〔註 7〕《杜工部集》，嶽麓書社，1989 年版，第 2～5 頁。

詩歌表現出「豪放」之美的一大重點，這在後文探討「豪放」與詩體變化時還要詳細論述。——再看一下元曲，首先是散曲，如貫雲石的〔雙調．清江引〕《失題》：

棄微名去來心快哉，一笑白雲外。知音三五人，痛飲何妨礙，醉袍袖舞嫌天地窄。

可謂極盡「豪放」之致。此外關漢卿的〔南呂．一枝花〕《不伏老》、馬致遠的〔雙調．夜行船〕《秋思》，也是以「豪放」爲特色的名作，我們來看前者：

攀出牆朵朵花，折臨路枝枝柳。花攀紅蕊嫩，柳折翠條柔，浪子風流。憑著我折柳攀花手，直煞得花殘柳敗休。半生來折柳攀花，一世裏眠花臥柳。

〔梁州〕我是個普天下郎君領袖，蓋世界浪子班頭。願朱顏不改常依舊，花中消遣，酒內忘憂。分茶擷竹，打馬藏鬮；通五音六律滑熟，甚閒愁到我心頭！伴的是銀箏女銀臺前理銀箏笑倚銀屏，伴的是玉天仙攜玉手並玉肩同登玉樓，伴的是金釵客歌《金縷》捧金樽滿泛金甌。你道我老也，暫休。占排場風月功名首，更玲瓏又剔透。我是個錦陣花營都帥頭，曾玩府遊州。

〔隔尾〕子弟每是個茅草岡沙土窩初生的兔羔兒乍向圍場上走，我是個經籠罩受索網蒼翎毛老野雞踏踏的陣馬兒熟。經了些窩弓冷箭蠟槍頭，不曾落人後。恰不道「人到中年萬事休」，我怎肯虛度了春秋。

〔尾〕我是個蒸不爛煮不熟捶不扁炒不爆響噹噹一粒銅豌豆，恁子弟每誰教你鑽入他鋤不斷斫不下解不開頓不脱慢騰騰千層錦套頭。我玩的是梁園月，飲的是東京酒，賞的是洛陽花，攀的是章臺柳。我也會圍棋、會蹴鞠、會打圍、會插科、會歌舞、會吹彈、會咽作、會吟詩、會雙陸。你便是落了我牙、歪了我嘴、瘸了我腿、折了我手，天賜與我這幾般兒歹症候，尚兀自不肯休。則除是閻王親自喚，神鬼自來勾，三魂歸地府，七魄喪冥幽，天那，那其間才不向煙花路兒上走！

襯字的大量運用使得句子變化自如，很好地配合了作者「豪放」的精神意態的表現和抒發，實在是極其精彩的！像「子弟每是個茅草岡沙土窩初生的兔羔兒乍向圍場上走，我是個經籠罩受索網蒼翎毛老野雞踏踏的陣馬兒熟」、「我是個蒸不爛煮不熟搥不扁炒不爆響噹噹一粒銅豌豆，恁子弟每誰教你鑽入他鋤不斷斫不下解不開頓不脫慢騰騰千層錦套頭」這樣的詩句，也只有在元曲中才能見到，也只有在元曲裏以「豪放」爲特色的作品裏才能見到！丁淑梅說：

> ……〔南呂・一枝花〕《不伏老》，把他那不屑仕進、流連勾欄、風謔自娛的浪子人格，表現得淋漓盡致。……以風流自炫，以俗諧自醜，正式標舉了一種打破傳統士大夫出處窮達的處身原則、與正統叛逆、貴求人生適意的市井浪子新人格。關漢卿這種不屑仕進、叛逆正統、在勾欄中討生活的人格自樹，既體現出一種與元代文人生存樣態相依存的精神視界，也同時顯示了一種空前的個人化的生存自覺，標舉著一種叛逆的、狂放的、幽默的時代精神。
>
> 從這些曲作看，關漢卿不愧爲元散曲最有生氣、最富有創造個性的曲家。他的散曲將人生的感傷與世俗的諧趣融合一氣，將人格的投影與生活的快樂結合在一起，成爲元散曲的縮影。他的代表作品更領導著元散曲的創作潮流，改造著元散曲的精神品格，所謂「面子疑於放倒、骨子彌復認眞」，豪放詼諧、溫麗典雅，多姿多彩、大家氣象。〔註8〕

曲的體制因爲有襯字的運用，所以在突破格律詩句式整齊劃一的方面，曲取得了長足的進展，這在雜劇中體現得更爲明顯。而且雜劇是以敘事爲主的，是代言體，所以它既可以表現人物的「豪放」，又可以表現形式的「豪放」，我們以關漢卿的《救風塵》第一折中的數曲爲例：

> 〔仙呂・點絳唇〕妓女追陪，覓錢一世，臨收計，怎做的百縱千隨，知重咱風流媚。
>
> 〔混江龍〕我想這姻緣匹配，少一時一刻難強爲。如何可意？怎的相知？怕不便腳搭著腦杓早，怎知他手拍著胸脯悔後遲，尋前程，覓下梢，恰便是內海也似難尋覓，料的人來心不問，天理難欺。
>
> 〔油葫蘆〕姻緣簿全憑我共你，誰不揀個稱意的？他每都揀來

〔註8〕丁淑梅：《中國散曲文學的精神意脈》，中國文聯出版社，2001年版，第71～72頁。

揀去百千回，待嫁一個老實的，又怕盡世兒難成對；待嫁一個聰明的，又怕半路裏輕拋棄。遮莫向狗溺處藏，遮莫向牛屎裏堆，忽地便吃了一個合撲地，那時節睜著眼怨他誰？

〔天下樂〕我想這先嫁的還不曾過幾日，早折的容也波儀瘦似鬼。只教你難分說，難告訴，空淚垂，我看了這些覓前程俏女娘，早了些鐵心腸男子輩，便一生裏孤眠，我也直甚頹！

〔哪吒令〕待妝個老實，學三從四德；爭奈是匪妓，都三心二意。端的是那裡是三梢末尾？俺雖居在柳陌中、花街內，可是那件兒便宜？

〔鵲踏枝〕俺不是賣查梨，他可民逞刀錐；一個個敗壞人倫，喬做胡為。（云）但來兩三遭，問那廝要錢，他便道：「這弟子敲饅兒哩！」（唱）按見俺有些兒不伶俐，便說是女娘家要哄騙東西。

〔寄生草〕他每有人愛為娼妓，有人愛作次妻。幹家的幹落得淘閒氣，買虛的看取些羊羔利，嫁人的早中了拖刀計。他正是「南頭做了北頭開，東行不見西行例。」

〔村裏迓鼓〕你也合三思而行，再思可矣。你如今年紀小哩，我與你慢慢的別尋個姻配。你可便宜，只守著銅斗兒家緣家計。也是你歹姐姐把衷嘗話勸妹妹，我怕你受不過男兒氣息。

〔元和令〕做丈夫的便做不的子弟，他終不解其意：那做子弟的，他影兒裏虛脾。那做丈夫的，忒老實。（外旦云）那周舍穿著一架子衣服，可也堪愛哩。（正旦唱）那廝雖穿著幾件蛇蜖皮，人倫事曉得甚的！

以上數曲實在是淋漓盡致地表現了趙盼兒的「豪放」之美：妓女的身份使她可以無所顧忌世俗的禮法制度，使她可以直接地毫不虛偽地呈現其眞實的人的姿態，所以這種姿態是極其「豪放」的；她的話語表現方式也是極爲「豪放」的，眞正體現了俗語白話的魅力和精神，「俗」的精神滲入曲的創作，是曲呈現出「豪放」之美的重要原因。這些文字活脫脫就是大白話，一點也看不出這是按照精嚴的格律塡出來的曲辭，要達到這個境界，就需要對於格律的極大程度的熟練和超越，只有熟練和超越，才能在實踐中最大限度地擺脫格律對於人的束縛，而在這種對格律的超越之中，就表現了極爲壯觀的「豪放」之美，這是人工的極致，元人稱之爲「本色」，在最高的意義上，「俗」、

「本色」和「豪放」是三位一體的東西。要知道，元曲的格律要遠遠難於詞的格律，這使得曲的創作根本不能像詩詞那樣可以廣泛普及到民間，這對於曲的發展是很不利的，是一種極大的束縛，形式上的人爲的束縛，要擺脫這種束縛而達到「豪放」之美的境界，根本不是一般人所能夠企望的，實際上，元曲作家中雜劇也僅關漢卿一人達到了這種境界，散曲則有杜仁傑、關漢卿、馬致遠、睢景臣等數人而已。這種形式上的束縛使得元曲迅速雅化，總起來說，雜劇在突破這種束縛的水平上要高一些，所以雜劇取得了較高的成就而成爲代表元代文學水平的「一代之文學」，散曲雅化的進程要快和全面一些，雜劇則直至於元代中後期仍然有一些本色的作品，只不過它們在突破那種形式上的束縛而表現出來的「豪放」之美的境界，比不上關漢卿罷了。帶著鐐銬跳舞的中國文學形式，元曲可以說是一個極致，而關漢卿等人無疑是所有人之中最出色的舞者，他們的文字是中國文學的絕唱，是「豪放」之美的最豐富、最全面、最生動、最淋漓盡致的表現，而一旦這種形式上的束縛被徹底拋棄——那就是中國近現代的新詩的初起階段（僅僅保留了押韻，有的則甚至連韻也不押），那麼，它所表現的「豪放」之美，就不可避免地在形式上攙雜入了非美的因素，雖然它還可以淋漓盡致地表現內容上的「豪放」，例如郭沫若的《女神》當中的許多作品：

> 我是一條天狗呀！／我把月來吞了，／我把日來吞了，／我把一切的星球來吞了！／我把全宇宙來吞了。／我便是我了！／我是月底光，／我是日底光，／我是一切星球底光，／我是 X 光線底光，／我是全宇宙底 Energy 底總量！／我飛奔，／我狂叫，／我燃燒。／我如烈火一樣地燃燒！／我如大海一樣地狂叫！／我如電氣一樣地飛跑！／我飛跑，／我飛跑，／我飛跑，／我剝我的皮，／我食我的肉，／我吸我的血，／我齧我的心肝，／我在我神經上飛跑，／我在我脊髓上飛跑，／我在我腦筋上飛跑。／我便是我呀！／我的我要爆了！（《天狗》）
>
> 無數的白雲正在空中怒湧，／啊啊！好幅壯麗的北冰洋的情景喲！／無限的太平洋提起他全身的力量來要把地球推倒。／啊啊！我眼前來了的滾滾的洪濤喲！／啊啊！不斷的毀壞，不斷的創造，不斷的努力喲！／啊啊！力喲！力喲！／力的繪畫，力的舞蹈，力的音樂，力的詩歌，力的律呂喲！（《立在地球邊上放號》）

《女神》是中國近現代新的文學題材中以「豪放」爲美的最重要的作品集，至今仍無人能出其右。《女神》典型體現了「豪放」的狂放不羈精神和盛大而充沛的內在外在的氣勢，前者是時代精神使然，後者是在這種時代精神的環境之中所鍛鍊的個性特徵的誇張而飽滿、充滿激情的顯現，無論是哪一種，都不是後世的詩人們所能輕易達到的，尤其是前一種因素，作爲個體的詩人根本就沒得選擇的餘地，這也是後世詩人難以超越《女神》的眞正原因，這個原因恰恰和「豪放」密切聯繫了起來，如果不從「豪放」這裡尋找原因——至少首先爲「豪放」正名，糾正傳統詞學中的偏見——是無法從根本上超越《女神》的高度的。實際上我們都知道，從文字的水平上說，《女神》之中的作品根本無法和元曲相比，甚至也無法和許多優秀的文學作品相比，也就是說，文字上的《女神》是比較容易超越的，這一點毫無問題。

相比較於文學，「豪放」在藝術中表現出來的風貌和韻味也是極有代表性的，而最能體現「豪放」風味的藝術是書法中的草書。在草書這一書體上，唐人的成就前無古人，後無來者。唐代最具代表性的書法應該是草書中的「顚張狂素」，蘊涵在顚狂之內的是個性主體性精神的自由超越、無拘無束、淋漓

（張旭草書《肚痛帖》）

盡致的揮灑，這種豪放的意味，恰恰是和盛唐氣象的開放恢宏的氣度、姿態彼此呼應的。張旭之「顛」和懷素之「狂」，實際上是從世俗的眼光來說的，並且具體言之，張旭的「顛」主要表現在他的行爲上，而本於其性格的豪放。他嗜酒，每大醉則呼叫狂走，下筆而書，或以頭濡墨而書，醒後自視以爲神，不可復得，杜甫在《飲中八仙歌》中寫道：「張旭三杯草聖傳，脫帽露頂王公前，揮毫落紙如雲煙」，即其傳神寫照，其實他的草書一點也不「顛」。用從世俗的視角而品評其行爲的出乎常理的「顛」來評價他的書法，是不符合實際情況的。

從傳世的書法來看，懷素的書法藝術更能體現出「豪放」的風格。懷素本是「大曆十才子」之一錢起的侄子，因厭世俗利名爭擾之事而出家爲僧，以專心書法。雖然他出家時僅有十歲，但從他以後人生的趣尚來看，則可以明顯地感受到此點。寺院僅是他追求藝術的一方庇護所，因爲他吃肉喝酒，經常醉酒、翰墨揮灑，顯然不是一個合格的僧人。其用力書法之大，用功書法之勤，在整個書法史上也是罕見的，陸羽《懷素別傳》記載他「無紙可書，嘗於故里種芭蕉萬餘株，以供揮灑。書不足，乃漆一盤書之，又漆一方版，書之再三，盤版皆穿」。他遍訪名師，與張旭的弟子鄔彤、顏眞卿皆有交往，並有所得，終成草書大家，贏得了後世的巨大聲名。唐人中以詩歌來吟詠懷素草書的已經不少：

> 衡陽雙峽插天峻，青壁巉巉萬餘仞。此中靈秀眾所知，草書獨有懷素奇。懷素身長五尺四，嚼湯誦咒籲可畏。銅瓶錫杖倚閒庭，斑管秋毫多逸意。或粉壁，或彩箋，蒲葵絹素何相鮮。忽作風馳如電掣，更點飛花兼散雪。寒猿飲水撼枯藤，壯士拔山伸勁鐵。君不見張芝昔日稱獨賢，君不見近日張旭爲老顛。二公絕藝人所惜，懷素傳之得眞跡。崢嶸蹙出海上山，突兀狀成湖畔石。一縱又一橫，一欹又一傾。臨江不羨飛帆勢，下筆長爲驟雨聲。我牧此州喜相識，又見草書多慧力。懷素懷素不可得，開卷臨池轉相憶。（王邕《懷素上人草書歌》）

> 狂僧揮翰狂且逸，獨任天機摧格律。龍虎慚因點畫生，雷霆卻避鋒芒疾。魚箋絹素豈不貴，只嫌局促兒童戲。粉壁長廊數十間，興來小豁胸襟氣。長幼集，賢豪至，枕糟藉麴猶半醉。忽然絕叫三五聲，滿壁縱橫千萬字。吳興張老爾莫顛，葉縣公孫我何謂。如熊

如羆不足比，如虺如蛇不足擬。涵物爲動鬼神泣，狂風入林花亂起。殊形怪狀不易說，就中驚燥尤枯絕。邊風殺氣同慘烈，崩槎臥木爭摧折。塞草遙飛大漠霜，胡天亂下陰山雪。偏看能事轉新奇，郡守王公同賦詩。枯藤勁鐵愧三舍，驟雨寒猿驚一時。此生絕藝人莫測，假此常爲護持力。連城之璧不可量，五百年知草聖當。（竇冀《懷素上人草書歌》）

吾觀文士多利用，筆精墨妙誠堪重。身上藝能無不通，就中草聖最天縱。有時興酣發神機，抽毫點墨縱橫揮。風聲吼烈隨手起，龍蛇迸落空壁飛。連拂數行勢不絕，藤懸查蹙生奇節。劃然放縱驚雲濤，或時頓挫縈毫髮。自言轉腕無所拘，大笑羲之用陣圖。狂來紙盡勢不盡，投筆抗聲連叫呼。信知鬼神助此道，墨池未盡書已好。行路談君口不容，滿堂觀者空絕倒。所恨時人多笑聲，唯知賤實翻貴名。觀爾向來三五字，顛奇何謝張先生。（魯收《懷素上人草書歌》）

幾年出家通宿命，一朝卻憶臨池聖。轉腕摧鋒增崛崎，秋毫繭紙常相隨。衡陽客舍來相訪，連飲百杯神轉王。忽聞風裏度飛泉，紙落紛紛如跕鳶。形容脫略眞如助，心思周遊在何處。筆下惟看激電流，字成只畏盤龍去。怪狀崩騰若轉蓬，飛絲歷亂如回風。長松老死倚雲壁，蹙浪相翻驚海鴻。於今年少尚如此，歷睹遠代無倫比。妙絕當動鬼神泣，崔蔡幽魂更心死。（朱逵《懷素上人草書歌》）

志在新奇無定則，古瘦漓纚半無墨。醉來信手兩三行，醒後卻書書不得。（許瑤《書懷素上人草書》）

在這裡，懷素得到的評價甚至超過了張旭，眞正是青出於藍而勝於藍了！李白更在《草書歌行》中寫道：

少年上人號懷素，草書天下稱獨步。墨池飛出白溟魚，筆鋒殺盡中山兔。……吾師醉後倚繩床，須臾掃盡數千張。飄飄驟雨驚颯颯，落花飛雪何茫茫！起來向筆不停手，一行數字大如斗。怳怳如聞神鬼驚，時時只見龍蛇走。左盤右蹙如驚電，狀同楚漢相攻戰。湖南七郡凡幾家，家家屏障書題遍。王逸少，張伯英，古來幾許浪得名。張顛老死不足數，我師此義不師古。古來萬事貴天生，何必要公孫大娘《渾脫》舞。

李白是把懷素當作古往今來草書的第一人的，這種「此義不師古」實際上是一種驚人的創造。類似以上詩人們對於懷素的評價，也只有唐人才能有這樣的眼光和見識，因爲他們同樣是身處那樣一個氣魄雄偉、波瀾壯闊的偉大時代，彼此能夠感受到同樣的氣息和氣勢！

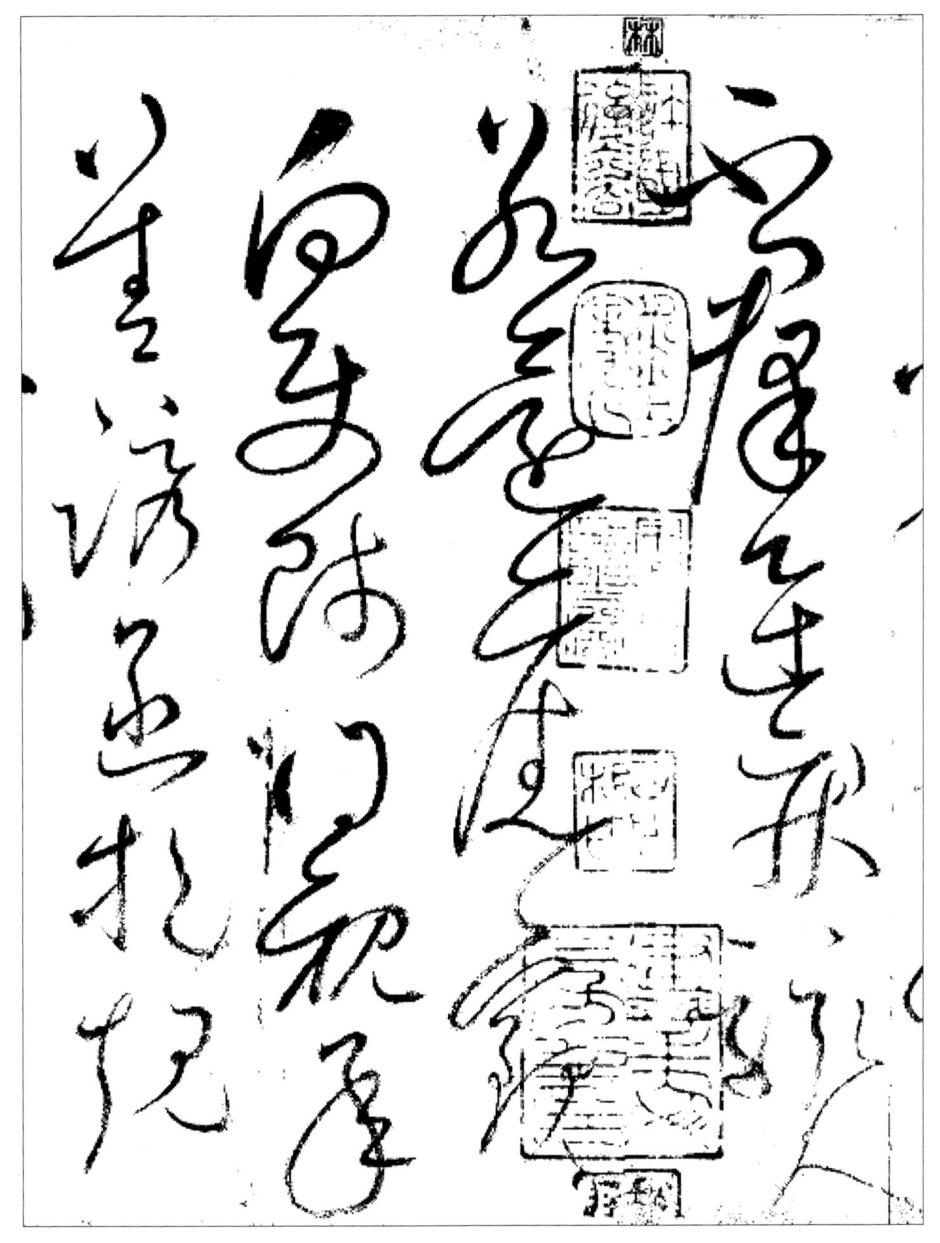

（懷素草書《自敘帖》局部）

第二節　「豪放」範疇的美學風格特點

由上節所述可知，「豪放」是一個獨具美學風貌的審美範疇，具有自己鮮明的特色。不少論者在賞析「豪放」文學文本或作者個案之時，曾經對其美學風格特點做了探討，比如王明居曾進行了這樣的概括：

> 豪放的特點是：情感激蕩，格調昂揚，想像奇特，誇張出格。其中，情感激蕩是根本的特點。詩發乎情，但感情的表達則因人、因時、因地而異，只有在特定的主客觀條件下，才突然迸發：或如烈火騰空而起，直衝雲霄；或如巨風卷地而來，山呼海嘯。它是情緒的昇華，是感情的白熱化。它要衝破一切牢籠，在無際的宇宙翱翔。它是心靈礦藏的底層的原子核，一旦燃燒，便立刻爆炸，拼命地向外擴散、噴射，在人們的心海中掀起驚濤駭浪。
>
> 激蕩的情感須以飛揚的音韻、高亢的歌喉去演奏。否則，就不足以表現它那活躍的姿態、豪邁的步伐和奔放的氣勢。因此，就形成了豪放的另一個特點——格調昂揚。……由於豪放的情緒是激越的，格調是昂揚的，因而就決定了它所馳騁的空間必然是浩渺無根的；它的情感必然是外溢的，而不是內向的；它的節奏必然是疾速的，而不是徐緩的；它的氣勢必然是衝擊型的，而不是迂迴型的；它的風度必然是倜儻不羈的，而不是謹嚴方正的；它的胸襟必然是曠達的，而不是狹窄的；它的格局必然是宏偉的，而不是玲瓏的。
>
> 正由於這一切，就必然要求詩人飽蘸誇張之墨，在奇詭的想像天地中自由馳騁。因而，想像奇特、誇張出格就成爲豪放的第三個特點。……豪放，不僅需要想像，而且需要誇張。誇張可用改變事物形狀的方法來增強豪放的氣勢。……誇張必須合情合理。……誇張和浮誇是南轅北轍的。誇張有助於豪放，浮華有損於豪放。〔註9〕

類似的概括是非常精彩的，但也存在不少問題，比如：首先，上述概括所依據的個案典型是李白及其詩歌，這就未免縮小了「豪放」的內涵、意蘊等內容，雖然李白的「豪放」境界非常高、非常有代表性，但即使如此，李白也還代表不了其他一些「豪放」作者的風貌，比如杜甫〔註10〕、辛棄疾、蘇軾；

〔註9〕王明居：《文學風格論》，花城出版社，1990年版，第63～64頁。

〔註10〕與此種狹隘地認知「豪放」相關涉的一個表現，是王氏以李白爲「豪放」的

其次，說「情感激蕩是根本的特點」，不但受到上述狹隘概括的影響而有很大缺陷，而且不探及「豪放」的根本思想精神、內在結構合成等內容的話，就無法究知其根本的特點，「情感激蕩」這個因素，顯然還不是「豪放」最根本的最具有代表性的特點，從「豪放」的生成來看，「氣」的因素是要比「情」的因素更爲重要的；最後，即使是李白的詩歌，其氣勢也不全是「衝擊型」的，也有一些「迂迴型」的「豪放」作品，比如《蜀道難》、《將進酒》等，更不用說辛棄疾的「豪放」詞，更擅長的是「迂迴型」的氣勢了。總之，不是從非常嚴格的區別「豪放」和其他範疇的角度去探討「豪放」的特點，只是一種較爲一般的泛泛而論的層次，還是缺乏嚴密的學理性的。當然，這些探討或闡釋還是非常有益於我們對於「豪放」的美學風格的把握的。

概括起來，「豪放」之所以爲「豪放」並和其他美學風格相區別開來的特點（而不僅僅是和「婉約」〔註11〕），主要有三點：鮮明而強烈的主體性精神特徵；盛大而充沛的內在氣蘊和外在氣勢；直抒胸臆、淋漓盡致的表達方式。也就是說，我們在風格論的意義上來探討「豪放」的特點，是就「豪放」這

最佳代表，如其《唐詩風格美新探》云：「詩人李白，是唐詩豪放風格的集大成者。……詩之豪者，莫過李白。」「豪放彷彿火山爆發，沉鬱好似海底潛流。當詩人飄逸飛動、奔放不羈時，就形成豪放；當詩人沉思默處、憂憤填膺時，就變得沉鬱。李白和杜甫，在唐代詩壇上，如雙峰對峙，一個豪放，一個沉鬱，是後代詩人不可企及的典範。李白豪放，其體輕、其氣清，故嫋嫋上升，飛入雲霄，若野鶴閒雲，隨處飄逸。杜甫沉鬱，其體重，其氣濁，故沉沉下墜，潛入心海，感慨激蕩，迴旋紆折。」（中國文聯出版社，1987年版，第112～134頁）其意隱然有以「沉鬱」概括杜甫的詩風而將其排除於「豪放」風格陣營之外的態勢，實際上杜甫更是「豪放」風格的代表，如歐陽修《六一詩話》曾說：「唐之晚年，詩人無復李、杜豪放之格……」，我們所認知的「沉鬱頓挫」並不全面、深刻；至於李白，其作爲「豪放」的典型並非是最具有代表性的，只能稱之爲「之一」，倒是王氏書中所引李白《上安州裴長史書》當時名流對李白的評價「清雄奔放」，恰是最適合李白的風格概括，其後出的《唐詩風格論》云：「清雄奔放是李白詩文美學風格總的特色，它還吸收了清秀、清奇、清峻、清俊、清逸、清新、飄逸、清壯等等特色。」（安徽大學出版社，2001年版，第237頁），則是正確的。大體言之，李白的「豪放」偏於外在，杜甫的「豪放」偏於內在，可謂各有千秋，綜合評衡，杜甫稍勝。

〔註11〕「豪放」、「婉約」的區別，就內涵來說，明顯不成協調的比例，「豪放」的內涵主要是從思想、表達方式和風格上來界定的，其中思想是其核心所在，而「婉約」則主要是從表達方式和風格上來界定的，其中表達方式是其核心所在。就表達方式而言，兩者的區別顯而易見，本作在探討「豪放」內涵的時候，已作論述。

一範疇發展最完善的那種形態和狀態爲基礎來闡述的，這樣一來，就「既揭示了內心世界，又展示了外在姿容」〔註 12〕，也就比較全面、科學了。至於像在一般意義上的「超越」的特點，因爲這個特點在很多範疇那裡都有體現，所以在此不再加以詳細論述。同時，「豪放」的這些特點又與中國獨有的東方傳統文化密切相關，是在後者的基礎上生發表現出來的，因此欲對這些特點有相當的瞭解，就必須以此基礎爲基本的視界，而不能單純以這些特點與西方的美學範疇相比照，此亦不可不知者。

一、鮮明而強烈的主體性精神特徵

「豪放」之美的第一個特點：鮮明而強烈的主體性精神特徵。這裡所說的「主體性」，主要是指「個體主體性」，李澤厚指出：「人類作爲區別於其他動物類的主體性，隨由工具本體和語言系統的確立，早已不成問題，目前的關鍵是作爲個體的主體性。……高揚個體主體性便以爲著由偶然去組織必然，人類的命運由人自己去決定，去選擇，去造成。每個人都在參與創造總體的歷史；影響總體的歷史。」〔註 13〕「主體性有兩種，即個體主體性和人類總體的主體性……我之所以不輕易用『人類學本體論』而用『主體性實踐哲學』……正是爲了突出個體主體性。」〔註 14〕而在審美的領域裏，由於文藝創作的創造特點，則其主體性色彩就更不成問題。筆者這裡所謂的「主體性精神特徵」，除了具有突出「個體主體性」的一般意義之外，還須和「豪放」範疇的內涵「氣魄大而不受拘束」有密切的關聯，即這個主體不但要在精神境界上達到「大我」的境界，具有區別於他人的卓越品質，而且還要在外在上表現出超越的個性姿態，因此，用「鮮明而強烈」作爲「豪放」範疇主體性此一特徵的修飾，就是爲了彰顯其突出的特色。例如六朝時期的著名詩人鮑照，其「詩的審美有著鮮明的主體色彩」〔註 15〕即在具備了「大我」的精

〔註 12〕 王明居：《詩詞風格談——雋永　沉鬱　豪放》，引自「http://blog.zgwww.com/html/49/n-10949.html」。

〔註 13〕 李澤厚：《批判哲學的批判》（再修訂版），安徽文藝出版社，1994 年版，第 518 頁。

〔註 14〕 李澤厚：《探尋語碎》，上海文藝出版社，2000 年版，第 41 頁。值得注意的是，李澤厚的「實踐哲學」雖然最終要強調「主體實踐性」，而落實到具體的個人，但是「積澱」說仍具有濃厚的群體和人類普遍文化色彩，因此其雖然高揚了「主體性」的旗幟，但主要是從一般意義上來闡述的，缺乏鮮明而強烈的色彩。

〔註 15〕 吳功正：《六朝美學史》，江蘇美術出版社，1994 年版，第 633 頁。

神境界之後，這種主體性精神色彩在「豪放」範疇那裡是最爲強烈的，張力是最爲飽滿的——這是由於「豪放」的內在之「氣」所決定的，「『養氣』說是中國古代最富特色的審美主體修養和文藝性情涵養理論。」「元氣論」是「中國古代審美主體修養的哲學根源」〔註 16〕，而「氣」正是「豪放」範疇的一個核心因素，而且在「豪放」之中，「氣」還必須達到盛大而充沛的境界。《孟子・公孫丑》解釋了「浩然之氣的來源」，這是非常重要的，因爲「這種陽剛的、物質性的『氣』（生命感性）是由精神性的『義』（道德理性）的集結凝聚而產生。道德的凝聚變而爲生命的力量，因此這生命就不再是動物性的生存，而成爲人的存在；更是小人與君子，凡人與英雄的差別。所以，『浩然之氣』不單只是一個理性的道德範疇，而且還同時具有感性的品德。」〔註 17〕這就爲「豪放」的強烈而鮮明的主體性精神找了一種極其深厚博大的歸依，也就是說，「氣」主體化了，融入到了主體的血脈精神之中。鄭燮《偶然作》一詩說：「英雄何必讀書史，直攄血性爲文章」，因此，「豪放」之美表現在文學上，可以說是一種「血性」文字，透露著作者主體鮮明而強烈的精神姿態。以蘇軾爲例，他之所以能夠突破「婉約」的詞風而開創「豪放」詞風，從根本上來說，主要就是由於其內在強烈的主體意識所致，對此蔣哲倫認爲：「東坡詞的主體意識，還表現爲從觀念上突破詞爲『小道』、爲『豔科』、爲音樂附庸的傳統束縛，自覺地以詩爲詞，以詞言志，使詞從單純愉悅聽眾的應歌之具變爲士大夫抒情言志之作，並立意扭轉詞壇綺靡之風，獨樹『豪放』一幟，創立了具有鮮明個性特點的主體風格。」〔註 18〕再以「豪放」派的大家辛棄疾來說，「辛棄疾的眞性情是什麼呢？就是豪放慷慨」〔註 19〕，以性情而爲文、爲詩詞，就必然帶有強烈的主體性精神特徵，何況，辛棄疾還不是一般的性情中人，他的性情之所以能夠「豪放」，是因爲有著極爲深厚的思想基礎，這一點趙仁珪有過精彩的論述：

> 豪放成爲辛詞的主要風格並不是偶然的。首先，辛棄疾具有形成豪放詞風的思想基礎。他雖然也受一些老莊和佛家思想的影響，在作品中也有一些表現，但他積極進取的精神顯然要比蘇軾執著得

〔註 16〕夏之放、孫書文主編：《文藝學元問題的多維審視》，齊魯書社，2005 年版，第 197 頁。

〔註 17〕李羅明：《稼軒詞審美闡釋》，上海：華東師範大學碩士學位論文，2006 年。

〔註 18〕蔣哲倫：《詞別是一家》，上海社會科學院出版社，2005 年版，第 80 頁。

〔註 19〕趙仁珪：《論宋六家詞》，北京師範大學出版社，1999 年版，第 183 頁。

> 多。他始終是一個積極干預政治生活的人，始終「以氣節自負，以功業自許」（范開《稼軒詞序》）。南渡前，他有著非凡的戰鬥經歷，南渡後雖然屢遭排斥，甚至被長期閒置，但他始終是一個鬥士，始終沒放棄致力北伐的宏願。「不平之處，隨處輒發」（周濟《介存齋論詞雜著》），「寫盡胸中塊磊未全平」（《江城子・和人韻》），表現了強烈的入世熱情和抗爭精神。……所以他具有作爲豪放詞所應有的那種慷慨激昂、意氣風發的思想基礎。〔註 20〕

而這種思想基礎，正是辛詞具有強烈的主體性精神特徵的根本原因所在，讀其詞，如見其人凜凜生氣在於目前，這在整個中國詞史上是首屈一指的。同時，辛詞的這種主體性精神，還表現在其審美理想的追求上，其「特殊風格的產生，……還應與創作主體自覺而積極的美學追求和藝術探索有密切關係。……辛棄疾的獨特詞風的形成，正是與他主觀意識上的積極追求分不開的。」〔註 21〕只有這兩方面完美的結合，才可能達到「豪放」的境界，而不單純是在現實的層面上富有主體性精神，因此，「唐太宗是創業英主，政治上叱吒風雲，其文學作品卻缺乏雄偉氣概。宋璟是性情剛毅、『鐵腸石心』的盛唐宰相，但其代表作品《梅花賦》卻以婉媚富豔見稱。」〔註 22〕以強烈而鮮明的主體性精神著稱的，又如李白：

> 就李白來說，他是習慣於以自我爲中心來觀察社會的，而且在觀察時總習慣於將它蒙上一層主觀色彩。他是一個神經非常敏銳、個性十分強烈、感情極爲豐富且又外露的人……他是傲岸不屈的，是飄逸瀟灑的，他在詩歌中表現的個性是十分突出的。
>
> 詩人不是冷靜地表現生活，而是側重於抒發熾熱激烈的內心感情。他的詩，主觀色彩強烈，主要表現爲側重於抒寫豪邁氣概和激昂情懷，很少對客觀事物和具體事件做細緻的描繪。〔註 23〕

個性之所以強烈，是因爲有充實的內在，是人生之「志」的一個結果。從歷史上看來，「豪放」在美學領域裏開始展露其獨特的姿態，最初是伴隨著中國歷史上人的主體意識覺醒這樣一種背景的，這是一種在全社會範圍內占主導地位的思想精神文化意蘊的轉變，人的覺醒是一個主要的標誌，而人的主體

〔註 20〕 趙仁珪：《論宋六家詞》，北京師範大學出版社，1999 年版，第 181 頁。
〔註 21〕 劉揚忠：《辛棄疾詞心探微》，齊魯書社，1990 年版，第 72～73 頁。
〔註 22〕 劉揚忠：《辛棄疾詞心探微》，齊魯書社，1990 年版，第 72 頁。
〔註 23〕 周嘉惠：《唐詩宋詞通論》，中國文聯出版社，2001 年版，第 178、183 頁。

性精神的展現與突出，又是其中最耀眼的一點。宗白華指出，只有漢末魏晉六朝時期「這幾百年間是精神上的大解放，人格上思想上的大自由……是強烈、矛盾、熱情、濃於生命色彩的一個時代。」〔註 24〕這個時期，儒家思想被庸俗到了極致，玄學的興起帶來了對它的徹底的反動，這種反動具有很大的解放意義。「當時文俗之士所最仇疾的阮籍，行動最爲放誕，蔑視禮法也最爲徹底（筆者按：宗先生意見如此；實際上在蔑視禮法制度的徹底性方面，阮籍似乎不如嵇康、劉伶諸人）。然而正在他身上我們看出這新道德運動的意義和目標。這目標就是要把道德的靈魂重新建築在熱情和率眞之上，擺脫陳腐禮法的外形。因爲這禮法已經喪失了它的眞精神，變成阻礙生機的桎梏，被奸雄利用作政權工具，藉以鋤殺異己。」〔註 25〕其實鋤殺異己，本質上還是爲了維護統治階級的統治和利益。由於外在的世界已經被禮法制度所佔據和束縛，魏晉士人只好從精神上解放自己，尋求內心的快適和自由、獨立，這種直接對抗腐朽禮法制度的態度，就是人對於外在世界的一種主體性精神佔據了上風和顯著位置的態度，也就是「人」在「物」、「我」關係中逐漸突出來的一種姿態，「豪放」之美是如此明顯地佔據了魏晉士人這樣一個巨大而重要的文化群體的主體，這在中國歷史上還是首次！也就是說，在「物」、「我」或者說主、客觀這樣一種關係和視角之中，「豪放」之美的主體性精神特徵就表現爲「我」佔據了主導地位，因而當我們審視這種「豪放」之美的時候，首先給我們以第一位的強烈的感動和震撼的，是其中所顯現出來的作者鮮明而強烈的「個性」（「我」）之美。中國詩歌理論講究「物」、「我」交融合一，這在結構構成基礎上是和「情」、「景」交融的建構方式分不開的，在哲學文化基礎上則是和以中國傳統哲學文化思想中的「天人合一」的境界爲目標分不開的。這就是中國傳統詩歌理論中最居於中心地位的理論——「意境」，它是中國詩學的一個理想的藝術境界，宗白華評之爲「就中國藝術方面」是「中國文化史上最中心最有世界貢獻的一方面」〔註 26〕。但是實事求是地說，這種說法是片面的，「意境」並不能代表整個中國美學的整體風貌，因爲「意境」理論是中國歷史上封建社會中後期的產物，而且它在文學理論中的生發時間要晚於藝術，它先是在藝術理論中得到總結，然後才影響到文學理論的。「意

〔註 24〕宗白華：《美學散步》，上海人民出版社，1981 年版，第 208～209 頁。
〔註 25〕宗白華：《美學散步》，上海人民出版社，1981 年版，第 225～226 頁。
〔註 26〕宗白華：《美學散步》，上海人民出版社，1981 年版，第 68 頁。

境」理論成熟於唐代，唐及唐代以後的中國歷史，才是它佔據了主流位置的。唐代是中國美學史上由壯美向優美轉變的時期，而「意境」正是優美（為主）這種美的形態的一個理論總結，它概括不了隋唐以前的中國美學史。但是，以「意境」理論為代表的「優美」佔據了中國美學史上的主導地位，其端倪卻也正是發生在「豪放」的主體性精神得到加強的魏晉時期，尤其體現於王弼的玄學思想。王弼的玄學思想畢竟是建立在「無」的基礎之上的，內化的傾向雖然使主體精神得到加強，但是畢竟也在很大程度上脫離了社會生活的現實，又直接導致了「優美」的審美理想的最初哲學源頭：

> 在今天看來，王弼的大美（即壯美）理想是帶有某種消極成分的。它不是在積極地參與和創造現實的能動活動中來塑就主體的「至健」形象，而是在超越（實則逃避）現實的靜態自守和觀照中來追求自身的大美人格。從歷史的進程說，它也意味著一種實踐衝動的弱化和生命理性的膨脹。……正因為人格理想在由內而外的歸聚中，淡化和消解了主體在外向追逐中同客體世界的矛盾衝突，所以王弼的內在壯美理想就必然地由「任自然之氣」而導向「致至柔之和」（上篇十章），從而成為中古以後優美形態不斷浮升的濫觴。自他以後，詩開山講究以「綺靡」為主（陸機），書亦重「妍妙」而輕「古質」（虞和），畫亦提倡山水之「秀麗」（王維）等，便是優美理想上升的體現。中唐以後，沖淡、綺麗、婉約、閒靜等陰柔之趣成為主導，更為世人所知，不必細論。在這個意義上說，王弼的內在壯美理想是前期壯美向後期壯美轉化過度的一個值得重視的中介環節。〔註27〕

詩歌之中的「意境」理論，不過是這個過程之中的一個具體方面。在這種哲學背景之下，其對「豪放」的作用是階段性的（主要作用於前一階段），「豪放」要取得更進一步的發展，則必須要突破脫離現實的傾向，從現實生活中積聚起內在之「氣」與「情」，為其主體性精神找到真正的寄託和歸宿。正因為「意境」是講究「情」和「景」交融、「物」與「我」為一的，主體性之中強烈的「我」逐漸被隱藏了起來，所以「意境」的最高境界是不會出現「我」特別突出的現象的，如果有，也是不為「意境」理論所容的。「意境」理論的

〔註27〕儀平策：《中國美學文化闡釋》，首都師範大學出版社，2003年版，第233～235頁。

集大成者王國維在《人間詞話》裏把境界分爲「有我之境」和「無我之境」，從上面分析的王國維對於「意」、「境」的觀點來看，他顯然以「無我之境」高於「有我之境」——這種看法爲絕大多數學者所認同，其中以封祖盛、唐小華發表在《深圳大學學報》（人文版）1995 年第 4 期上的《「無我之境」——王國維「境界論」的精華所在》最具代表性，較早有異議而認爲兩境界不分優劣高下的是葉嘉瑩在其《王國維極其文學批評》一書中的觀點——這種以「無我之境」爲高爲上的觀點，從《人間詞話》具體的闡述中也可以看出來，他說：

> 古人爲詞，寫有我之境者爲多，然未始不能寫無我之境，此在豪傑之士能自樹立耳。〔註 28〕

褒貶之意甚明。既然如此，那麼就不難理解王國維對突出「我」的主體性精神的「豪放」持有不甚欣賞的態度了。周來祥對於「意境」的缺陷，有著比較清醒的認識：「相對來說，古典的典型或意境，個性是不鮮明的。因爲爲了表現主觀情趣和理想，便不追求逼眞地去描寫個性，而是把個別事物簡單化、抽象化、概況化，甚而加以極力的擴大（乃至變形），以致於把在各個人物身上的美的細節（部份），薈萃集中爲一個類的範本或理想的美。所以古典的典型或意境更帶有表現性、共性（類型性）、理想性，可以說是一種類性典型。」〔註 29〕「豪放」的突出「我」的姿態，在王國維看來是不能被推崇爲一種極致的美的，因爲它是有悖於「物我交融」、「意境相渾」這樣一些以靜爲主的審美原則的。這從王國維對待辛棄疾這樣的「豪放」詞大家的態度中可以明顯地看出來：

> 南宋詞人之有意境者，唯一稼軒，然亦若不欲以意境勝。〔註 30〕

〔註 28〕滕咸惠校注：《人間詞話新注》，齊魯書社，1986 年版，第 36 頁。

〔註 29〕周來祥：《古代的美　近代的美　現代的美》，東北師範大學出版社，1996 年版，第 110 頁。

〔註 30〕滕咸惠校注：《人間詞話新注》，齊魯書社，1986 年版，第 112 頁。「境界」說係王國維意境理論的核心，《人間詞話》多用「境界」而少用「意境」。意境不等同於境界，此甚易明，然在王國維則有一前後發展的過程，在《人間詞乙稿序》裏他明確地說：「文學之事，其內足以攄己而外足以感人者，意與境二者而已。上焉者，意與境渾，其次或以境勝，或以意勝，苟缺其一，不足以言文學。原夫文學之所以有意境者，以其能觀也，出於觀我者，意餘於境；而出於觀物者，境多於意。然非物無以見我，而觀我之時，又自有我在。故二者常互相錯綜，能有所偏重，而不能有所偏廢也。」「意」與「境」是兩個對舉的因素，而且有互有偏重的現象，「或以境勝，或以意勝」，但是最高境辛詞的最高成就是「豪放」詞，王國維要評價辛詞，就必然要從「豪放」詞上來著眼，這是毫無疑問的，而以「豪放」之美爲特色的辛詞，卻被王國維認爲是「不欲以意境勝」，這不就很明顯地點出了「豪放」之美是和「意境」不太一樣的麼？其實，「豪放」和「意境」不同是很正常的事，因爲「意境」是偏於優美的形態的，而「豪放」則是壯美的一種。用優美的審美意識來衡量一切美的形態，並把優美當作美的最高境界或正宗，正是唐代以後中國美學意識的一種典型代表和體現，連蘇軾這樣的「豪放」詞的大家都無法理解最高意義上的、最完美形態的「豪放」之美（如批評吳道子的畫、懷素的書法），其他人的不認同「豪放」之美在中國美學史上的地位，也就不足爲奇了。今人袁行霈指出：

> 意境雖然很重要，但不能把有無意境當成衡量藝術高低的唯一標尺。中國古典詩歌有以意境勝者，有不以意境勝者。有意境者固然高，無意境者未必低。屈原的《天問》，曹操的《龜雖壽》，李白的《扶風豪士歌》，王維的《老將行》，杜甫的《北征》、《又呈吳郎》，辛棄疾的《賀新郎·同父見和再用韻答之》，陳亮的《水調歌頭·送章德茂大卿使虜》，以及文天祥的《正氣歌》，這些膾炙人口的名篇，很難說它們的意境如何，但誰也不能否認它們是第一流的佳構。僅用意境這一根標尺去衡量豐富多彩的古典詩歌，顯然是不妥的。〔註31〕

而從整個中國傳統文化和美學史看來，「意境」是中國社會、文化趨於保守之後的產物：

> 在中國美學史上，唐代是壯美盛極而衰和優美確立的時代。唐前期作爲封建社會的黃金時代，一方面，封建地主階級正處於上升時期，表現出征服世界的勃勃雄心和敢作敢爲的自信精神。另一方

界或理想境界卻是「意與境渾」，沒有偏重。至《人間詞話》改爲以用「境界」爲主，以「無我之境」爲上。而在《宋元戲曲史》一書中，則又易「境界」爲「意境」——因元曲的本色即是「豪放」，而「意境」既已不太適用於概括辛詞佳處，則元曲「豪放」爛漫的境界，更非「境界」所能概括。王國維捨「境界」而以「意境」來闡述元曲的佳處，正說明了其理論和內心的矛盾。他在《宋元戲曲史》中對「意境」的闡述，顯然不能與《人間詞話》裏的「境界」說相提並論，後者更體現了他的創造性。

〔註31〕袁行霈：《中國詩歌藝術研究》（贈訂本），北京大學出版社，1996年第二版，第50頁。

> 面，唐初統治者比較開明的政治經濟政策，減輕了人民負擔，緩和了階級矛盾，國力日益強大。在這樣一個繁榮富強的時代，人們把目光投向外部世界，投向社會生活和宏大的物質對象，積極進取，渴望建功立業。因而，審美理想便表現出對六朝美學的揚棄，對秦漢傳統的復歸，形成了偏重社會生活，偏重陽剛之美的「盛唐氣象」。詩論從初唐四傑到陳子昂，書論從虞世南、歐陽詢、李世民、孫過庭到張懷，重揚「風骨」旗幟，確立了新的壯美理想。在藝術實踐上，盛唐詩人多以「建安風骨」爲創作的楷模和審美標準。李白的放聲歌唱，以無限的激情衝破了有限的形式，其詩多以七言爲主而又常常打破這一格式；杜甫則在有限的形式中開拓著無限的意境，形成雄渾深沉的品格。繪畫方面，吳道子的作品筆力勁險，神采飛動；李思訓的作品則色彩濃重，金碧輝煌。書法領域，張旭的草書酣暢淋漓，如行雲流水；顏眞卿的楷書則整肅嚴正，端壯雄偉。這一切都讓人感受到兩種不同風格的壯美。此外，規模宏大的建築，色彩豔麗的雕塑，熱烈壯觀的舞蹈等等，都表現出封建社會鼎盛時期那種史無前例的壯美風貌。至此，中國古典美學的壯美範疇發展到了它的極至，完成了強（秦漢）——弱（六朝）——強（唐前期）的螺旋結構。〔註 32〕

在這種歷史文化背景中，以王國維爲代表的傳統理論家在審視「豪放」之美的時候，可以肯定地說是一種保守的眼光和觀點，而不是發展的和歷史的。「豪放」雖然有其適合發展的歷史階段，並會盛極而衰，但是其衰落是和封建社會的歷史形態的衰落分不開的，只是從封建社會這樣一種社會發展形態的歷史來審視它，「豪放」才有盛極而衰的表現，實際上在別的社會形態裏，它還會重新得到更高層次的發展，「豪放」在近、現代的個別燦爛的成就，已經充分說明了這一點。王國維的「有我之境」和「無我之境」，都不足以容納「豪放」之美作爲美的最高境界，關鍵就在於他未能科學、充分地認識這個「我」字。王明居在《詩詞風格談——雋永　沉鬱　豪放》一文中說得好：「豪放內充豪邁之情，外射放縱之氣。既揭示了內心世界，又展示了外在姿容，最後都歸結爲一個我字。」而這個「我」，「有大我、小我」之分，王國維在「有我之境」裏說的，照他「古人爲詞，寫有我之境者爲多，然未始不能寫

〔註 32〕周然毅：《論中國美學範疇的邏輯發展》，載《學術論壇》1995 年第 2 期。

無我之境，此在豪傑之士能自樹立耳」的話來看，顯然是指「小我」的成分爲多。這也就難怪他不能理解「豪放」之美的偉大意義了。而「豪放」詞在歷史上一值得不到科學、客觀、公正的評價的原因，也正是因爲這種保守的落後的審美意識和眼光。古今中外的哲學辯證法都認爲，事物的發展是按照「否定之否定」的規律向前發展完善的，要經過「肯定」、「否定」、「否定之否定」（肯定）這樣三個階段，第三階段和第一階段既有相似之處，又有不似之處，是對第一個階段的揚棄式的發展完善。這樣看來，王國維的兩種境界之分，是不完整的。關於這一點，楊存昌也曾指出：

> 到明中葉，注重個體情感而貶抑外在事物的「情中景」取代了「不知何者爲我，何者爲物」（王國維語）的和諧境界，不過那已屬又一次轉折——力圖突破古典和諧圈的轉折了。……「有我之境」與「情中景」相通，「無我之境」與情景「妙合無垠」相合。顯然，王國維沒有提到「景中情」一類。——若循著他的思路推延，也許這種被王國維遺棄的境界應叫做「有物之境」。〔註 33〕

筆者也在《詩詞曲學談藝錄》一書中涉及到了這個問題，並針對王國維的不足，對這種境界的兩分法做了補充和修正，而分爲三種境界：「有我之境」、「無我之境」、「無我之上之有我之境」，其中以「有我之境」中的「我」爲「小我」，以「無我之上之有我之境」中的「我」爲「大我」，並對「無我之上之有我之境」做了很多詳細的說明和闡述。〔註 34〕王國維兩分法的不足，也可以從禪

〔註 33〕楊存昌：《初扣美學之門》，中國文聯出版社，2001 年版，第 82、92 頁。

〔註 34〕于永森：《詩詞曲學談藝錄》，齊魯書社，2011 年版，第 5～115 頁。「本書在批判繼承我國詩學史上的諸多理論——尤其是王國維的『境界』說的基礎上，旗幟鮮明地提出了新的詩學理論——『神味』說，並在書中對什麼是『神味』、『無我之上之有我之境』，如何達到『神味』、『無我之上之有我之境』，能夠達到『神味』、『無我之上之有我之境』的作品有哪些等一系列問題，從多種角度、多個方面進行了闡釋。希望通過這種努力，可以促使我們在今後用一種新的眼光來審視古代文學，從而開創古代文學研究和當代文學創作的新局面。」（第 2 頁）本書「提出了『神味』說，總體構思是『意境過時論』，以『無我之上之有我之境』突破了《人間詞話》『無我之境』仍以優美爲主的美學境界，又將這種境界落實到了元曲，寫成《嫁笛聘簫樓曲話》，最終將『神味』說發展完善：而《諸二十四詩品》則是這種新的審美理想境界的集中詮釋。和意境重視情景而偏重於抒情不同，『神味』說重視敘事，以『意』、『事』、『細節』爲三要素，主張從『豪放』精神出發確立人的主體性姿態，爲關注社會現實民生、建立新的審美理想提供根本支持動力。」（見于永森《後二十四詩品》，載《山東文學》2009 年第 8 期，第 64 頁。《嫁笛聘簫樓曲話》後易

宗大德青原惟信的一段非常著名的語錄裏體會出來：「老僧三十年前未參禪時見山是山，見水是水。及至後來，親見知識，有個入處，見山不是山，見水不是水。而今得個休歇處，依前見山是山，見水是水。」這種「三段式」思維才是古今哲學思維更爲合理、高級的形態，只不過「山水之喻，其最高境界『而今有個歇處，依前見山只是山，見水只是水』，以釋氏之出世之色彩故，而求寂滅，故強調其不變者，正自外（貌）以言，終似乎循環，而歸之消極之平和，是識而非自我提升之最高境界，而難見我性」〔註 35〕，本質上仍然與王國維的「無我之境」同致。而只有且必須將這種鮮明的「我性」（「個性」）置之於「三段式」的最高層次、境界，才是合理的，也才能容納「豪放」之美（這種「我性」突出的最高層次、境界，未必一定是「豪放」的，比如管仲姬的《我儂詞》也表現爲「三段式」形態，其最終的「我中有你，你中有我」之境雖凸顯了更高一層的「我性」，但也仍然僅限於一般的「物」、「我」關係層面。而只有主體主動、積極關注、反映、表現現實——這種現實指的是最具典型性的人類社會生活，其核心是現實的利害關係——才會有可能呈現出具有「豪放」品性的「我性」）。也正因爲如此，筆者才特別強調「無我之上之有我之境』最高境界，其豪放之精神是矣」〔註 36〕，從而爲「豪放」之美的最高價值定位提供了理論依據，也將這種更高於初級階段、境界的「有我之境」的「我性」（「個性」）提升到了超越了「無我之境」的更高階段、境界的「我性」（「個性」），即「無我之上之有我之境」。有論者曾以「豪放詞」爲例說明其「獨特的審美內涵和風格特徵」云：「豪放詞情感充沛，主觀色彩濃鬱，多以直抒胸臆的方式抒發情感，有時偶而一個觸發點，也能使其情感傾瀉而出，如江水滾滾滔滔，如雷電勢驟力強。即使寫景狀物，詞人的一股激情也多半折射在景、物之上，使物皆著『我』之色彩。」〔註 37〕豪放詞的這種「我」之色彩，絕非王國維《人間詞話》所說的「有我之境」的「我」，而只能是筆者「神味」說理論體系所提出的「有我之境」、「無我之境」、「無

名爲《元曲正義》）。關於「無我之上之有我之境」的若干闡釋，詳見本書卷一。又楊存昌主編《中國美學三十年》一書下卷亦對「神味」說理論有系統介紹（濟南出版社，2009 年版，第 614～618 頁）。

〔註 35〕于永森：《詩詞曲學談藝錄》，齊魯書社，2011 年版，第 26～27 頁。

〔註 36〕于永森：《詩詞曲學談藝錄》，齊魯書社，2011 年版，第 12 頁。

〔註 37〕彭國忠評注：《豪放詞百首・前言》，安徽文藝出版社，2010 年版，第 1～2 頁。

我之上之有我之境」三種境界中的第三種境界「無我之上之有我之境」的「我」！這樣說來，歷史上對於「豪放」的排斥，包括王國維的「無我之境」無法容納更爲高級的「豪放」之美，也就容易理解了。如果說用「物」、「我」關係來衡量「豪放」之美，那它就是典型的「我」（個性）佔據了主體地位的一種壯美的形態，歷史上的那種以優美爲主的審美意識傾向，對於「豪放」的這種突出的主體性精神特徵極爲不快，就是根源於其保守思想和審美意識的一種自然反應。而這種以「我」即個性爲突出特色的文學藝術中的美，它所突出的是「大我」〔註38〕，而不是庸俗狹隘的「小我」，如果不分清楚這一點而籠統地對於「我」突出的現象一概加以排斥和蔑視，是不符合歷史的本來面目的。當然，那是古人的觀點了，今天，社會的整體發展、提高必須以每個個體的充分發展、提高作爲前提，並且人類的最高目標是發展人，那種有個性的具備「大我」之境素質的人，這已經成爲我們的共識，「豪放」之美應該在我們這個時代得到公正合理的評價。時代、社會的發展進步，更需要像「豪放」這樣富有「我性」（「個性」）品性的壯美形態的美。

二、盛大而充沛的內在氣蘊和外在氣勢

「豪放」之美的第二個特點：盛大而充沛的內在氣蘊和外在氣勢。田耕滋指出：「『氣』是豪放詞的美學本質」〔註39〕，「豪放」主體性精神的強烈而鮮明，也主要是通過「氣」的內在蘊涵和外在表現呈現出來。這個特點比較易於理解，凡是欣賞並留意過具有「豪放」美學意蘊的文學藝術者，一定會對那種內在外在兼具的氣蘊和氣勢留下深刻的印象。內在氣勢的盛大，來源於「大我」之「志」與「情」的激發和積累，「所以，孟子又說：『夫志，氣之帥也；氣，體之充也。』即是說，『志』是『氣』的理性內涵，『氣』是『志』

〔註38〕拙著《詩詞曲學談藝錄》卷一第一八則區分了兩種「大我」，一種是傳統文化氛圍中的「以有限追求無限」爲根本思維方式的「大我」，這種「大我」主要見之中國傳統文藝舊審美理想藝術境界「意境」之中；一種是筆者創構的新審美理想藝術境界「神味」說詩學理論提倡的「大我」即超越了「有我之境」、「無我之境」的「無我之上之有我之境」，這種「大我」的根本思維方式是「將有限（或局部）最佳化」。簡言之，前一種「大我」缺乏「個性」，主要表現爲群體的「共性」，而後一種「大我」恰恰反之，是在群體「共性」之上的「個性」的體現（齊魯書社，2011年版，第42～43頁）；前一種「大我」強調「物我合一」，而後一種「大我」則強調「現實」與「我」合二爲一。

〔註39〕田耕滋：《詞分豪放與婉約的詩學意義》，載《西安交通大學學報（社會科學版）》2000年6月第20卷第2期（總52期）。

的感性表現；『志』決定了『氣』的道德性和功利性，『氣』就是融含了道德理性和平治天下的功業理想的生命熱情。這種融含了理性內涵的感性情緒——『氣』表現在人自身，即是人的氣質、精神；表現在文學作品中，即爲作品的思想情感、藝術風格。『氣』盛則詞豪，『氣』壯則詞剛。當我們朗誦著蘇軾的『大江東去，浪淘盡、千古風流人物』的時候，所體會到的難道不是『江流天地外』般的豪邁氣概嗎！當我們朗誦著辛棄疾的『想當年，金戈鐵馬，氣吞萬里如虎』的時候，所感受到的難道不是『橫絕六合、掃空萬古』的英雄浩氣嗎！……由此可知，『氣』是豪放詞的根本特點。……『氣』的產生是主體的『志』與外部社會相衝突的結果，這種衝突愈是激烈，『氣』的能量就愈是熾盛。」〔註 40〕當這種「情」、「氣」（「氣」包有「情」）達到一定的量的時候，它就會呈現出司空圖《二十四詩品・豪放》中所說的「眞力彌滿」的狀態，這是「豪氣」的一個臨界點，一觸即發而見爲「豪放」之美，既在氣勢上給人以洶湧的壓迫而來的「衝擊波」式的感覺，又在內在的意蘊上給人以無比深厚、源源不斷之感，這兩者之間形成了一種巨大的張力之「場」，以射箭來做比喻，它既不是挽弓待發、箭在弦上式的，也不是強弩之末曾不能穿魯縞式的，而是在飛行當中裹挾著力量的自由的放縱和表現，它如同流星一樣劃過夜空，那是一種驚豔式的燦爛的美！張國慶認爲《二十四詩品》所詮釋的「豪放」必須具備的四大要素之一是「充盈浩蕩的元氣與眞力（這是『豪』的不竭源泉與內在動力，由此，乃有在廣闊藝術空間中展開的豪氣萬丈的藝術表現）」〔註 41〕，這是不錯的。例如辛棄疾的詞，「詞如其人，辛

〔註 40〕田耕滋：《詞分豪放與婉約的詩學意義》，載《西安交通大學學報（社會科學版）》2000 年 6 月第 20 卷第 2 期（總 52 期）。就「豪放」範疇而言，在其兩大核心因素「氣」與「情」那裡，「氣」是更爲本質的，這是因爲，「氣」植根於主體的思想、精神和意志，它是我之所以爲我的根本體現；而「情」雖然能夠促成「氣」的發生發展，但其強度（即對舊事物的沖決能力）總不如「氣」，而且，只有表現爲「氣」，才表明了「豪放」或主體的最終完成，所以「情」僅僅是人之所以爲人的根本表現。「情」與「氣」的辯證關係，可參見本書「豪放」的生成流程及《「豪放」形成與嬗變的歷史考察（下）》有關明清的部份論述。此外，潘知常還曾闡釋過《紅樓夢》中的「情」，這種「情」乃是中國古代文化史上的巔峰狀態，但卻仍然是「並非通過對於自我的強調來高揚生命的權利」（《王國維：獨上高樓》，文津出版社，2005 年版，第 31 頁），即「自我」的建樹（或其建樹意識）仍然不夠，因此《紅樓夢》一書可謂有「情」而乏「氣」，是一部乏「氣」的巨著。

〔註 41〕張國慶：《〈二十四詩品〉詩歌美學》，中央編譯出版社，2008 年版，第 63 頁。

棄疾的詞章是用生命寫成的，他的詞氣勢如虎，其磅礴，猶如出山之猛虎；其沉鬱，猶如被困之猛虎。」〔註 42〕同時，辛詞之所以成爲「豪放」詞的最高峰，他對蘇詞的進一步發展，主要是表現在特色鮮明的「以氣爲詞」上，「辛棄疾豪放風格給人最突出的印象是『以氣爲詞』」。〔註 43〕又如李白的詩歌，「給人一種氣勢磅礴的力量，帶有盛唐之音的強勁，挾風帶雷，顯示出積極浪漫的雄壯之美；筆致飄逸，悠然九天四海，不受人力、物力、心力、自然力的束縛，給人一種五彩繽紛、目眩神搖的境界。〔註 44〕「他常以奔放的氣勢貫穿全詩，講究縱橫馳騁，一氣呵成，具有以氣勢奪人的特點。在這不凡的浩大氣勢裏，體現的是自信與進取的志向和傲岸獨立的人格力量。」〔註 45〕「李白的詩歌固然有高度的藝術技巧，但若論章法的嚴密、用典的巧妙、對偶的工整，未必就比別人高明許多。若論比喻的新鮮、想像的奇特、誇張的大膽，雖有過人之處，可是只憑這些顯然不足以產生那麼強大的藝術力量。李白乃是以氣奪人。」〔註 46〕又如懷素的草書，「飄風驟雨驚颯颯，落花飛雪何茫茫。」（李白《草書歌行》）內在的氣蘊和外在的氣勢的盛大充沛，是「豪放」之所以成爲一種突出著主體性精神特徵的「壯美」風格之一種的主要原因，「豪放」之體現爲「壯美」，是由其內在積聚的那種「至大至剛」而「塞於天地之間」的「浩然之氣」（《孟子・公孫丑》）的內容和面貌所決定的，它不需要人爲的造作的手段，就可以自然而然地呈現出這種面貌。李白一開口就是「黃河西來決崑崙，咆哮萬里觸龍門」（《公無渡河》）、「君不見黃河之水天上來，奔流到海不復回！君不見高堂明鏡悲白髮，朝如青絲暮成雪！人生得意須盡歡，莫使金樽空對月。天生我材必有用，千金散盡還復來。烹羊宰牛且爲樂，會須一飲三百杯」（《將進酒》），辛棄疾一開口就是「渡江天馬南

張氏所論「豪放」的四大要素爲：「不羈的心胸」、「充盈浩蕩的元氣與眞力」、「由眞實本性勃發而出的『豪』乃至於『狂』」、「瑰麗奇偉的『萬象』」（同上第 63 頁）。

〔註 42〕楊信義：《辛詞藝術風格獨特與多樣的統一》，載《鹽城師專學報》（哲社版）1995 年第 1 期。

〔註 43〕趙仁珪：《論宋六家詞》，北京師範大學出版社，1999 年版，第 179 頁。

〔註 44〕黃震云：《論李白對屈原的繼承與發展》，載《江蘇教育學院學報》（社科版）1995 年第 2 期。

〔註 45〕周嘉惠：《唐詩宋詞通論》，中國文聯出版社，2001 年版，第 183 頁。

〔註 46〕袁行霈：《中國詩歌藝術研究》（增訂本），北京大學出版社，1996 年第二版，第 241 頁。

來，幾人眞是經綸手」（《水龍吟・甲辰歲壽韓南澗尙書》）、「舉頭西北浮雲，倚天萬里須長劍」（《水龍吟・過南劍雙溪樓》）、「我病君來高歌飲，驚散樓頭飛雪。笑富貴、千鈞如髮。……我最憐君中霄舞，道『男兒到死心如鐵』。看試手，補天裂」（《賀新郎・同父見和，再用韻答之》）、「白髮空垂三千丈，一笑人間萬事。問何物、能令公喜？我見青山多嫵媚，料青山、見我應如是」（《賀新郎》），若非氣盛使然，安得如此氣象？「豪放」之美那種內在的積聚的盛大的「氣」，它一旦向外釋放，就成爲一種強大的「勢」，造成一個張力彌滿的「場」，而且是源源不斷的有「氣」後繼，不是一瀉之後就變得內在空虛了。每一次「氣」的釋放都是一個展現自我內在之美的過程，也是一個積極爲更進一步的「收」的姿態即繼續關注現實、社會生活，爲達到發展自己的目的提供一個緩衝的空間，因而實質上也是一種吐故納新、新陳代謝的發展過程，通過這個過程，人的主體性精神得到進一步的發展和昇華、壯大和深厚。辛棄疾有一首《菩薩蠻・書江西造口壁》，很形象地說明了「豪放」之美那種盛大而充沛的內在氣蘊和外在氣勢的積聚和釋放的必然性：

鬱孤臺下清江水，中間多少行人淚。西北望長安，可憐無數山。　　青山遮不住，畢竟東流去。江晚正愁餘，山深聞鷓鴣。

「青山遮不住，畢竟東流去」，用它來形容「豪放」從內到外的「氣」的灌注、完成，是何等地傳神而精彩！從「豪」到「放」的過程是一個必然的結果，由於現實的因素，其主體可能存在一些壓抑感，而其中存在的盛大而充沛的內在氣蘊卻最終要以同樣盛大而充沛的外在氣勢表現出來，並隨主體的情感和思想、精神的需要而婉轉自如，乃至淋漓盡致，一個「畢竟」，正凸顯了「豪放」表現過程中既有所控制又不得不發的根本態勢。同時，它也表明，「豪放」的「放」，也從來都不是一瀉無餘而毫無節制的。〔註 47〕

三、直抒胸臆、淋漓盡致的表達方式

「豪放」之美的第三個特點：直抒胸臆、淋漓盡致的表達方式。「從語言表達方式上看作家作品的豪放風格，經常通過率直、疏放的語言表達方式體現出來。惟其在語言表達上率眞直爽、不加掩飾、大刀闊斧、疏朗奔放，才使創作主體豪邁的情感得以酣暢淋漓、一瀉千里地體現出來。李白的詩歌風格之所以豪放飄逸，與他率直、疏放的語言表達方式密切相關。他從不掩飾

〔註 47〕參見本書第三章第一節有關「內在律」的闡述。

自己落拓不羈、樂觀自信的豪邁情感，也幾乎不用委婉的方式曲折、迂迴地進行表達。他總是敞開胸懷，坦陳直言：『大道如青天，我獨不得出。』(《行路難》)『仰天大笑出門去，我輩豈是蓬蒿人？』……這眾多的詩句，意到筆隨，無遮無攔，豪邁奔騰之氣溢於言表，鮮明地表現出豪放的藝術風貌。而婉約風格的作品，多以委婉的語言表達方式抒寫纏綿細膩的情思。委婉的語言表達方式，就是有話不直說，而採取迂迴、曲折的途徑加以表達。」〔註48〕不但如此，「豪放」的主體除了強烈的感情，更重要的是一種盛大的內在的沛然之氣的抒發，這種內在之「氣」更體現了「豪放」的主體性精神，因此從本質上說，「豪放」之美要以這種方式表現出來，是由內在的「豪氣」積聚（收）達到極點之後的「放」的必然性所決定的。陳匪石在《聲執》裏說：

> 行文有兩要素，曰氣、曰筆。氣載筆而行，筆因文而變。昌黎曰：「氣盛則言之短長與聲之高下者皆宜。」長短高下，與筆之曲直有關。抑揚垂縮，筆爲之，亦氣爲之。就詞而言，或一波三折，或老幹無枝，或欲吐仍茹，或點睛破壁。且有同見於一篇中者，百鍊剛與繞指柔，變化無端，原爲一體，何也。志爲氣之帥，氣爲體之充，直養而無暴，則浩氣常存，惟所用之，無不如志。苟餒而弱，何以載筆。名之曰柔，可乎。讀昔人詞評，或曰拗怒，或曰老辣，或曰清剛，或曰大力盤旋，或曰放筆爲直幹，皆施於屯田、清眞、白石、夢窗，而非施於東坡、稼軒一派。故勁氣直達，大開大闔，氣之舒也。潛氣內轉，千回百折，氣之斂也。舒斂皆氣之用，絕無與於本體。如以本體論，則孟子固云至大至剛矣。然而婉約之與豪放，溫厚之與蒼涼，貌乃相反，從而別之曰陽剛，曰陰柔。周濟且準諸風雅，分爲正變，則就表著於外者言之，而仍只舒斂之別爾。〔註49〕

也就是說，「氣」在根本上是陽剛的〔註50〕，在表達方式上，「豪放」或「婉約」只是「氣」的「舒」、「斂」即「放」、「收」時的一種外在表現形態。陳先生指出這一點是有益的，它至少說明了本質上陽剛（包括「豪放」）的事物，

〔註48〕王詠梅：《論豪放與婉約風格的不同話語方式》，載《廊坊師範學院學報》2006年6月第18卷第2期。

〔註49〕唐圭璋編：《詞話叢編》，中華書局，1986年版，第4949～4950頁。

〔註50〕李羅明《稼軒詞審美闡釋》（上海：華東師範大學碩士學位論文，2006年）認爲，此種氣的陽剛性質來源於儒家思想的薰陶。

可以用「婉約」的方式表現出來，這和我們前面所論述的「豪放」的內容也可以用和緩的方式表達出來是一致的。但是還有不同之處，那就是陳的說法實際上是認爲「婉約」、「豪放」只是一種表達方式上的區別，它們在本質上都是陽剛的，我們說，這種思想只是從外在的形態上認識到了「豪放」、「婉約」之別，而實際上取消了內容上的「豪放」，這就不對了。我們既要吸收他在認識「豪放」的表達方式上的可取之處，又要防止陷入僅僅從形式上來認識「豪放」和「婉約」的問題的缺點。我們在這裡從外在的形態上探討「豪放」之美的表現方式，是著眼於「豪放」最完美的形態而言的，這一點前面已經講過。最高境界的「豪放」之美，其外在形態和表現方式是「放」的，是隨著內在之「氣」的釋放而賦予以相應的形態的，韓愈「氣盛則言之短長與聲之高下者皆宜」(《答李翊書》)，實際上就已經爲「豪放」之美的這種表現方式做了理論上的解釋，既然有「短」，那麼就應該有「長」，如果從這種表現方式來對「豪放」加以貶低，是不公正的。陽剛之美與陰柔之美各有特色，它們的表達方式亦是如此。以元曲爲例——曲體體制是以「豪放」爲本色的——以散曲爲例，丁淑梅曾論述說：

> ……散曲的情感表達方式是直白的、刻露的……任訥說：「放開眼取材，得元人之光怪陸離，撒開手下筆，得元人之奔放恣肆。」……正是散曲情感表達方式的無選擇性和無節制性，造就了散曲抒情一覽無餘、一氣呵成、盡訴盡瀉、氣貫全篇的氣勢之美。……散曲作家將他們積存在心間的、在現實中不能釋放的生命能量，以排山倒海的氣勢傾瀉在曲中，形成了散曲的氣力交迸不相讓，激情豪氣兩出彩的壯觀局面：不是使氣騁懷、就是逞性極欲，不是執偏抗世、就是恃才傲物，形成了縱情適性，意氿魄健的氣勢之美，這恰恰是散曲的創造性所在。〔註 51〕

曲體體性很好地適應了「豪放」之美的表達方式，力量、氣勢和開放姿態的交響，就是「豪放」之美的獨有的綻放姿態。歐陽俊也說：

> 在抒情方式上，豪放詞多直抒胸臆，強烈感情一瀉而下，一吐爲快，如泉湧潮奔，如電閃雷鳴。〔註 52〕

〔註 51〕丁淑梅：《中國散曲文學的精神意脈》，中國文聯出版社，2001 年版，第 166～167 頁。

〔註 52〕歐陽俊評注：《豪放詞三百首》，巴蜀書社，2001 年版，第 6 頁。

王明居在《詩詞風格談——雋永　沉鬱　豪放》一文裏也形象地闡述說：

> 豪放之情，不是微溫，不是含而不露，不是纏綿悱惻，而是熱烈、激越。它如心底燃燒的火焰，又如洶湧澎湃的急流。豪放之氣，不像娜娜上騰的炊煙，而似橫貫宇宙的長虹。它有恢宏的體積，巨大的力量，迅猛的衝擊波。它風馳電掣，呼嘯而過，勇往直前，勢不可擋。它不善於曲折迂迴、低眉吟哦，而喜歡直訴衷腸、高山放歌。

辛棄疾《菩薩蠻・書江西造口壁》一詞裏的「青山遮不住，畢竟東流去」兩語，很好地說明了「放」的階段的終將到來。這是事物發展的必然，有「收」就有「放」，有「斂」就有「舒」，有「婉約」就有「豪放」。從整個事物發展的歷史長河中來審視它的時候，就其發展變化的情態即外在表現方式而言，「收」、「放」都是它發展中必不可缺的階段，文學藝術中所體現出的「婉約」和「豪放」之美亦是如此，作爲一種美的存在形態，其存在的必然性就是以這種事物發展的必不可少的階段性爲基礎的，這一點毫無疑問可言。既然如此，我們又爲何一定要讚賞其中的一種形態之美而貶斥另一種呢？以詞爲例，歷史上傳統詞學的觀點一直是以「婉約」爲正宗的聲音佔據著主流的位置，而對「豪放」大加排斥，固然，「豪放」的所謂末流，也就是在「放」的姿態上因爲內蘊不足或「放」的力度過大而攙雜入了「非美」的因素的那種形態，是應該不足爲訓的，但是，那種末流的形態根本代表不了「豪放」之美，我們探討美的理論及理想問題，應該以「豪放」之美的最佳狀態、最高水平來作爲內容和對象。因此，有的學者認爲「『豪放』詞風往往給人以復合的印象：它既有超曠、壯麗、雄豪、悲涼之美，又往往拖著粗魯、粗莽、粗豪、粗鄙之類的影子，甚或闌入打油惡道。這些非美因素也是『豪放』範疇內涵的不可分割的一部份」〔註 53〕，是不足爲據的。之所以出現崇「婉約」和貶「豪放」——主要是從「豪放」的表達方式上來貶低它的——的現象，主要是由於我國歷史發展的特色所決定的，是由於封建社會在唐宋時期達到頂峰之後，逐漸在外在的發展趨勢和文化思想意識上趨於保守的結果，是審美意識領域中由壯美向優美轉變的結果——我們可以以壯美和優美轉變作爲一個視角來說明中國歷史文化發展的特殊性：以時間上的二十世紀初爲限，

〔註 53〕周明秀：《詞學審美範疇研究》，華東師範大學博士論文（2003 年，導師方智範）。

中國歷史基本上是一個由強趨弱的發展過程，因此它在審美意識中的體現就是從壯美向優美轉變；而西方（以歐洲爲例，這是傳統意義上的西方）的歷史則是一個由弱趨強的發展過程，它的審美意識則是由優美向壯美轉變——例如萊辛的《拉奧孔》一書，「它的目的就是旨在批判以溫克爾曼所宣揚『靜穆美』爲代表的古典主義藝術趣味，探討詩與畫，尤其是詩與雕塑的不同的藝術特徵，爲文學的發展開闢道路」，詩歌「善於描寫動態的事物，描寫事物運動發展過程，眞實而深刻地揭示人類的心靈世界，所以詩的目的在於眞實地描寫自然和社會現實，所以，眞實是詩創作的最高美學原則。」〔註 54〕也就是說，藝術的最高美學原則「美」，是未必能夠兼有「眞」的，尤其是那些不關注現實生活而只講究形式的藝術傾向，因此萊辛提出了超越「美」的方法，「那就是化美爲媚。媚就是在動態中的美」〔註 55〕。實際上萊辛提倡「眞」和「動態」的美——「媚」，就是要反對只表現偏於靜態的美即優美，這不僅僅是崇尚哪一種美的形態的問題，而是哪一種美的形態更能使人關注現實生活的問題，只有關注現實生活，文學才有最高意義上的價值，才有最生機勃勃的活力，歸根結底，優美與壯美之爭，是一個重古還是重今、重保守還是重創新的問題。西方近代的美學史完成了由美向崇高的轉變，這種趨勢正和中國的由壯美向優美轉變相反。而實際上，人類社會所追求的是不斷地由弱小走向強大，不斷積累人類的物質和精神兩方面的成果，這樣看來，崇「婉約」貶「豪放」的傾向顯然是不正確的。再從「收」和「放」的關係上而言，「放」是「收」結果，也是成果，是我們人類所追求的。爲什麼先有「收」後有「放」？這個問題就單純的理論層面的探討是沒有結果的，它很容易像先有雞還是先有蛋那樣糾纏不清。但是牽涉到「豪放」之美的問題，尤其是「豪放」的「放」的問題，也就是具體到一定的事物上，這個問題就好解決了。因爲「豪放」之「放」是由於人的主體中所不斷積聚的內在的盛大而充沛的「氣」造成的，從「氣」之「收」到「氣」之「放」，孰先孰後一目了然。具體到單個的人身上，人一出生是沒有這種內在的盛大而充沛的內在的「氣」的，因爲這種「氣」它需要人接觸現實生活，然後觸動人的情感，然後才不斷地積聚起「氣」，沒有這種「氣」，也就沒有「豪放」之美之中的那種「放」。

〔註 54〕馬新國主編：《西方文論史》，高等教育出版社，2002 年第 2 版，第 142、144 頁。

〔註 55〕（德）萊辛：《拉奧孔》，朱光潛譯，人民文學出版社，1979 年版，第 121 頁。

這是從「豪放」的角度來說的，而從「豪放」和「婉約」關係的角度來說，也是如此。以上論述的兩點，無非是在論述「豪放」之美的直抒胸臆、淋漓盡致的表達方式這一個特點及其之所以如此的合理性，而且從分析中可以看出，「豪放」及其「放」的表達方式不但不應該被排斥貶低，而且應該被崇尚和欣賞，只有這樣，我們才能保持一種進取的開放的姿態，密切聯繫和關注現實生活，保持主體的實踐品性，成就一個偉大的「大我」。「豪放」之美的這個特點，毫無疑問是美的一種表現方式，它應該被充分重視並應得到客觀、科學、公正的評價。

以上所論述「豪放」的三個特點，其實都是相互交織在一起而不可分割的（即不能單獨拿出其中的一點來與「豪放」相聯繫並做出評價），不過側重點不同、分析的角度不同而已，這一點是我們必須要認識到的。

第三章　「豪放」與相關美學範疇辨正

雖然本書已經探討了「豪放」的內涵，但在一般的意義上，人們很難說清楚「豪放」和這些範疇的區別與聯繫，而那些能夠很容易與之相區別的範疇，則不在此研究之列。這裡筆者選取了不多的幾個美學範疇，兼顧中西，例如「中和」是中國的傳統美學範疇，而「崇高」則是西方的美學範疇。其中所涉及的問題和角度也不盡相同，例如在探討「豪放」和「中和」的關係時，我們要明白兩點：一是「豪放」之美究竟是不是「中和」之美，在一般人的心目中，似乎「豪放」是不屬於「中和」之美的；二是「豪放」和「中和」之美確實有著不小的區別，否則就不可能在中國美學史上各具不可替代的價值。又如在和「崇高」做比較的時候，我們其實最關心的是爲什麼大體上都屬於壯美範圍的「豪放」和「崇高」，卻在中國和西方以相異的面目出現？因此這裡所涉及到的主要是由文化差異所帶來的美學差異，在美學的深層裏，隱藏的是文化意蘊的特質和差異。從這些饒有趣味的角度出發，我們在這一部份所簡單探討的主要就是這樣一些問題。

第一節　「豪放」與「中和」之美

「豪放」和「中和」的關係，是一個理論難點，由於在印象中似乎與傳統觀念相差懸殊，因此極難說服人。不過，筆者在這裡需要特別指出的是，我們平常對傳統觀念中的「中和」的理解，卻未必是正確的。從總體上來看，「豪放」和「婉約」都是「中和」之美的一種形態，都符合「中和」之美的基本特徵。〔註 1〕「豪放」作爲一種「壯美」，它同時也是一種「中和之美」，即符合「中和之美」的基本特點，前文在論述「豪放」的內在結構合成及後文在論述詩「可以怨」的詩學精神的時候，已經就這個問題做了不少闡述，這裡我們進一步來對兩者加以探討、分析，以期說明「豪放」較之「婉約」，是一種更富有現實意味的辯證精神，以積極進取、剛健能動爲主要特色而更富有生命力和創造力的「中和」之美。

（一）「豪放」未溢出美的範圍，仍具有美的基本特徵——「和諧」

從根本上來說，「豪放」是否在美的範圍之內？或者說「豪放」是否符合美的基本特徵——「和諧」？我們可以從美學的基本理論來審視這個問題：

> 古代的和諧實質上只有壯美和優美兩種基本形態。壯美側重於矛盾對立方面，優美側重於矛盾相輔相成、相互滲透方面。但都沒有突破古代的和諧圈，所以，蘇、辛的豪放，晏、柳的婉約，雖有陽剛、陰柔之別，但卻都是美的藝術。〔註 2〕

周來祥認爲，「豪放」是在古典和諧圈之內的，可見，「豪放」詞的美學境界一是和諧的〔註 3〕，二是美的，那麼「豪放」範疇自然亦是如此。「豪放」詞的兩個大家蘇軾和辛棄疾的作品也是符合「中和之美」特點的，余傳棚《唐宋詞流派研究》一書有所涉及，他從蘇、辛二人詞的風格主要是異中之同的角度，歷述了歷代評論家對二人詞風格的評價，這些評價主要是從「豪放」詞能夠兼有「婉約」詞之長的角度出發的，對於蘇詞，余先生尤其指出了其「以中和爲美，達意不廢含蓄，能樂而不淫，哀而不傷，怨而不怒，體現傳統詩教」〔註4〕的性質。繆鉞《論辛稼軒詞》一文則對辛詞的美學境界有詳細的闡釋，並對「豪放」詞如何保持吸收「婉約」詞之長，從而「如何仍能保持詞體要眇淒迷之美」的問題做了深入探討，這實際上提出了「豪放」的最

〔註 1〕關於中國古代歷史上存在兩種「中和」之美的問題，請參看本書《「豪放」的根本思想精神、哲學辯證法精神及詩學精神》一章「豪放」的詩學精神一部份之相關論述。

〔註 2〕周來祥：《古代的美　近代的美　現代的美》，東北師範大學出版社，1996 年版，第 3 頁。

〔註 3〕「豪放」之美的和諧與「豪放」主體思想精神較之現實世界的劇烈矛盾衝突、不可調和是兩個層面的問題，而後者是根本的層面，但卻仍然不妨以美的形態表現出來。但若以此種美的形態意圖「和諧」主體的思想精神，則是不確的，有悖於「豪放」的根本思想精神的。

〔註 4〕余傳棚：《唐宋詞流派研究》，武漢大學出版社，2004 年版，第 116 頁。

高境界是可以兼有「婉約」之長的命題。〔註 5〕可見，「豪放」的美學境界並非是和「中和之美」絕緣的。因此，無論是從一般的意義上（即「壯美」範圍）還是從特殊意義上（即「豪放」作爲一個美學範疇發展的最高境界——體現在辛詞的藝術境界上）來說，「豪放」都是「中和」之美的一種形態。

（二）「中和」之美的理想境界是剛健而積極進取的

僅僅從上述角度理解「豪放」之美的「中和」性是遠遠不夠的，必須進一步正確而充分地認識「中和」這一美學範疇、思想，才能更好地理解上述所言。從中國哲學史上看來，「中和」之美的理想境界，應該是以一種剛健積極爲主導精神的思想境界和美學境界，也就是以「壯美」爲主導的美學境界，這種境界以《易傳》的哲學美學思想爲代表，代表著中國古代「中和」的最高境界。「《周易》中豐富的美學思想，主要表現在《易傳》中。……有的學者認爲《易經》到《易傳》的發展過程中，孔子是一個承先啓後的人物，佔了極端重要的地位，這是符合實際的。因此《易傳》仍屬儒家經典。」「中和之美，在孔子那裡主要是指倫理道德中的和諧之美，而在《易傳》中卻發展爲自然宇宙和人類社會，即天人之間的和諧之美，這裡明顯是融合了道家的思想。但不同的是：道家重天而輕人，而《易傳》則重天更重人。」〔註 6〕這就說明，《易傳》美學是儒道兩家思想互補、互相取長補短的產物，因此比單純的儒家或道家的「中和」境界更高一籌。即使單純從儒家哲學思想中的辯證法來說，其代表《周易》哲學——宗白華指出：「《易傳》是儒家經典，包含了豐富的美學思想。如《易經》中有六個字：『剛健、篤實、輝光』，就代表了我們民族一種很健全的美學思想。」〔註 7〕劉綱紀指出：「『大畜』卦彖辭中所說的『剛健篤實輝光，日新其德』一語，就是對《周易》美學精神的最佳描述，同時也鮮明地體現了中國美學和中華民族的偉大精神。」〔註 8〕——也無不鮮明地體現了以陽剛剛健爲主的美學特色，《周易》哲學思想的核心範疇是「陰」、「陽」，「『中』與『和』在《周易》中的地位僅次於『陰』和『陽』」，「對於剛、柔，《周易》所持的態度是不一樣的。一方面，明顯地表現出崇剛

〔註 5〕劉揚忠選編：《名家解讀宋詞》，山東人民出版社，1999 年版，第 354～355 頁。

〔註 6〕曹利華：《中國傳統美學體系探源》，北京圖書館出版社，1999 年第 2 版，第 25、26 頁。

〔註 7〕宗白華：《美學散步》，上海人民出版社，1981 年版，第 43 頁。

〔註 8〕劉綱紀：《〈周易〉美學》，武漢大學出版社，2006 年新版，第 280 頁。

抑柔的思想。一卦之內，陰爻居於陽爻之上，這叫做『乘』，是不吉利的。反過來，陽爻居於陰爻之上，這叫做『承』，是吉利的。顯然，剛柔關係是剛統柔，柔從剛。」〔註 9〕陳望衡在這裡的分析是有道理的，「中和」的境界正是以「剛」爲主的，柔是從屬的一極，這是因爲：「《周易》中的『中』與『三才』相聯繫。『三才』爲天、地、人。在一卦之中，五、六兩爻代表天，初、二兩爻代表地，三、四兩爻代表人，人居中……這種文化視角的內涵……（是）一種以人爲中心的主體意識。中國人在處理天人關係問題時，特別重視人的主體地位。……『天行健，君子以自強不息。』這句最爲充分體現人的主體意識的話可以看作《周易》的靈魂。」〔註 10〕因此，以剛健積極爲特色的「豪放」隸屬於「中和」之美的一種是毫無疑問的，而且還是最值得肯定、最具進步意義的一種。就美的形態而言，實際上中國美學上一直存在兩種「中和」，「中國美學史上，亦並不存在一種統一的中和之美」〔註 11〕，「豪放」屬於儒、道哲學辯證法思想結合而成的一種以積極、剛健爲特色的「中和」之美，具有十分明顯的現實意義，這在蘇、辛爲代表的「豪放」詞那裡可以得到明確的證據，而「婉約」則是屬於偏於陰柔一極發展的美的形態和風格，在中國美學史上屬於「溫柔敦厚」的詩教思想範圍，而「詩教則是在排斥異己因素的基礎上突出地標舉一端並執一不變（即僅只標舉『溫柔敦厚』一端而不及其餘），明顯地缺乏中和（和諧）的精神。」〔註 12〕關於這一點，張國慶的《美學史上的兩種「中和」之美》一文，有較爲深刻而全面的探討。文章指出，「溫柔敦厚」的詩教的特點是「婉轉曲折，含蓄蘊藉，意在言外，韻味深長」、「藉重比興」等〔註 13〕，顯然，詞的「婉約」是「溫柔敦厚」詩教的一種表現，是一種陰柔之美或優美形態，而不可能歸到陽剛之美或壯美的範圍裏去。但是，「婉約」詞放棄了「溫柔敦厚」詩教思想的政治因素，解放了個人的情感，具有一定的進步意義，因此它對「溫柔敦厚」的繼承，主要表現在風格和表達方式上，而「婉約」和「豪放」的區別，正是在風格的層次呈現出最爲全

〔註 9〕陳望衡：《中國古典美學史》（上卷），武漢大學出版社，2007 年第 2 版，第 261、247 頁。

〔註 10〕陳望衡：《中國古典美學史》（上卷），武漢大學出版社，2007 年第 2 版，第 262 頁。

〔註 11〕張國慶：《儒、道美學與文化》，中國社會科學出版社，2002 年版，第 10 頁。

〔註 12〕見張國慶《美學史上的兩種「中和」之美》（《儒、道美學與文化》，中國社會科學出版社，2002 年版，第 19 頁）。

〔註 13〕張國慶：《儒、道美學與文化》，中國社會科學出版社，2002 年版，第 19 頁。

面而有代表性的意義。同時，「婉約」詞的發展也經歷了幾個階段，其中北宋初期的「婉約」詞由於宋代士人審美理想的影響，而導致格調趨向雅致，這是對唐末五代以香豔淫靡的「婉約」詞的糾正，則又表現出向「溫柔敦厚」的詩教回歸的特點。李澤厚在《批判哲學的批判》一書中也認爲：「『天人合一』似乎太冷漠、太平和，沒有狂熱、激情、震蕩，缺乏生命的衝力。其實不一定。不能以產生在中國古代社會的『天人合一』來概括和今天和今後。我所講的『天人合一』，充滿了悲苦、鬥爭、艱難、險阻，它絕對不能歸結爲莊、禪。實際上它是在積貯勢能……貌似靜若處子，出手時卻可以成爲利刃。它不適無莫，保持意向，卻不專注於某物，從而可以開啓眞理，可以成仁取義。」〔註 14〕顯然，李先生認爲古代「天人合一」的和諧觀是消極的、平和的，缺少生命力和積極的激情，而「中和」之美正是古代「天人合一」哲學思想的衍生物，也同樣存在兩種面貌，而就李澤厚所推崇的「天人合一」思想及特點來說，顯然更符合「豪放」範疇的本質和特徵。

（三）「豪放」如何保持其在「中和」之美的境界

既然「豪放」是一種「中和」之美，那麼接下來的問題就是，「豪放」是如何做到將自己的美學境界保持在「中和之美」的境界之中的呢？對於這個問題，我們可以從「豪放」範疇的核心要素「氣」來談起。唐代古文大家韓愈在《答李翊書》一文提出了一個著名的觀點：

> 氣，水也；言，浮物也；水大而物之浮者大小畢浮。氣之與言猶是也，氣盛則言之短長與聲之高下者皆宜。〔註 15〕

這其實就是一個表達方式、表現形態的問題，它和「豪放」範疇有關的一點是，「豪放」範疇正涉及「氣盛」這個命題，而如何能夠將主體內在積聚的盛大之氣以美的形式表現出來，呈現爲一種美的形態，卻正是「豪放」範疇在中國詩學領域裏的一個重要課題。「豪放」因爲是以內在的思想精神爲根本基礎的，所以在表現形式上就有一個內在內容與外在形式相統一的問題，也即表現爲美的形態的問題，只有這樣一來，才能使內在和外在得到和諧的統一。這個問題，在中國古代詞學史上爭論尤大，因爲它涉及「豪放」的地位、價

〔註 14〕李澤厚：《批判哲學的批判》（再修訂版），安徽文藝出版社，1994 年版，第 528 頁。

〔註 15〕郭紹虞主編：《中國歷代文論選》（第 2 冊），上海古籍出版社，2001 年版，第 116 頁。

値等一系列問題，如果處理不好，就常常成爲婉約詞派排斥和非議豪放詞的藉口，如陳廷焯《白雨齋詞話》裏說：

> 辛稼軒，詞中之龍也，氣魄極雄大，意境卻極沉鬱。不善學之，流入叫囂一派，論者遂集矢於稼軒，稼軒不受也。〔註16〕

這是批評豪放詞的末流的，對辛棄疾還算客氣，但是也不是沒有批評，畢竟一個人的作品不可能篇篇俱佳：

> 稼軒詞如《永遇樂·京口北固亭懷古》、《南鄉子·登京口北固亭》、《浪淘沙·山寺夜作》、《瑞鶴軒·南澗雙溪樓》等類，才氣雖雄，不免粗魯。世人多好讀之，無怪稼軒爲後世叫囂者作俑矣。讀稼軒詞者，去取嚴加別白，乃所以愛稼軒也。〔註17〕

學習辛詞要學習其最佳之處，這個道理還算通達。因此，處理不好「豪放」內在之氣與外在之放的問題，就不可能達到「中和」的境界，而韓愈《答李翊書》裏的這種觀點，卻爲「豪放」如何至於「中和」之美的境界，指明了路徑。所謂「大小」、「短長」、「高下」等一系列兩極的取其「宜」，就正是「中和」的境界。《中庸》一書中引用孔子的話說「執其兩端，用其中於民」〔註18〕，正是一個微妙而合理的處理兩極（兩端）的問題。《左傳·昭公二十年》記載晏子論樂，其中提到的「聲……清濁，大小，短長，疾徐，哀樂，剛柔，遲速，高下，出入，周疏，以相濟也。君子聽之，以平其心。」〔註19〕正是這個問題。這個問題，我們在上文論述「豪放」的內在結構合成的時候已經有所涉及了。韓愈的這個觀點極易引起誤解，以爲僅僅憑藉「氣盛」即可達到外在表現及其形式「皆宜」的美學境界，實際上他是在有著長期艱苦的技藝鍛鍊的前提下來發此言的，在文藝家而言，這個前提完全可以省略，此其一；其二，韓愈的這種觀點還表示他能從「技」入「道」，是從更高的層次來探討表現問題的，不過同時解決了「氣盛」的表現而已。韓愈的上述觀點及其古文創作的實踐，實在是中國古代對於「內在律」的完美詮釋。「詩應該是純粹的內在律，表示它的工具用外在律也可，便不用外在律，也正是裸體的美人。」〔註20〕要達到這種「氣盛則言之短長與聲之高下者皆宜」的境

〔註16〕陳廷焯：《白雨齋詞話》，人民文學出版社，1959年版，第20頁。
〔註17〕陳廷焯：《白雨齋詞話》，人民文學出版社，1959年版，第21頁。
〔註18〕朱熹：《四書章句》，齊魯書社，1992年版，《中庸章句》第4頁。
〔註19〕《四書五經》（下冊），嶽麓書社，1991年版，第1126頁。
〔註20〕《沫若文集》（10），人民文學出版社，1958年版，第201頁。

界，則「內在律」的作用不可忽視。「內在律」需要主體極高的手段或能力來運用，「情」之一因素較易把握，較難掌握的還是一個「氣」字——換言之，如果以「氣」爲主的「豪放」詞，比如辛詞，能夠達到這種境界的話，那麼其價值和藝術境界就必然高於「婉約」詞。「豪放」詞的這種大手段來源於主體對現實生活的熱情和理想，乃是以身心精神爲詞，「以血書者也」〔註 21〕，是生命的激情寄託，在此意義上「婉約」詞根本無法和它相提並論。所以王國維在《人間詞話》中贊許「後主之詞，眞所謂以血書者也」（同上），便不免引來俞平伯「推許太過，擬於不倫」（《唐宋詞選·前言》）〔註 22〕的批評了。簡言之，「內在律」是「豪放」之美保持在「中和」之美境界的完美的根本保障，筆者曾經在《詩詞曲學談藝錄》一書中做了闡釋、概括：

> 詩之最高形式爲內在律，其外在形式則僅押韻一事，此詩之「技」之境界之極致，若與論乎「道」之境界，則必與薰染成就於世俗民生之「無我之上之有我之境」相關焉！人之內在有虛實、動靜、豐富單調之別，其表現之亦有含蓄、淋漓盡致之分，而若欲發揮內在律至於極致，則非和合諸分別，而主之以實、動、豐富、淋漓盡致不可；而以得自世俗世界之氣爲本。聚氣浩瀚，沖氣爲激，激而能宕，宕而隨我性、自然之變化而爲一定之節奏、旋律，無不豐富多彩、姿態萬千而完美也。此氣得自實際，而形態爲虛。唯其實際，故能至於浩然淵閎之境；唯其形態爲虛，乃能蓄勢待發，以成就最完美之內在律而外見之形式。故內在律之最完美之外見也，則李太白，則關漢卿，則郭沫若，總之爲雜言詩也。〔註 23〕

當然，「內在律」只是外在的最佳、完美表現形式，要達到這種最佳、完美的表現形式的境界，根本的即思想精神層次的內在因素，還是「豪放」。最佳、完美的「內在律」的外在表現需要一個最佳、完美的內外結合、彈性最大的「張力場」，這個「張力場」需要一個內在足夠強大的主體，以保持足夠的「九度」〔註 24〕，而上述這些，只有「豪放」的主體才能夠提供。

〔註 21〕王國維：《人間詞話》，上海古籍出版社，1998 年版，第 5 頁。筆者按：即以血爲論，亦有爲己爲人之別，即「小我」、「大我」之別，不可混一而論。

〔註 22〕劉揚忠選編：《名家解讀宋詞》，山東人民出版社，1999 年版，第 29 頁。

〔註 23〕于永森：《詩詞曲學談藝錄》，齊魯書社，2011 年版，第 112 頁。

〔註 24〕「九度」是「神味」說理論的重要理論，是立足於「神味」、「意境」新舊審美理想理論體系並關涉到兩理論體系的根本思維方式、建構的最小單位等區

（四）在實踐的維度上，「豪放」在「中和」之美的意義上價值高於「婉約」

1、「豪放」比「婉約」更具有「中和」的根本精神

從中國古代思想史和美學史上來看，「中和」是具有中國傳統文化思想精神特色的美學範疇，它包括「中」與「和」兩方面的內容。其中「和」的思想是深受中國傳統文化思想中的「天人合一」思想影響的，「『天人合一』的和諧正是中國古代美學所追求的最高的『和』，也是最高的美。」〔註25〕至於「中」，則和儒家思想中的中庸思想緊密聯繫，從而凸顯出中國美學的獨有特色：「本來，以和爲美的思想在西方也早已出現。例如古希臘的畢達哥拉斯學派就認爲：『音樂是對立因素的和諧的統一，把雜多導致統一，把不協調導致協調。』但是，在我國由於這一思想同孔子的中庸思想相聯繫，就特別強調各種對立因素在量上的適度，強調各種對立因素的調和適中，這便形成了中國美學以『中和』爲美的思想。」〔註26〕如《中庸》裏說：「喜怒哀樂之未發，謂之中；發而皆中節，謂之和。」〔註27〕前文中論述「豪放」的結構之生成的一部份，已經探討了「豪放」之美作爲美的一種形態，在其生成的過程中——單純就其結構生成來說——是如何遵循美的規律尤其是美的理想「中和」之美，最終達到結構的優化的，說起來，這是一種本然的基本的因素，歸根到底，「豪放」之所以成爲一種美，皆由於此點。但是，「豪放」雖然以「中和」之美爲其理想境界，卻畢竟又未達到這種境界——或者說不同於這種境界。也就是說，理想境界的東西始終是非現實的，人在實踐的過程中可以逐漸地向這種境界逼近，卻不能最終達到這種理想境界，這個道理就像世界上

別的重要評價標準，即「神味」及其建構最小單位「細節」的質量評價的一個標準，相關論述如：「由有限以求無限爲量變，而寄託於情景意象；將有限（或局部）最佳化則爲質變，而寄託於細節。細節者，『神味』之靈魂也。細節之質量，以『九度』爲準衡：密度、力度、強度、深度、高度、厚度、廣度、濃度、色度。故『神味』者，非如王國維《人間詞話》『境界』之有無，而在於『細節』所見『九度』之程度；而『九度』之程度，又無不緣『無我之上之有我之境』成就之如何，其根本對應者，即無限豐富、複雜、深刻之世俗之現實世界意蘊之凝結於『細節』，且其意蘊之愈見眞假、美丑、善惡之對比、矛盾、衝突之烈者，則『細節』之質量益佳，而『神味』愈出。」（于永森《諸二十四詩品》，陽光出版社，2014 年版，第 55～56 頁）

〔註25〕李戎主編：《美學概論》，齊魯書社，1999 年第 2 版，第 216 頁。

〔註26〕李戎主編：《美學概論》，齊魯書社，1999 年第 2 版，第 218 頁。

〔註27〕朱熹：《四書章句》，齊魯書社，1992 年版，《中庸章句》第 1 頁。

根本沒有終極眞理一樣。而且，也正因爲美學是以一定歷史時期的理想（中國古代美學鮮明的體現爲以某一範疇爲代表，如「意境」、「神韻」、「興象」等）爲表現形式的，因此才形成了歷史上各種不同的對於「中和」之美的認識，才導致了中國古代美學史上兩種「中和」之美的存在。這樣看來，「豪放」（包括與之相對待的「婉約」）之美就是一種美的現實形態，也就是在現實中可以獲得或達到的美。因此，問題就在於這些階段性的「中和」之美的範疇中，哪個更足以代表「中和」之美。周然毅認爲，「壯美是優美在量上的增加而非質的轉變，壯美中的矛盾衝突並不破壞整體的和諧，它使人振奮激越，但並不超出快感的範圍」〔註 28〕，這裡的「量」是指包含在美的對立統一中的兩方面的因素的矛盾的程度，「壯美」是要大於「優美」的，這實際上指出了，就「中和」的精神實質而言，「豪放」不但沒有違背，反而比「優美」更具有這種精神，更爲辯證而富有活力。「剛柔相濟、陰陽相合，是中國文化最原始、最基本的觀念，一部《周易》，可以說就是剛柔相反相成的演義。……剛與柔，代表構成事物的對立因素。古代先哲認識到剛柔相推之『變』與剛柔相濟之『和』，具有很深的哲理與美學價值。」〔註 29〕可見，具有剛柔兩方面的因素，乃是「中和」之美的基本要素。因此，就「豪放」與「婉約」或「優美」的比較而言，如果說「優美」在形式上已經取得了和諧，而對立的痕跡已經不太明顯了的話，那麼「婉約」則基本上是「柔」的一極在表現，而缺乏「剛」的對立面的因素，這顯然不可能達到「中和」之美的境界。而「豪放」在美的範圍之內，也就是在形式上的「中和」範圍之內，卻有著剛柔兩方面的對立因素，「豪」偏於柔而「放」偏於「剛」，「豪放」之美實現的過程，就是一個完美的「中和」的過程，因此宋人邵雍在《觀物外篇》中說：「人得中和之氣則剛柔均」〔註 30〕，可見，無論是陰陽也好，剛柔也好，本質上最關鍵的一個因素，是一個「氣」字，是「氣」的運動變化的過程。從這個角度來看，顯然「婉約」範疇中「氣」這一根本性因素是缺乏的，而偏重於「情」，缺少「剛」的一面，當然也就難以達到剛柔相濟的境界，因此其缺陷是顯而易見的。

〔註 28〕周然毅：《論中國美學範疇的邏輯發展》，載《學術論壇》1995 年第 2 期。
〔註 29〕張晧：《中國美學範疇與傳統文化》，湖北教育出版社，1996 年版，第 333 頁。
〔註 30〕《文淵閣四庫全書·皇極經世書》（電子版），上海人民出版社、迪志文化出版有限公司，1999 年版。

2、「中和」，尤其是「和」，是一種主體實踐的能動表現

我們來理解「中和」，需要用動態的而不是靜態的思維。「中和」作爲美的理想境界，「中」相當於思想準則或尺度，它是抽象的、因人而異的，一方認爲的「中」未必就是另一方所認爲的「中」，這就是孔子感歎「中道」難行的原因。「中」其實就是切合實際，即是適宜。這樣的解釋未免沒有實際的指導作用，我們不妨打個比方：「中」相當於數學上的「黃金分割點」，而不是五五對半分，因此，這裡的關鍵是「黃金分割點」的那個佔據「0.618」的部份屬於誰，從上文有關「豪放」剛柔並濟、以剛健爲主的特點來看，筆者認爲它屬於「豪放」而非「婉約」，「豪放」應在整個的「1」裏佔據主導地位。而「中和」之「和」則貫穿現實、非現實的一切領域，尤其是現實領域，「和實生物」（《國語・鄭語》），「和」代表著一種非常實際的現實實踐精神，是多樣的統一，是實現「中」的方式、方法。從「中和」之「中」和「和」兩方面來看，顯然「和」是更爲根本的因質。實際上「中和」本身就是一種理想境界，在現實中永遠都不可能達到，重要的是我們向著它靠近的努力、姿態和精神。而在內在的結構合成的精神和最高的精神即現實精神上，「豪放」與「中和」並無二致，只不過「豪放」是最富有現實意味的辯證精神，以積極進取、剛健能動爲主要特色而更富有生命力和創造力的「中和」之美而已。至於「優美」，其「中」的精神我們不可強求一致，容許別人有異議，但是「和」的精神就遠遠不及「豪放」（或「壯美」）。這是因爲，事物的現實性是一種「動」的實踐的發展的過程，這一點在美的領域裏更是如此，創造美的過程必然是以「動」爲主的——而「優美」是以「靜」爲主的，而違背了「和」的精神，也就不可能達到眞正的「中」的境界，正是在這一點上，「優美」體現了一種靜止的特性，靜止，因而停滯。創造、創新精神是新事物的本質精神，「動」的精神，正是《周易》的根本精神，而且這種精神是體現在「天行健，君子以自強不息」上面，是「豪放」之中強烈而鮮明的主體性精神的根本來源。缺乏「剛」而「動」的精神，是中國古代文化尤其是唐代以後社會文化的一大癥結，豈獨「優美」或「婉約」而已！李大釗在《動的生活與靜的生活》一文中所提出的觀點，可謂是對於《周易》美學精神的一種繼承——提倡「動」的生活：

> 西洋人之生活，以動爲原則，以靜爲例外，故其應動的生活而能綽有餘裕；吾人之生活，以靜爲原則，以動爲例外，故其應動的

生活而覺應接不暇。蓋以動爲原則者，於不知不識之中皆動，皆所以順其生活者也。而以靜爲原則者，於不知不識之中皆靜，皆所以反其生活者也。以今日動的文明之發達，動的生活之煩累，而吾人乃日在矛盾生活之中，以反其道而行之，烏在其有濟乎？烏在其能勝乎？

吾人認定於今日動的世界之中，非創造一種動的生活，不足以自存。吾人又認定於靜的文明之上，而欲創造一種動的生活，非依絕大之努力不足以有成。故甚希望吾沉毅有爲堅忍不撓之青年，出而肩此鉅任。俾我國家由靜的國家變而爲動的國家，我民族由靜的民族變而爲動的民族，我之文明由靜的文明變而爲動的文明，我之生活由靜的生活變而爲動的生活；勿令動的國家、動的民族、動的文明、動的生活，爲白皙人種所專有；以應茲世變，當此潮流。若而青年，方爲動的青年而非靜的青年，方爲活潑潑地之青年，而非奄奄待死之青年。〔註 31〕

對此，封孝倫評價說：「古典的優美，是一種靜態的美，一種不含有矛盾衝突，不夾雜絲毫痛感的美。而近代的崇高，卻包含著一個從恐怖感到崇高感，從痛感轉變爲快感的過程，這是一種動態的美。李大釗把『動』作爲追求的目標，這個命題在美學取向上呈現出來的時候，結論必然是，動態的崇高高於靜態的優美。這符合 20 世紀中國的時代特色。」〔註 32〕可見，「優美」是有很大的不足的。「崇高」高於「優美」，因而從這一點而論，具有以「動」爲主特徵的「豪放」或「壯美」，則「豪放」也必然高於「優美」，其價值和地位必然的就在「婉約」或「優美」之上。我們在第八章提出「豪放」可兼有「婉約」之長的觀點，不但有著現實的文學實踐和文本證據，同時這種哲學上的邏輯前提，也是一個很好的證據。

「優美」和「壯美」雖然是美的對立統一的兩種形態——這是沒有問題

〔註 31〕《李大釗文集》(上)，人民文學出版社，1984 年版，第 440 頁。

〔註 32〕封孝倫：《二十世紀中國美學》，東北師範大學出版社，1997 年版，第 119～120 頁。筆者按：封先生在這裡是將「崇高」和「優美」作比較的，但是他所說的「崇高」，有的時候僅僅是命名不同而已，例如郭沫若的詩歌，以《女神》爲代表，其主體風格是「豪放」的，而封先生則將其納入到「處於崇高美學理想的前期」的歷史階段之中，這只能說明個人對作品文本的理解不同，其實際內容和意義則是一致的，因此他對李大釗的評論，同樣適合對「豪放」的理解。

的，但是這裡問題的關鍵是「豪放」和「壯美」還有著明顯的區別，如果我們單獨拿出「優美」和「豪放」做一番比較的話——「壯美」雖然大體上可以包含「豪放」，但將「優美」與「壯美」做比較，則不易得出以下的結論，那就是：我們把「優美」可以主要看作是一種審美的範疇，而「豪放」既可以作爲審美的範疇，又可以作爲美的創造的範疇——這是和「豪放」的強烈而鮮明的主體性精神的特徵密切相聯繫著的，而後者正是「豪放」的獨特而巨大的價値所在，「豪放」所富有的創造性精神更能激起人的創造的本能。也就是說，欣賞美的時候，一般優美的事物是最令人賞心悅目的，但由於優美是以「靜」爲主的而趨於靜止、停滯，因而如果我們想要進入到美學的最重要的領域——直接創造美，那麼，「豪放」之被推崇，就是自然而然和當仁不讓的事了。優美的產生固然也是一種藝術創造，但是，這種創造更多的帶有總結和鑒賞的性質，而已經和現實中的新事物（尤其是其中最爲鮮活的生命力）有一定的距離了。而「豪放」則由於主體的理想志意的根本原因，其在創造的時候，也即主體參與甚至是改變某種現實生活之時。而它所參與或改變的現實生活，又多是與社會民生等富有重大歷史社會意義有關，明顯體現爲「眞」、「善」、「美」三位一體的意蘊——尤其是「善」，更佔據了重要地位。這和「優美」多以「眞」、「美」爲主的審美創造是有著相當的差異的。最明顯的例子是詩歌，作爲主要是以優美面目出現的藝術境界——意境，它在唐代的時候達到了巔峰，此前的中國歷史一直爲壯美佔據著主流位置，而一旦當意境佔據了主流位置，中國詩歌的創造力就下降，唐代之後的詩歌再也不復唐詩的輝煌。宋詞元曲的輝煌，都與時代、社會、民生直接相關，都是在「豪放」這樣的壯美風格引領之下取得的——並且還冒著不被意境理論承認的危險，上文中所引王國維《人間詞話》對辛詞的評價就顯示了這樣一個消息。而就「中和」的根本精神而言，「豪放」的價値比「婉約」大，就體現在其能與現實生活直接相關，因而能夠使其最後的審美境界趨於閎美壯大這一點上。正是在此意義上，陳傳席才說：「我又曾寫文提倡陽剛大氣的民族繪畫，但我也十分欣賞陰柔秀雅的小品。二者缺一不可，但理應由陽剛大氣的繪畫居民族繪畫之主流。實際上凡成爲大家畫，都是陽剛大氣的。虛谷的畫，就藝術水平而言，超過了吳昌碩，但虛谷只是名家，而吳昌碩是大家；陸儼少的畫就傳統功力而言，遠遠高於李可染，而李可染是大家，陸儼少是名家。這就是因爲吳昌碩、李可染的畫是陽剛大氣的，而虛谷、陸儼少的畫是清新秀雅的。後者畫就藝術情趣上超過前者，但氣勢和分量卻遜之。」〔註 33〕這個道理是非常中肯的。當西方的「崇高」突破了「優美」的和諧之後，西方的社會歷史和文藝都取得了前所未有的大發展，那麼中華民族仍然局限在「中和」之美之內，而以「豪放」作爲新時代審美意識、審美理想的指引，可以說是一點也不爲過的。〔註 34〕「豪放」之所以比「婉約」更具價值，就正在於「豪放」所蘊涵的不受一切陳規陋習束縛的現實的辯證的精神；「豪放」是「中和」之美在現實生活中最富有動態發展性的完美典型。

（五）結論

因此，總的說來，「豪放」和「中和」之美的關係就是：

第一，在內在結構的合成及其生成流程的整個過程上，「豪放」都遵循著「中和」之美的和諧規律，而「婉約」則不具備這種內在的結構和流程，這正是「豪放」可以兼有「婉約」之長的一個基礎和前提，關於這一點，本書在後面《「豪放」範疇主要涉及理論問題論辨》一章有專門的探討和論述。

第二，從「中和」之美的構成因素陰陽兩方面來說，「豪放」是陰陽的結合，呈現出剛柔相濟的特點，它是「豪放」吸收儒、道兩家哲學及思想精神之長之後，而達到的一種更高的境界，這就是《易傳》以剛健爲主的美學境界，它和單純的儒家思想中以孔子爲代表的保守、消極的「中和」不同，這是一種辯證的積極的「中和」，它的積極進取的姿態代表著一種現實實踐的精神，而「婉約」範疇則不具備這個特點，即使是孔子保守、消極的「中和」思想及美，它也沒有達到（即使達到，也是以一種歪曲孔子的思想實現的，參見本書「豪放」的詩學精神一部份）。正因爲如此，所以「婉約」一般被視爲詞學的範疇，而「豪放」範疇的應用範圍則要大得多〔註 35〕，這就充分地說明了「豪放」是一種更爲完善的「中和」形態，因爲「中和」之美貫穿了整個中國美學史——余傳棚在《唐宋詞流派研究》一書中認爲，「婉約」詞和「豪放」詞一樣，都具有「以詩爲詞」的特點。〔註 36〕而「豪放」詞向詩學

〔註 33〕陳傳席：《中國繪畫美學史》，人民美術出版社，2002 年版，第 646 頁。

〔註 34〕關於「豪放」範疇的價值、意義的更多闡述，詳見本書第十章所論。

〔註 35〕張仲謀先生《婉約與豪放詞派新論》（見《語文知識》2007 年第 1 期）一文認爲：「豪放或可用於詩文，婉約似乎只可用於詞。」

〔註 36〕余傳棚：《唐宋詞流派研究》（武漢大學出版社，2004 年版，第 78～79 頁。

回歸的趨勢則更爲明顯，力度也更大，這在詞學史上還形成了以「詩化詞」來排斥「豪放」非詞的「本色」或「正宗」的公案，也是眾所周知的。但我們在這裡綜合各種觀點卻可以推導出，既然「溫柔敦厚」明顯地缺乏「中和」的精神，且「豪放」和「婉約」詞都以向詩學境界回歸爲提高藝術境界的途徑和終極目標，而「豪放」走得更遠，則說明「豪放」更近於「中和」的精神及美，是最符合「中和」之美的一種美學形態。因此從這個意義上來說，我們論證「豪放」（而不是「婉約」）是一種積極的富有現實意義和具有辯證法精神意味的「中和」之美。正是在此意義上，尹旭曾經指出：「把怨、憂、忿（不平則鳴、窮而後工等等）視爲非中和，並將之與中和（和諧）相對立，這一觀點是站不住腳的……將非中和看作是怨、忿，就必然導致這樣的結論：怨、忿就是不和諧。而這樣一來，則中國文藝史上發憤抒怨的眾多名作佳篇，如《離騷》、《史記》、李白的詩、鄭板橋的畫，豈不是都成了不和諧的作品？」〔註 37〕這一批評是正確的。而之所以出現尹氏所批評的這種後果，乃是傳統的保守思想片面地遺失了「中和」思想中的「現實性」的必然結果，而只有「現實性」，才是「中和」思想最可寶貴的品性。

第二節　「豪放」與「壯美」

「豪放」在一般意義上是「壯美」的一種，而「壯美」卻並非「豪放」的一種。當在宋詞的領域裏「豪放」和「婉約」形成唯一的一對美學範疇，成爲「壯美」和「優美」風格的象徵，那麼這種邏輯演進，顯然表示出兩者必然存在某些精微差異，用傳統的「壯美」和「優美」這對範疇已經不足以解決或說明問題。而探討兩者的精微差異，正是我們所要做的工作。

（一）「豪放」為諸「壯美」風格中最具主體性精神色彩者

「壯美」是「中國古典美學中的審美範疇。亦稱作『陽剛之美』，與『優美』即『陰柔之美』是辯證統一的一對範疇。……最初源於中國古代哲學中關於陰陽說的辯證思想。《易傳》最早視陰陽的相互作用爲宇宙萬物一切變化的根源……『陽』若在陰陽的相互作用中占主導地位，則事物就處於運動、變化的動態，這便呈現出一種剛健、豪邁的氣勢，即陽剛之勢……而陽剛之勢也正是後來壯美的外在形象特性。……壯美最初用來表示文章的雄渾、壯

〔註 37〕張國慶：《儒、道美學與文化》，中國社會科學出版社，2002 年版，第 7 頁。

麗的氣勢與風格，以及豪放、粗獷、凜然的人的品性、修養」〔註 38〕，張國慶在《中國美學對「雄偉」、「秀麗」的體系式研究》一文簡單論述了美的分類形態由於角度不同而具有「這樣那樣的具體差別，但主要的美學意涵指向是大體相近的」，例如陽剛之美與陰柔之美、壯美與優美等等。他以司空圖的《詩品》爲例分析了其中所包含的屬於「壯美」風格諸範疇的總體風貌：

> 它內蘊十分豐富，境界極其壯闊，力量無比巨大，氣勢非常壯偉；它有時蒼茫朦朧，有時峻拔高聳；它剛健雄勁，豪放悲慨，一片陽剛之氣，鼓蕩宇宙乾坤。這眞是何其壯美乃爾！〔註 39〕

但是「豪放」作爲「壯美」的一種，畢竟又有著自己獨特的特點，一是它和「壯美」的總體風貌有所差別：

> 在《豪放》品中，除了同樣強調充分的主體內蘊（從「由道返氣」而來的元氣充滿）、闊大的境界、無比的「眞力」之外，又特別突出了主體心胸與想像的不羈之放，主體源自本性天然的豪與狂，藝術境象的奇幻瑰偉，這就使得「豪放」成了壯美型風格中一種極有個性、非常精彩的具體型態。〔註 40〕

二是「豪放」和其他屬於「壯美」的諸種風格的美又區別開來，「仔細考察，雖同爲陽剛之美，但『勁健』與『雄渾』、『豪放』顯然各有其鮮明的個性特色。」〔註 41〕其實，張先生所提到的「主體」性特色，正是「豪放」之美的重要特點，「豪放屬於壯美、陽剛美，是陽剛類風格中的一種極具個性特色的

〔註 38〕李澤厚、汝信名譽主編：《美學百科全書》，社會科學文獻出版社，1990 年版，第 710 頁。

〔註 39〕張國慶：《中國美學對「雄偉」、「秀麗」的體系式研究》，載《文藝理論研究》2005 年第 3 期。此文爲張氏《〈二十四詩品〉詩歌美學》一書先期發表的內容（基本相同的內容見其《〈二十四詩品〉詩歌美學》，中央編譯出版社，2008 年版，第 92 頁）。

〔註 40〕張國慶：《中國美學對「雄偉」、「秀麗」的體系式研究》，載《文藝理論研究》2005 年第 3 期。此文爲張氏《〈二十四詩品〉詩歌美學》一書先期發表的內容，此處所引文字最終在書中的表述爲：「《豪放》論『豪放』風格，在充分強調最充實的主體修養、闊大的境界、無比的偉力的同時，更將側重點指向主體心胸與想像的不羈之放、主體源自本性天然的豪與狂、萬象的奇幻瑰偉等等。這一風格，它是壯美型風格中的一種極具個性、非常精彩而頗不易得的具體型態。」（中央編譯出版社，2008 年版，第 91～92 頁）可以說，從「本性天然」的角度來認識「豪放」，是遠不足以臻致最佳的闡釋境界的。

〔註 41〕張國慶：《中國美學對「雄偉」、「秀麗」的體系式研究》，載《文藝理論研究》2005 年第 3 期。

藝術風格。」〔註 42〕也就是我們前面論述的「豪放」的第一個特點：強烈而鮮明的主體性精神特徵。「豪放」和「壯美」的區別，這個特徵是最重要的一個因素——對此我們可以舉例說明：例如陸游的「樓船夜雪瓜洲渡，鐵馬秋風大散關」（《書憤》）、李攀龍的「地敞中原秋色盡，天開萬里夕陽空」（《杪秋登太華山絕頂》）、陳子龍的「禹陵風雨思王會，越國山川出霸才」（《錢塘東望有感》）這樣些詩句，就都是偏於一般壯美風格的，而辛棄疾的「我病君來高歌飲，驚散樓頭飛雪」（《賀新郎》），因爲貫穿著作者強烈而鮮明的主體性精神姿態和特徵，因而就是豪放的。而且，在一般的意義上，「豪放」和「壯美」的區別也正有賴於此，「豪放」之美是專屬於人的，是一種富於創造性的美，比如「雄渾」之美，就很難把它和人聯繫起來，人才是世界上最爲美的事物，所以張先生用「精彩」一語來評價「豪放」這一美學品格形態的價值，可以說是極爲精當的。

（二）「壯美」偏於寫實、再現而「豪放」偏於寫意、表現

從「壯美」和「優美」的比較之中，也可以發現「豪放」和「壯美」的某些精微差異——周然毅曾分析了「優美」和「壯美」的區別：

> 優美與壯美的不同在於，壯美的深沉內涵是主體對客體的渴望和追逐，主體要求在對象界實現自己，但遇到對象的抗拒，產生一定程度的對立和衝突。但這種不和諧最終被主體克服，主體在對對象的把握和佔有中顯示出剛強的人格和偉大的生命力。由於壯美是在外向性的主客關係結構中呈現出來的，這就規定了壯美的藝術必然是偏於摹擬寫實的，即表現統一於再現。優美的深層內涵，乃是主體在內向靜守中同對象形成的自由關係，主體不是通過外向的追求來實現同對象的和諧統一，而是在內心的自省，直覺的感悟中達到物我兩忘、意境相融的境界，亦即在對對象的超越中達到同對象的統一。優美的這一特點，規定了優美的藝術必然是以表情寫意爲主，再現統一於表現之中。〔註 43〕

這種學理性的分析對於我們理解「豪放」和「壯美」的區別很有裨益，分析得也很好，但是我認爲結論有點問題——這個問題之所以成爲問題，就在於如果把「豪放」也視爲「壯美」風格的極爲重要的一種的話（張國慶如是認

〔註 42〕張國慶：《〈二十四詩品〉詩歌美學》，中央編譯出版社，2008 年版，第 64 頁。
〔註 43〕周然毅：《論中國美學範疇的邏輯發展》，載《學術論壇》1995 年第 2 期。

爲），那麼說「壯美的藝術必然是偏於摹擬寫實的，即表現統一於再現」就存在很大問題，事實上作爲「壯美」特點的一般性描述分析，這個結論基本上是正確的，但是我們現在做的是「豪放」和「壯美」的細微區別的研究，就覺得這個結論很不夠了。在文章中周先生已經指出：

> 唐後期是優美得以確立的時期。司空圖在皎然標榜「文外之旨」的基礎上創「韻味」說。從此，追求「味外之旨」的「韻味」說便逐漸取代了「骨力剛健」的「風骨」論，而李商隱的含蓄朦朧的詩風和溫庭筠細膩溫柔的詞境，則體現出深厚的表現色彩。這一切都標誌著古典美學由前期壯美向後期優美的歷史性轉折。〔註44〕

實際上在這個轉折的過程中，屬於「壯美」陣營的「豪放」在中國封建社會後半期「優美」得以確立的情況下要取得發展，就必須要吸收一些「優美」的特長來充實自己，換言之，它在那樣的大環境下不可能不受到「優美」的影響和薰染，而這正是「豪放」建立自己的獨特的美學品格而發展了「壯美」風格的地方，已經不同於前期「壯美」風格的一般性特徵，因此周先生的結論就不能沒有問題了。這一點，也就是我們上面所分析的「豪放」之所以能夠兼「婉約」的那種可能的時代原因和人文環境因素。從這個意義上來說，「豪放」已經不是一種簡單的「壯美」風格，而相當於「壯美」風格在新的社會時代的改進形態，宗白華指出：「美之極，即雄強之極」〔註45〕，因而「豪放」具有了更高的層次，應當引起我們的充分注意並正視其真正的地位。當然，從這裡我們可以得出「豪放」是不排除寫意的可能的，但是這是次要的，「豪放」的寫意傳統，完全可以追溯到更早的歷史，而與「豪放」的形成發展史相對應，例如魏晉時期，或更早的先秦——誰能說《論語・先進》裏曾點的言志（「莫春者，春服既成。冠者五六人，童子六七人，浴乎沂，風乎舞雩，詠而歸。」）不是寫意的呢？又如蘇軾的《念奴嬌・赤壁懷古》，其最精彩的下闋境界氣象皆非寫實而是寫意，乃是寫意中之象、想像中之象，所謂「故國神遊」，乃即寫意。辛棄疾的《水龍吟・登建康賞心亭》之作也是如此，像詞中的舉凡用典之處，都是寫意而非寫實，可以說，「豪放」之美的寫意「而且往往更表現爲大寫意」特徵是很明顯的，試想，具有著淋漓盡致的表達方式的「豪放」之美——而且這種淋漓盡致主要是體現爲內在精神及胸懷之氣

〔註44〕周然毅：《論中國美學範疇的邏輯發展》，載《學術論壇》1995年第2期。
〔註45〕宗白華：《美學散步》，上海人民出版社，1981年版，第218頁。

的，又怎麼可能是「偏於摹擬寫實的，即表現統一於再現」的呢？而「豪放」的本質內涵應主要從其精神上來理解，其生成的源頭動力是人的志意理想，也決定了「豪放」之美的表現主要是寫意的、表現的而非寫實的，需要突露鮮明而強烈的主體性精神色彩，這顯然與「壯美」是大爲不同的。

（三）「豪放」為「壯美」之高級形態，未必呈現出「壯美」的一般特徵

要探討「豪放」和「壯美」的關係，詞這一文學體制、題材是一個最好的視角，因爲「豪放」是在宋詞的文學領域中，借助詞在當時取得「一代之文學」的地位而凸顯出來，與「婉約」形成尖銳的對立，從而使二者上升成爲當時占主導地位的美學範疇的。從這個意義上來說，「豪放」在當時是能夠代表「壯美」的總體風格的，這也就是「豪放」的廣義的問題。但是，我們又必須要清醒的認識到：「豪放」和「婉約」代表了當時文學領域中審美最高層次上的對立統一，完成了「陰」、「陽」兩極的具體表現形態，這正是它能夠代表「壯美」總體風格的原因——然而，另一方面，作爲這種最高層次上的具體形態，雖可代表「壯美」風格的總體風貌表現而突出了時代特色，「豪放」的存在卻並不能消除或忽視次高或次地位形態的美學風格，比如「豪放」範疇群中的其他屬於「壯美」風格範圍的範疇，如「豪壯」、「豪逸」等等。這是因爲，「豪放」和「婉約」的二分法天然地是符合在詞的領域內進行的，如果把這種範圍擴大到整個文學領域——甚至僅僅是詩歌的領域，這種二分法也是不科學的因而是不可能的，例如在詩的範圍之內，就不能形成這種壓倒一切式的對立，這在司空圖的《詩品》裏已經得到了很好的證明，正像張國慶認爲的那樣，「豪放」充其量只是和「勁健」、「雄渾」等風格並列的同屬於「壯美」風格的美學品格，它不能代表整個「壯美」風格的總體風貌。〔註46〕我們之所以說「豪放」、「婉約」二分法是天然地符合在詞的領域裏進行的，這是由於詞的文學體性決定的。「詞爲豔科」是詞進入文人、士大夫的視野之中時仍然奉以爲信條的，從此詞的發展就一直被這種思想束縛著，可以說是一種作繭自縛的做法，所以才有「豪放」詞對「婉約」詞的突破和對立。詞這種體制極爲短小的文學體裁，至少在人的直觀上是屬於嬌小玲瓏型的，其體性是「要眇宜修」，顯現著一種陰柔的美學特徵。詞的篇幅是

〔註46〕張國慶：《中國美學對「雄偉」、「秀麗」的體系式研究》，載《文藝理論研究》2005年第3期。

一定的，它的進步體現在打破了詩歌嚴整的外在形式，而具有更大的自由和活潑的意味，但字數一定且最長的詞調也不過幾百字（最常用的詞牌字數一般在百字之內），限制了詞的表現容量和氣魄，這是其先天的缺陷。而詩歌則有七古、五古、排律（這些都是沒有字數的限制的，像李白的最優秀的詩歌，我們所推許的李白天才式的豪放飄逸的詩風，正是來自這樣的一些作品）作爲補充。而且，詞雖然在宋代取得了「一代之文學」的地位，但是並不能忽視和掩蓋宋詩的成就，實際上宋詩的成就也是極爲燦爛的，宋詩的美學風貌當然不能用「豪放」和「婉約」的二分法來籠統地概括之。這樣看來，「豪放」和「壯美」的關係及其區別，就又是天然的和毫無疑問的了，而這種區別的方式也是極其特別的，那就是：「豪放」在詞的領域裏或者說它上升爲一個美學範疇，和「婉約」形成對立的時候，它在一般的意義上（即「豪放」的廣義上）代表的是「壯美」，以和「婉約」爲代表的「優美」形成對立，但在精神實質上其實它又是狹義的，是它的這種狹義的精神實質達到了和「婉約」足以對立的地步。

因此，「豪放」在其狹義即其根本精神上，乃是「壯美」發展的一種高級形態，它的飽滿姿態可以兼有「壯美」風格的一般特徵，但其雖不飽滿卻具備了它的根本精神、核心內涵的那些姿態，卻未必具備「壯美」風格的一般特徵——即壯闊宏大（這在根本上是由於風格論僅僅是「豪放」範疇的較爲低級的層次）。一般說來，「豪放」具有盛大的氣勢，這種氣勢首先是內在的，然後才及於外在，即由「豪」至「放」的過程，但是就「放」的姿態而言，精神上的「放」才是本質的，所以外在的表現上「豪放」之美未必就是以「放」的姿態呈現出來，何況，這種「放」的姿態，未必就是「壯」的，也就是說，未必是呈現爲「壯美」的形態——從這一點上來說，「豪放」似乎有一點介於「壯美」和「優美」二者之間的意思，「豪放」之美，未必就是在外在形態上極爲雄偉高大的，內在的精神的「豪放」才是其實質精神之所在，例如辛棄疾《水龍吟・過南澗雙溪樓》開首云：「舉頭西北浮雲，倚天萬里須長劍」，何其豪放，然而其實際情景卻至多不過是詞人的一番內心精神活動，外在姿態並非壯闊豪放。至於陳與義《臨江仙・夜登小閣憶洛中舊遊》裏的「杏花疏影裏，吹笛到天明」，就更是如此——這是因爲，「豪放」之「放」主要是把內在的東西淋漓盡致地釋放出來，就像花兒的開放一樣，雖然緩慢，最終會達到淋漓綻放、嬌豔欲滴的境況的，截取時間的一片段、一刹那，就是近於靜態的，這和視覺中的雄偉高大的感覺是截然不同的。如果理解了這一點，那麼詞史上「豪放」詞出現粗直叫囂之作的現象，就會大大減少了。

第三節 「豪放」與「崇高」

中國美學史上最具「壯美」色彩的美學範疇是「豪放」，西方美學史上則是「崇高」。由於兩者所賴以生成的文化環境和根源等方面的不同，兩者在各個方面肯定存在著相當的差異，這是毫無疑問的，然而「在現實的研究中，許多人片面地認爲西方的崇高就等同於我國的豪放，優美就等同於婉約。這種簡單的『等同論』妨礙了我們對這些問題的深入思考。」〔註47〕對比兩者，發現他們的「異中之同」的共趨和「同中之異」的特質，對於研究和認識兩者，都具有重要的意義，能夠給我們帶來若干啓發。

「崇高」（Sublime）是西方文論和美學中十分重要的一個範疇，中國古代典籍和文論中關於這一概念運用得也十分廣泛，但是意義變化一直不大，僅僅是作爲比較寬泛的「壯美」風格的一種來使用的，例如《子夏易傳》卷七有云：「崇高莫大於富貴」〔註48〕，這是說貴族的地位的崇高，這個意義在後世得到了比較廣泛的繼承，如宋人黃倫《尚書精義》中有「君道簡易，非有後世之崇高也」（卷二）、「人主勢位崇高」（卷八）〔註49〕的話。還有在單純

〔註47〕李清華：《豪放與崇高—論中西方兩種文學精神的文化內涵》，載《楚雄師範學院學報》2003年12月第18卷第6期。應該指出，李先生在本文中對「豪放」和「崇高」的比較，有的觀點尚值得商榷，如從文學產生的根源，以《毛詩序》「情動於中而形於言……」及亞里士多德在《詩學》「一般地說，詩的起源似乎由於兩個原因，皆本於人的天性」爲證據，得出「因此，我們可以說，無論是西方的崇高還是我國的豪放，都是創作主體的個體生命意識，個體生命價值意識在創作中的體現。」而實際上這個結論，並不僅僅適用於「豪放」或「崇高」。又如說：「體現在我國豪放風格作品的創作中，除了作品的題材、作家的語言選擇、創作主體的激情燃燒外，主要表現爲注重意境的創造。而創造主體在創造意境時，總是作家情感與客觀景物的水乳交融，而且絕無例外，這與前面提到的中國人思維方式的特點的『天人合一』、『神與物遊』是一致的。」而以「豪放」詞最具代表性的辛詞來說，王國維《人間詞話》附託名樊志厚所作的《人間詞乙稿序》中恰恰說辛詞「亦若不欲以意境勝。」

〔註48〕《文淵閣四庫全書·子夏易傳》（電子版），上海人民出版社、迪志文化出版有限公司，1999年版。

〔註49〕《文淵閣四庫全書·尚書精義》（電子版），上海人民出版社、迪志文化出版有限公司，1999年版。

的高大的意義上來運用的，如《尚書精義》卷九里的「禹治水，不先治之於崇高之地，而汲汲於卑濕之處」。文論和美學上「崇高」的意義也初具規模，如宋人胡仔《苕溪漁隱叢話》後集卷二十二里的「其志邃奧而不邇也，其言崇高而不卑也」〔註 50〕，清人吳景旭《歷代詩話》裏的「非有崇高之意，何故以登陟爲文」〔註 51〕，這些已經接近了我們今天所理解的「崇高」的意義，但是在具體而豐富的內涵及意蘊和美學意義上，中國古代典籍和文論中的「崇高」遠遠沒有西方文論和美學史上的「崇高」更具有嚴格的範疇意義，意蘊也不及後者豐富。我國在引進這一更具美學範疇形態的「崇高」時，最初是由朱光潛譯爲「雄偉」，歸納到「剛性美」之中，後來梁宗岱寫有《論崇高》一文，正式把西方的「Sublime」和中國的「崇高」聯繫起來，後爲朱光潛接納並寫入《西方美學史》一書。

「崇高」在西方文論中的起源非常早，它並非朗吉駑斯的獨特創造。這一概念在其前及當時已是眾所周知，如西西里卡拉克特人修辭學家凱基利烏斯就曾經寫過一本同名論著，舉出了成千上萬的例子來闡明「崇高」的性質。〔註 52〕「崇高雖然最早是作爲文章的風格提出來的，但是，在朗吉弩斯的論述中，卻包含著完全不同於前的美學見解和思想。」〔註 53〕實際上，在朗吉弩斯那裡，「崇高」已經是他的一種文學理想，具有高出一切的文學價值取向，因此，「崇高」在他那裡已經有了比較明確的範疇學意義。張世英認爲「崇高」是美的極致：「審美意識的高級形態是崇高，是無限美，它不僅僅是愉悅，而且包含著嚴肅的責任感在內。人能達到這種境界，才算是眞正地與無限整體合一」〔註 54〕，李斯托威爾在《近代美學史評述》中則認爲，崇高無疑是美學中最重要的一個範疇，宗白華也指出：「美學研究到壯美（崇高），境界乃大，眼界始寬。研究到悲劇美，思路始廣，體驗乃深。」〔註 55〕從康德、黑

〔註 50〕《文淵閣四庫全書·苕溪漁隱叢話》（電子版），上海人民出版社、迪志文化出版有限公司，1999 年版。

〔註 51〕《文淵閣四庫全書·歷代詩話》（電子版），上海人民出版社、迪志文化出版有限公司，1999 年版。

〔註 52〕熊飛宇、岳曉莉：《「崇高」在古代西方文論的演進》，《四川文理學院學報》2007 年第 6 期。

〔註 53〕姚君喜：《西方崇高美學》，甘肅人民出版社，2002 年版，第 44 頁。

〔註 54〕張世英：《進入澄明之境——哲學的新方向》，商務印書館，1999 年版，第 267 頁。

〔註 55〕宗白華：《美學散步》，上海人民出版社，1981 年版，第 264 頁。

格爾到席勒，都對「崇高」此一範疇極為關注、極為讚賞，從範疇的本質上來說，也可以證明「崇高」作為一定歷史時期的文學理想的指引作用。

崇高範疇產生巨大影響是在郎吉弩斯的《論崇高》得到充分的關注之後，「不管是朗吉弩斯還是艾迪生，它們都從人類的心靈出發，肯定人的價值，把崇高定位為人的心靈中的偉大和神聖的觀念在自然或藝術中的表現，這樣，人們才會驚歎自然中那些雄偉、氣勢非凡和偉大的東西。」〔註 56〕西方古代美學史上的「崇高」，僅僅是「崇高」的一個起源，「確切地說，古典崇高是一種美，是一種外觀上不同於優美的壯美。」〔註 57〕因此，這時候的「崇高」還在美的範圍之內，「它的質的規定性與美一樣，屬於和諧的形態。」〔註 58〕英人博克《論崇高與美——關於崇高和秀麗美概念起源的哲學探討》一文是奠定「崇高」在美學史上地位的重要文獻，他「最重要的貢獻是在西方美學史上首次區分了崇高與美兩個重要範疇，並應用歸納的方法從感性經驗的角度，分析了崇高和美的觀念的起源，以及崇高感和美感的主要心理特徵，這樣，崇高範疇正式作為一個美學範疇和美的範疇成為並峙的雙峰。」〔註 59〕美和崇高是既相對立又相統一的美學範疇，而後者是最高的美。從兩者相對立的角度來看，美當然是包含「優美」和「壯美」的，似乎這樣一來「崇高」被排斥在「壯美」之外，但是從兩者統一的角度來看，「崇高」是美的極致，它雖然包含有「丑」或者說「非美」的因素，但是總的來說還是美佔據著主導地位——而且，如果說「崇高」中包含有「丑」的因素，那麼在從痛感到快感的心理、精神流程中，也最終是美佔據了最高的最顯眼的位置。也就是說，「崇高」和「美」具有相當的交叉的中間地帶，因此，宗白華才把「崇高」視為「壯美」，這是在一般的意義上來審視它們的，當然是正確的，因為朗吉駑斯「所賦予崇高的內涵，是一種偉大、雄渾、宏麗、非同凡俗的壯美」〔註 60〕，至於像周然毅《論中國美學範疇的邏輯發展》一文中所說的「崇高不同於壯美，壯美是優美在量上的增加而非質的轉變，壯美中的矛盾衝突並不破壞整體的和諧，它使人振奮激越，但並不超出快感的範圍。」如

〔註 56〕姚君喜：《西方崇高美學》，甘肅人民出版社，2002 年版，第 134 頁。

〔註 57〕陳偉：《崇高論》，學林出版社，1992 年版，第 4 頁。

〔註 58〕陳偉：《崇高論》，學林出版社，1992 年版，第 3 頁。

〔註 59〕姚君喜：《西方崇高美學》，甘肅人民出版社，2002 年版，第 118 頁。

〔註 60〕熊飛宇、岳曉莉：《「崇高」在古代西方文論的演進》，《四川文理學院學報》2007 年第 6 期。

果說二者之間果眞存在著這樣的區別，也不是不可以的，但這卻不是最重要的，最重要的是在最終的境界上，二者美的姿態是一致的，只不過「壯美」體現著「整體的和諧」，而「崇高」由於有著突出的主體性因素，其最終的和諧是個體和外在世界的和諧，範圍更爲闊大罷了。還有一種情況，那就是「崇高」並不一定就是「壯美」的，這一點梁宗岱有著深刻的體會，他在《論崇高》一文中說：

> 假如我們更進一步而探求這兩個神奇的創造（《孟納里莎》和《最後晚餐》）底秘徼，我們將發見，啊！異跡！這裡（異於米可郎基羅）沒有誇張，沒有矜奇或恣肆，沒有肌肉底拘攣與筋骨底凸露，它底神奇只在描畫底逼眞，渲染底得宜，它底力量只是構思底深密，章法底謹嚴，筆筆都彷彿是依照幾何學計算過的，卻筆筆都蓬勃著生機——這時候我們應該用什麼字來形容我們底感覺呢？
>
> 依照朱先生的分類，那就只有 Graceful（嫵媚或秀美）了。但是我知道這字才出口，旁邊的觀眾將不謀而合地回頭來瞟你一眼；假如詩人考洛芮滋在場，恐怕他覺得你煞風景的程度，不亞於那用「乖巧」來形容瀑布的太太呢！不，我們得多說一點：Beautiful！Grand！（美麗呀！偉大呀！）可是這些字眼，在這樣的作品前，響起來也多麼無力，多麼喑啞！唯一適當的字眼，恐怕只有 Divine（神妙）或 Sublime（崇高）吧。〔註 61〕

梁宗岱的體會可謂深細，然而這種崇高畢竟和西方美學史上的崇高範疇有著很大的距離。最爲明顯的一點就是西方美學中的崇高範疇的心理學基礎是從痛感到快感的流程，但是在觀賞梁先生所說的畫作之時，我們很難說有這樣的心理流程，與其說它是崇高，還不如說是對它的無比的景仰來得確切些。從朗吉弩斯的讚賞大山大河，到康德宣稱「我們把那絕對地大的東西稱之爲崇高」〔註 62〕（他還把崇高分爲「數學的崇高」和「力學的崇高」）——他所說的「絕對地大」就是無限，再到黑格爾所說的「崇高一般是一種表達無限的企圖，而在現象領域裏又找不到一個恰好能表達無限的對象。無限，正因爲它是從對象體的全部復合體中作爲無形可見的意義而抽繹出來並使之變成

〔註 61〕《梁宗岱文集（批評卷）》，中央編譯出版社，2003 年版，第 112～113 頁。
〔註 62〕康德：《判斷力批判》，鄧曉芒譯，楊祖陶校，人民出版社，2002 年第 2 版，第 86 頁。

內在的，因而按照它的無限性，就是不可表達的，超越出通過有限的表達形式的。」〔註 63〕無不體現了崇高的「大」、「壯美」的特徵。「崇高」從痛感到快感的心理流程是一個從動到靜的過程，這和「豪放」的從靜到動是不同的，如果說二者都在一般意義上可以視爲「壯美」的話，那麼其流程的相異表明了二者的不同：「豪放」的終極點是在創造的姿態中完成的，而「崇高」由動趨靜的終極指歸則是在人的心境中完成的，當它達到的時候，「崇高」作爲一種美的極致已經不是主體創造的境界，而是一種審美對象的審美創造了。「崇高」最終完成了主體和外在世界的和諧，而走向那最高的靜點，而「豪放」的終極則始終是開放的，美的創造始終是處於一種「進行時」的狀態之中。「崇高」終歸於和諧的靜止之中，而「豪放」則最終進入無限的美的境界裏，這是二者的一個很重要的區別，是同屬於「壯美」範圍之內的角度上的一個區別——也許強調這一點並不是我們研究「豪放」和「崇高」的根本目的所在，我們之所以在上文中論述了「崇高」作爲一般意義上的「壯美」的事實，就是要證實這樣一個問題：同是屬於「壯美」範圍的「豪放」和「崇高」，爲什麼後者在西方的文化歷史中得到了極大甚至在近代得到的是最高的肯定，而前者卻在中國的文化歷史環境裏屢屢得到不公正的對待，尤其是在詞這種文學體裁中一直是處於非正宗的地位，受到自居正宗的婉約派詞人和理論家的排斥，其中有著怎樣的原因呢？究竟是西方還是中國做得對，究竟是哪一種做法更值得肯定呢？這才是我們研究「豪放」和「崇高」的同異的最重要的出發點。由於同屬於「壯美」的原因，「豪放」和「崇高」這二者必然存在著相當的交叉之處，也正因爲如此，二者的同中之異就顯得比其相同之處要重要得多，這是我們切入這個問題的基本思路。

首先，從「豪放」和「崇高」產生的源泉上來說，兩者有所不同，這是由於兩者的邏輯起點不同決定的。姚君喜認爲：「崇高理論的基本出發點都可歸結到對無限和未定性的思考，這應該是我們探討崇高的邏輯起點。」「崇高的產生是和人面對虛無時的命運感緊密相關的。正是在對命運和虛無的體悟中，藝術呈現出來的是人的有限和無限的對立，崇高則是這一對立的超越。」

〔註 63〕黑格爾：《美學》（第二卷），朱光潛譯，商務印書館，1981 年版，第 79 頁。又本書 80 頁朱光潛注釋「崇高」：「康德就把美和崇高對立起來，認爲美在對象的形式，崇高在對象的無形式；美感始終是一種快感，崇高感則開始是一種畏懼或消極的痛感，接著就轉化爲一種積極的快感或精神的提高或振奮，所以崇高的來源不在客觀對象而在主體的道德情操和理性觀念。」

〔註 64〕朱立元指出：

> 關於崇高的起源問題，本著主要從崇高範疇的邏輯兩極，即對立與超越出發，認爲崇高範疇是人在審美境域中，面對和人處於對立狀態的「他者」如自然、社會、虛無和命運等，所產生的一種抗拒和超越，在這種抗拒中存在著一種衝突和交流；這種衝突和交流以痛感和無形式出現，在衝突和交流中人力圖得到超越，這樣崇高感便生成了；這種生成直接源於人對自身的深層生命的體悟，是一種眞正來自生命深處的召喚。〔註 65〕

博克從心理學角度指出崇高產生的基礎是「恐懼」，因而美感以快感爲基礎，而崇高以痛感爲基礎，他的這種思想後來爲康德所繼承，康德認爲：

> 所以崇高的情感是由於想像力在對大小的審美估量中不適合通過理性來估量而產生的不愉快感，但同時又是一種愉快感，這種愉快感的喚起是由於，正是對最大感性能力的不適合性所作的這個判斷，就對理想理念的追求對於我們畢竟是規律而言，又是與理性中的理念協和一致的。〔註 66〕

姚先生也在書中指出：

> 人的感覺上的一種痛感轉化爲一種帶有理性意義的愉悦，康德在這裡想努力做到的是將他的道德觀念徹底落實於崇高感中，這樣，人的一種痛感在理念的超越下轉化爲一種快感。這樣崇高便眞正確定了它的兩極：恐懼和超越。〔註 67〕
>
> 同時，更爲關鍵的是，在這種體悟和超越中，人進入到了和生存的剎那交流的狀態，人感悟到了痛感和無限，這恰恰構成了崇高感的兩個基本特徵，而同時人也就進入了一種審美的境域，在對這種無限之美的體悟中，在和天地神的交融中，人得以超越。〔註 68〕
>
> 康德看到了崇高感中人的生命力的阻滯，同時他也提到了崇高

〔註 64〕姚君喜：《西方崇高美學》，甘肅人民出版社，2002 年版，第 19、263、264 頁。朱立元在爲此書所作的序中稱此書的原名是《對立與超越》。

〔註 65〕姚君喜：《西方崇高美學》，甘肅人民出版社，2002 年版，第 19、2 頁。

〔註 66〕康德：《判斷力批判》，鄧曉芒譯、楊祖陶較，人民出版社，2002 年第 2 版，第 96 頁。

〔註 67〕姚君喜：《西方崇高美學》，甘肅人民出版社，2002 年版，第 51 頁。

〔註 68〕姚君喜：《西方崇高美學》，甘肅人民出版社，2002 年版，第 86 頁。

> 是在人無限中的超越，這就是人生於世的一種存在的恐懼，這種恐懼不僅僅是對自然的不可抗拒的力量的恐怖，而更爲深刻的是來自於生命深處的對虛無和命運的恐懼！我們在前面大篇的描述中業已看出，這種生命力的阻滯和恐懼，是人對有限生命的無可奈何，是人對現世生存的深深悲哀，是人欲超越於自身的一聲歎息。實際上，人對作爲最基本的他者的自然的恐懼僅是積聚了有關恐懼的心理質素的話，那麼，這種恐懼進而擴大和上升到對命運和虛無的恐懼。在自然面前，人只是感受到了自然生命的脅迫，而人面對眞正的他者，也就是面對自身時，他才體悟到了眞正的恐懼，這所謂的面對自身，實際就是面對無限和永恒時反觀到的自身的有限和荒謬，自身的虛無和悲哀。這種生命力的阻滯和痛感就成爲崇高的基本的質素和前提，正如康德所提到的，正是在對生命力的拒斥和遮蔽中，人進入無限，感受虛無進而得到超越，康德把它歸結爲理性力量的超越。其實，在這種超越中，崇高感也就相伴而生了，而崇高生成的基礎就是人對虛無和無限的體驗。〔註69〕

同時，康德「強調了這種超越性和無限性，認爲崇高就是心靈對有限和無限的超越，在這種超越中，想像力和理性聯繫在一起，崇高不單純是由於形式而引起人的愉快，而更多的是賦予了理性的內容，而理性的自由無限性就決定了崇高的內涵的內在深廣性。」〔註70〕

從上面的分析可以看出，「崇高」和「豪放」各有內涵、各有特點，存在著方方面面的不同。從兩者產生的根源上來說，「崇高」邏輯起點是「對立和超越」，而「豪放」的邏輯起點則是「收」與「放」的關係。「豪放」產生的根源是「志」或理想，由之以激起「情」與「氣」的積聚，最後是「氣」（裹攜著「情」）的釋放。和「豪放」內在之氣的積聚必須達到一種盛大而充沛的「量」一樣，「崇高」的「量」的特徵也非常突出，「康德認爲，如果說，美是想像力與知性的和諧運動，產生比較平靜安寧的審美感受，『質』的因素更被注意。『崇高』則是想像力與理性的相互爭鬥，產生比較激動強烈的審美感受，『量』的因素更爲顯著。」〔註71〕但是「豪放」的「量」是一個主

〔註69〕姚君喜：《西方崇高美學》，甘肅人民出版社，2002年版，第86～87頁。
〔註70〕姚君喜：《西方崇高美學》，甘肅人民出版社，2002年版，第47～48頁。
〔註71〕李澤厚：《批判哲學的批判》（再修訂版），安徽文藝出版社，1994年版，第

體創造的過程，而「崇高」的「量」則是一個審美欣賞的過程，「量」的流嚮明顯不同。「崇高」產生的根源在心理基礎上是「恐懼」（博克「提出了恐懼和無限的概念，並將它們歸結爲崇高的根源」〔註 72〕），在文化基礎上是「理性」——即朗吉弩斯所說的人的高尚的心靈和思想精神屬性，人以這種屬性區別於自然界裏的其他事物。康德更爲明確地提出「崇高」來源於人的「道德理念」：

> 崇高不在任何自然物中，而只是包含在我們內心裏……一切在我們心中激起這種情感——爲此就需要那召喚著我們種種能力的自然強力——的東西，都稱之爲（儘管不是本來意義上的）崇高；而只有在我們心中這個理念的前提下並與之相關，我們才能達到這樣一個存在者的崇高性的理念，這個存在者不僅僅是通過它在自然界中所表明的強力而在我們心中產生內在的警鐘，而且還更多地是通過置於我們心中的、無恐懼地評判那強力並將我們的使命思考爲高居於它之上的那個能力，來產生這種敬重的。……對於崇高情感的內心情調要求內心對於理念有一種感受性；因爲正是在自然界對於這些理念的不適中，因而只是在這些理念以及想像力把自然界當作這些理念的一個圖型來對待這種努力的前提下，才有那種既威懾著感性、同時卻又具有吸引力的東西……事實上，沒有道德理念的發展，我們經過文化教養的準備而稱之爲崇高的東西，對於粗人來說只會顯得嚇人。〔註 73〕

由於西方文化一直帶有濃厚的「神化」色彩，而「人」只能被籠罩在「諸神」之下，因此黑格爾所謂的「眞正的崇高」，「它否定了絕對內在於被創造的現象界事物這種肯定的關係，把唯一實體看作造物主，和全體被創造物相對立，全體被創造物比起造物主來，是本身無力的終歸消逝的東西……一切世間事物，不管多麼強大光榮，都顯得只是些隸屬的偶然事物，比起神的本質和堅定性來，只是一種消逝中的幻相，這樣才能把神的崇高表現爲較可觀照的。」〔註 74〕黑格爾「批判了康德的崇高與客觀事物的內容意義毫無關係這

---

400 頁。

〔註 72〕姚君喜：《西方崇高美學》，甘肅人民出版社，2002 年版，第 149 頁。

〔註 73〕康德：《判斷力批判》，鄧曉芒譯，楊祖陶校，人民出版社，2002 年第 2 版，第 103～104 頁。

〔註 74〕黑格爾：《美學》（第二卷），朱光潛譯，商務印書館，1981 年版，第 81 頁。

一看法。他認爲崇高的來源在於要表現的內容就是絕對實體，而用來表現的有限事物的形象對這種內容極不適合。『內容的表現同時也就是對表現的一種否定，這就是崇高的特徵。』康德和黑格爾在崇高問題上的分歧是主觀唯心主義與客觀唯心主義的分歧，亦即主觀思想情感與絕對理念的分歧。」〔註 75〕這多少有點柏拉圖「理式」摹仿說和「靈魂回憶」說的理路，柏拉圖的「最高理式」乃即創世主，是「神」，而中國則是「敬鬼神而遠之，可謂知矣」(《論語・雍也》)、「子不語：怪、力、亂、神。」(《論語・述而》)。正因爲東西方的這個差異，造成了「崇高」和「豪放」在產生根源上的不同，「崇高把絕對提升到一切直接存在的事物之上，因而帶來精神的初步的抽象的解放」〔註 76〕，而「豪放」則始終是面對現實的，是用現實社會生活發展的眞實，來突破此前已經形成的存在於社會上層建築意識形態中被抽象了的，相對於社會現實生活而言已經落後或僵化了的部份，即使「豪放」主體的社會理想，也不僅僅是來源於傳統文化的思想接受，而始終以現實社會生活爲此種「志」的產生根源。

其次，在生成的方式上，兩者的差異也是明顯的。「崇高」的產生，是一個從「恐懼」到對「恐懼」的「超越」，也就是一個從痛感轉化爲快感的過程，是把非美轉變爲美的過程，是一個上升的過程，是一個克服人的自然物質屬性而向人的社會性上升的過程，在這個過程中最終達到那最高的美。因此，由「崇高」的邏輯起點我們看出的，是它在量上的積累過程，中間由痛感轉變爲快感，這是一個質變的過程，此後接著又是量變，直至於那美的極致——總的來說，這是一個由低到高的上升的過程。而對比「豪放」之美的生成是一個由「收」到「放」的過程，如果說二者都存在著對某種東西的超越的話，那麼其超越的方式是不一樣的：「崇高」是先降後升，類似一個倒置的抛物線，而「豪放」則是先收後放，就像是兩個酒瓶把窄口的地方接起來一樣，中間小兩頭大。「崇高」的關鍵是由醜到美的質變，因而其關鍵就在於

〔註 75〕黑格爾：《美學》(第二卷)，朱光潛譯，商務印書館，1981 年版，第 80 頁。實際上康德和黑格爾的分歧不能簡單的用主觀唯心主義和客觀唯心主義來概括，康德主要從人類文明發展對主體思想境界的影響來說明人本身內在的具有了一種「崇高」的理念，借用榮格的說法，這應該是「集體無意識」的作用結果。而黑格爾則從其哲學思想體系出發，對「崇高」本身產生的機制和特點作了闡述，強調的是從內容到形式的運動過程的不適合。兩人對此問題的論述角度並不相同。

〔註 76〕黑格爾：《美學》(第二卷)，朱光潛譯，商務印書館，1981 年版，第 78 頁。

主體的人，可以說關鍵因素在後；而「豪放」的關鍵則是能夠積聚起足夠的力量來突破瓶頸的束縛，因而其關鍵就在於前面，只要能夠不斷積聚起力量，就一定能達到突破的一刻。同時，雖然都具有超越的品質，但二者所超越的對象也是不同的，「豪放」所要超越的是一切可以束縛人的事物或因素，尤其是超越那些人爲的已經落後於時代和社會的意識形態方面，其在具體的社會歷史時期之中的形態表現爲上層建築及其所維護的現實利益；而「崇高」所要超越的是人自己的自然性，而向社會性靠近，向理性、德性靠近。因此，相比較而言，「崇高」所要超越的對象在抽象的層次上要比「豪放」更進一步，會最終形成若干類似「典型」的崇高類型，而「豪放」則始終立足於主體的思想（尤其是理想），時時刻刻、靈活地面對所要超越的對象。按照康德認爲崇高就是心靈對有限和無限的超越的觀點，可見「崇高」解決的主要是如何克服「有限」以進入「無限」的問題，而「豪放」則不同，筆者認爲：「神味，則是將有限最佳化」〔註 77〕（「神味」說是筆者提出的相對於中國古代文藝舊審美理想「意境」理論的新審美理想理論體系，而「神味以豪放爲極致」，「『神味』之內質」是「豪放之精神境界」〔註 78〕），可見，「豪放」解決的主要是將有限最佳化的問題。在這一點上，「崇高」和中國傳統的詩學理論「意境」是相同的，由有限追求無限，體現了人對於理想境界的開拓，這在文學藝術中是很重要的一件事情，而將「有限」追求「最佳化」，雖然也是一種對於理想境界的嚮往，但是更主要的是體現了改造現實、追求人的發展的創造精神，因而更具有現實的入世色彩，而這正是中國古代歷代仁人志士所身體力行的。也正是由於這個差異，才導致了兩者作爲一種審美理想對現實作用的不同，「崇高」的作用主要是提高民眾的「思想境界」，使人「心靈的力量提高到超出其日常的中庸」〔註 79〕，它主要解決人的思想境界問題，主體修養問題，而「豪放」的作用則主要是突破一切現實的束縛而推動社會的發展進步，主要解決的是現實問題，其主體修養和思想境界的問題，在「豪放」

〔註 77〕于永森：《詩詞曲學談藝錄》，齊魯書社，2011 年版，第 105 頁。「將有限最佳化」在其他地方的另一種表述及在「神味」說理論中的最終表述是「將有限（或局部）最佳化」，如《詩詞曲學談藝錄》卷一第六則（第 6 頁）、卷三第九則（第 292 頁）、《諸二十四詩品》卷上《「神味」說詩學理論要義集萃》（陽光出版社，2014 年版，第 54 頁）。

〔註 78〕于永森：《詩詞曲學談藝錄》，齊魯書社，2011 年版，第 104 頁。

〔註 79〕康德：《判斷力批判》，鄧曉芒譯，楊祖陶校，人民出版社，2002 年第 2 版，第 102、100 頁。

生成的過程中，主體達到「豪」的境界的過程之中，就已經結合著現實實踐和認識完成了。

再次，再看特點方面。「崇高」的兩個基本特徵是「痛感」和「無限」，對比一下「豪放」的三個基本特點「鮮明而強烈的主體性精神特徵」、「盛大而充沛的內在氣蘊和外在氣勢」、「直抒胸臆、淋漓盡致的表達方式」，我們知道，由於二者在「壯美」的意義上不是在同樣的角度和層面上來進行的，因而其特點必然不同，因此這裡我們要關注的就是二者之間的特點是否可以通融，即此之特點是否也在彼方中存在的問題，這主要是看異中之同。關於「痛感」，由於「豪放」之美產生過程也有一個擺脫束縛的問題，因此「豪放」之中具有痛感是沒有問題的。至於「無限」，「豪放」之中的「放」可以說就是一個通向無限的過程。「崇高」帶有鮮明而強烈的主體性精神，不過，由於從崇高的起源上來說，它所要超越的首先是外在的自然事物，其從痛感到快感的心理流程首先是一種心理機制，因而很多時候產生「崇高」的主體並不一定都具有強烈而鮮明的主體性精神，這時候它類似於「壯美」的一個前奏，最終是合流到「壯美」之中的。而「豪放」則不同，強烈而鮮明的主體性精神是其內在的本質特徵，即使是像我們前文中論述的並不「壯美」的情形之下，它的這種特點也是始終存在的，因爲這是和它的內涵密切聯繫的一個根本特點。「豪放」的第二個特點是「盛大而充沛的內在氣蘊和外在氣勢」，「崇高」雖然屬於「壯美」，但這種「壯」的色彩主要是源於客體即外在的事物，也不一定以盛大而充沛的外在氣勢表現出來，無論如何宏大的氣勢和壯麗的境界，都只能在人的內心產生留存並體會。「豪放」的第三個特點是有關表達方式方面的，它可以外在地表現出來，但是由於「崇高」是只能在人的內心之中產生並顯示的，因而它必定是以歸於審美主體這一方面爲歸結，這一點也顯示了「崇高」是以審美的境界爲歸依的，而「豪放」則可以兼審美與創造美爲一身而爲其最後的歸依。值得注意的是，「崇高」雖然在其本身的結構合成上沒有「豪放」那樣嚴整的內在結構，但是它也在結構上提出了很高的要求，對此姚君喜就朗吉弩斯所論「崇高」的眞正源泉的五個方面中的最後一點即「尊嚴和高雅的結構」，做評述說：

> 他十分重視崇高風格在結構上的整體性。他說：「使文章達到崇高的諸因素中，最重要的因素莫如各部份彼此配合的結構。正如在人體，沒有一個部份可以離開其他部份而獨自有其價值的。但是所

有部份彼此配合則構成了一個盡善盡美的有機體；同樣，假如雄偉的成分彼此分離，各散東西，崇高感也就煙消雲散；但是假如它們結合成一體，而且以調和的音律予以約束，這樣形成了一個圓滿的環，便產生美妙的聲音。」朗吉弩斯在這裡強調文章的「盡善盡美」的有機體結構，他在認識到雄渾的思想是文章的靈魂後，進而也強調的外在的結構的問題，他的這種整體結構觀綜合起來看，主要在於對題材的選擇和辭格、措辭的使用上。〔註 80〕

這種有機的結構在很大程度上有賴於外在的人力的加工，以使之接近天然化工式的整一有機性，其實也就是類似於中國傳統文論中的「和」的思想，而這一思想正是趨向於美的一種努力的反映。「豪放」和「崇高」在經歷了種種複雜的協調、醞釀、創造等工夫之後，最終向美的境界回歸，在這一點上二者是相同的，不過「豪放」具有更爲深沉的社會歷史文化背景，在經過中國傳統文化精神和思想的洗禮及自然的選擇、淘汰之後，終於生成了天然的本身即具有「中和」結構的內在結構，在這一點上是「崇高」所無法比擬的，這是中國古代美學的一個特色，也是中國古代文化的特色。

再次，從美的形態來說，由於事物的無限性，人的感覺把握不了，所以引起暫時的痛感，這樣說來，「崇高」即使是一種美，也已經擁有了一些非美的因素。〔註 81〕在外在的感性形式上，「壯美所呈現的感性形式其實也體現了崇高的某些形象特徵，如兇險、動蕩不安、雄偉等。但是，崇高的外在形式更大的特性是對美的形式法則的破壞，在感覺上，給人的兇險威脅感要比壯美強烈深刻，因而，崇高不僅使人有驚怖感，還有令人痛苦、景仰、尊崇之感」〔註 82〕，這尚且是對於「崇高」的早期把握，近代則把崇高視爲美的發展的產物，主張把它從美的領域獨立出來，具有了更爲震撼人心的精神效果，能夠產生巨大的心理張力。而作爲「壯美」其中一種的「豪放」，雖然其主體性精神極爲強烈，但它始終是屬於美的領域的，而只有在「豪放」的末流那裡，才產生了一些非美的因素，如「狂」、「怪」、「奇」、「譎」等，它們雖然也一般被視爲「豪放」範疇的範圍，但那並非是標準意義上的「豪放」，而只是「豪放」範疇外圍的一些範疇或概念。如果說「豪放」是獨立於諸美的形

〔註 80〕 姚君喜：《西方崇高美學》，甘肅人民出版社，2002 年版，第 109 頁。
〔註 81〕 李戎主編：《美學概論》，齊魯書社，1999 年第 2 版，第 205 頁。
〔註 82〕 李澤厚、汝信名譽主編：《美學百科全書》，社會科學文獻出版社，1990 年版，第 710 頁。

態的一種姿態的話——這種獨立因爲其主體性精神的特別突出而得到確立，那麼崇高則是緊密聯繫著醜和荒誕，並對它們形成超越以凸顯人的理性的光芒。周來祥認爲：「假若說美是和諧，那麼，崇高（不是倫理學的崇高）便是不和諧，是內容和形式、眞和善、主體實踐和客觀規律的對立、衝突。更確切地說，崇高是內容溢出（壓倒）形式，眞壓倒善，主體實踐在同客觀規律的矛盾中趨向於眞的把握，趨向於同規律的同一，而美則始終與客觀規律相一致，是這種統一的現實化。崇高具有過渡性、雙重性的特點，它必須從對立中走向和諧，從矛盾衝突中走向平衡統一，而美則一直是統一的、和諧的，是『從心所欲不逾矩』。崇高的感性特徵也同美正相反，大、剛、直、澀、粗、動是它常有的現象形態。」〔註 83〕這是不錯的，但是說「『明月松間照，清泉石上流』是美的，『黃河之水天上來，奔流到海不復回』則是崇高的；『相看兩不厭，只有敬亭山』是美的，『橫空出世，莽崑崙』則是崇高的；『細雨魚兒出，微風燕子斜』是美的，『北風卷地百草折，胡天八月即飛雪』則是崇高的」〔註 84〕，則顯然不無問題，其中所謂「崇高」的例子，其實乃是「壯美」的表現，其中如李白的詩歌，典型的還是「豪放」的表現。這些例子之中，都沒有或者更爲確切地說是不以「痛感」爲主，而是一種主體精神得到綻放的快感，因而絕非是「崇高」的。但是這樣說並不意味著「豪放」的主體不存在一種悲劇意識，如果說「崇高」中的悲劇意識是顯性的話，那麼「豪放」中的悲劇意識則是隱性的，從主體和客體方面來說，「豪放」以「氣」爲貫徹，其中也包含著一種激烈的矛盾衝突：

> 流蕩於豪放詞中的「氣」，本來就是主、客體尖銳衝突的結果。蘇軾在《念奴嬌》詞中，極力描繪吳國周郎的英雄業績和英雄氣概，這與自己的功業不成恰成一個鮮明對比，功業不成，正是詞人的理想與現實之間的矛盾衝突難以克服的證明。詞中愈是突現周郎的功績之偉與氣概之雄，便愈是反襯了詞人對自己無所作爲、虛度歲月的慷慨不平之氣，也愈是證明了衝突的難以克服性。然而，蘇軾與辛棄疾的不同之處在於，他在深刻的衝突面前又力圖用「大江東去，浪淘盡，千古風流人物」的曠達態度去超越衝突，從而表現了一種

〔註 83〕周來祥：《古代的美　近代的美　現代的美》，東北師範大學出版社，1996 年版，第 331 頁。

〔註 84〕周來祥：《古代的美　近代的美　現代的美》，東北師範大學出版社，1996 年版，第 331～332 頁。

> 氣度非凡的自由感。但是，超越衝突的態度只是對自己慷慨難平的心情的暫時安慰，而並不能眞正解決衝突。因爲，詞人既不可能改變現實，又不可能眞正放棄自己的濟世之志。否則，他何以要熱情揚溢地歌頌英雄！又何須努力地曠達超脫！辛詞的特點在於直接呈露主、客體的衝突所激起的悲憤之氣。在《水龍吟》詞中，一方面是「江南游子，把吳鈎看了，欄杆拍遍」的巨大報國熱情；一方面則是「無人會、登臨意」的冷酷現實。這一尖銳衝突使辛詞濃濃地著上了悲豪的色彩。正如清代詞學家陳廷焯所說：「稼軒有吞吐八荒之慨，而機會不來……。故詞極豪雄而意極悲鬱。」〔註 85〕

從「崇高」和「豪放」內在的衝突本質的根源上來說，「『崇高』是內在本質內容與外在形式之間的激烈的矛盾衝突，展示的理性內容對外在形式的壓倒、突破衝擊與對抗，表現的也是主客體，眞與善之間的矛盾衝突，體現的是一種審美主體欲要征服外物的主客體趨於統一的動態趨勢，是對人的本質力量的間接肯定。」〔註 86〕「崇高」所面對的客體對象往往是社會世俗各種現實力量的代表，這些現實性的力量直接對「崇高」的主體造成壓抑和殘害，主客體之間以矛盾衝突爲主。而「豪放」所面對的客體對象往往是較爲抽象層次的社會禮法制度中的落後和僵化的部份，「豪放」的主體所要做的是要推進或改革，而不是直接的顚覆性的衝突。之所以這樣，是因爲「豪放」作爲一種美，從其所內蘊的哲學意義看，「衝突也是美」〔註 87〕，也在美的範圍之內。因爲，從兩者的表現形態來說，「崇高」更具有外在的強烈的「張力」色彩，更體現在實踐的現實層次之上，而「豪放」則更具有內在的強烈的「張力」色彩，更具有精神的品格，這是由「豪放」作爲一種「理性壯美」「偏於內在的主體精神」〔註 88〕的哲學傾向決定的。

再次，從兩者的本質內涵上說，「豪放」最爲核心的內涵是「不守拘束」引起的「收」和「放」，對應的是世俗的現實世界過時的禮法制度和人們所認識的過時規律（相對規律）的束縛，而「崇高」最爲核心的內涵則是「對立

〔註 85〕田耕滋：《詞分豪放與婉約的詩學意義》，載《西安交通大學學報（社會科學版）》2000 年 6 月第 20 卷第 2 期（總 52 期）。

〔註 86〕李澤厚、汝信名譽主編：《美學百科全書》，社會科學文獻出版社，1990 年版，第 711 頁。

〔註 87〕田耕滋：《詞分豪放與婉約的詩學意義》，載《西安交通大學學報（社會科學版）》2000 年 6 月第 20 卷第 2 期（總 52 期）。

〔註 88〕儀平策：《中國美學文化闡釋》，首都師範大學出版社，2003 年版，第 231 頁。

和超越」(正像「豪放」的內涵不能單純的概括爲「『不守拘束』引起的『收』和『放』」一樣，崇高的內涵也並非僅僅是「對立和超越」，我們這裡所謂「核心內涵」的意思，是指聯繫著範疇邏輯起點的那種基本內涵)，對應的是從心理精神上的「痛感」到「快感」的超越，以「有限」把握「無限」的超越——兩者的目的大致是相同的，都是在根本上提升和發展人。〔註 89〕不同的是，「崇高」藉以達到超越的方式，要比「豪放」更爲虛擬化，在藝術上主要借助於想像來實現，這是因爲，「人們對崇高的追求，如果借助想像，便會突破客觀具體事物的局限，從而開闢一種壯闊遼遠的境界，並導致藝術想像的噴發。」〔註 90〕這是由於「崇高」只能在人的心靈世界裏產生這一原因造成的。而「豪放」則未必如此，同樣是有著超越社會和世俗性質的理想志意，「豪放」不是像「崇高」那樣導致主體在現實世界裏的毀滅，而是憑藉這種理想志意達到對世俗社會的提升與超越，這種超越是眞實的，而不是想像的，不是僅僅用藝術表達方式就可以創造或表現出來的。

再次，從存在方式上來說，「豪放」和「崇高」並不相同。「崇高」的存在方式——康德認爲：

> 因而必須被稱之爲崇高的，是由某種使反思判斷力活動起來的表象所帶來的精神情調，而不是那個客體。〔註 91〕
>
> 眞正的崇高品必須只在判斷者的內心中，而不是在自然客體中去尋求，對後者的評判是引起判斷者的這種情調的。〔註 92〕

崇高從根本上說不是一種美的形態，它只能在人的內心裏被感覺到。這一點在兩者的表現上差別非常明顯，崇高的表現一般是通過敘事或描寫來達到的，是一種間接的表現形式，而「豪放」則可以直接的表現出來而形成外在

〔註 89〕姚君喜：《西方崇高美學》，甘肅人民出版社，2002 年版，第 46 頁。關於「崇高」的內涵，書中尚有多處涉及，如「崇高的基本內涵是人對有限和無限對立的體悟和超越，它直接和人的心靈意義聯繫在了一起」，見第 264 頁；「我們把崇高界定爲對無限和有限的超越，是心靈指向無限的進程」，見第 269 頁；「崇高的基本內涵就是在對立和衝突中走向超越」，見第 271 頁。本書原名《對立和超越》，這一意義正是「崇高」的核心內涵。

〔註 90〕熊飛宇、岳曉莉：《「崇高」在古代西方文論的演進》，《四川文理學院學報》2007 年第 6 期。

〔註 91〕康德：《判斷力批判》，鄧曉芒譯、楊祖陶較，人民出版社，2002 年第 2 版，第 89 頁。

〔註 92〕康德：《判斷力批判》，鄧曉芒譯、楊祖陶較，人民出版社，2002 年第 2 版，第 95 頁。

的形式，比如懷素的狂草書法。同時，按照康德「力學的崇高」和「數學的崇高」的理解，我們可以在自然事物中感受到「崇高」〔註 93〕，但是「豪放」就不能從自然事物身上感受到或得到，它是注定屬於人的，屬於具有充分而積極的主體性精神的人的。康德又說：

崇高的情感具有某種與對象的評判結合著的內心激動作爲其特徵，不同於對美的鑒賞預設和維持著內心的靜觀。〔註 94〕

康德的這種論斷由於是從純粹的美的角度上進行的，所以他認爲審美的情感是靜觀性質的，但是我們說，他的這種判斷顯然是錯誤的，其實所謂「靜觀」，僅僅是審美初級層次的一種狀態而已，例如閱讀文學作品，當讀者爲作品中的內容所打動時，他的情感和作者的情感取得了共鳴，因此，情感波瀾動蕩的時候也是很多的，這種情感狀態的出現不是純粹的美的緣故，而是因爲文學中除了美，還有眞和善，正是後者激發了讀者的情感的激動。我們之所以引用康德的這句話，用意乃在於指出：一般意義上的崇高範疇是與美對立的，而「豪放」則毫無疑問是屬於美的範疇的，但是在康德所說的情感的狀態上，「豪放」和「崇高」顯然是一致的，由此我們得出的結論不是「豪放」是否脫除了美的範圍的問題，而是我們由此可以見出，「豪放」作爲一種美，它是動的美，是不斷創造的美，它在某種程度上一直實現著對於優美的突破，在美的創造上，它不像優美（包括婉約）那樣，極易在現實的層面上陷入「靜觀」而不作爲的狀態，沉浸在審美的境界裏而忘記了開拓創造現實生活中的美，參與眞、善、美三位一體的現實實踐。「崇高」和「豪放」，兩者無疑都具有這樣一種價值和作用，因而具有重要的現實意義。「在大自然的崇高表象中內心感到激動；而在對大自然的美的審美判斷中內心是處於平靜的靜觀中。」〔註 95〕可以看出，康德的這種判斷是建立在大自然的審美的基礎之上的，他迴避的正是社會及其現實問題。

〔註 93〕「崇高本身就是一種內在的心靈的張力，它不存在於自然或藝術中，我們很難確切地表述哪種自然或哪種藝術是崇高的，但是，我們完全可以說在自然和藝術中我們可以感悟到崇高，所以崇高是被召喚起的，它是一種類似『場』的感覺。」這是必然的，否則崇高就失去了被感受的存在空間。見姚君喜《西方崇高美學》，甘肅人民出版社，2002 年版，第 266 頁。

〔註 94〕康德：《判斷力批判》，鄧曉芒譯、楊祖陶較，人民出版社，2002 年第 2 版，第 85 頁。

〔註 95〕康德：《判斷力批判》，鄧曉芒譯、楊祖陶較，人民出版社，2002 年第 2 版，第 97 頁。

再次，從「豪放」和「崇高」的主體方面來說，並不是每個人都能欣賞肯定「豪放」之美，那更多體現的是一種文化價值的選擇，伴隨著社會歷史的發展而變化，並且由於中國的社會歷史基本上是在唐宋之後就走著下坡路的，因此對於「豪放」之美的欣賞一直不占主流地位，對於「豪放」之美的地位一直存在較大爭議。在現實生活中，創造「豪放」的主體並不佔據多數。而西方社會裏對於「崇高」的態度恰恰相反，對於「崇高」之美的欣賞則是貫穿了從古至今、從朗吉弩斯到席勒的漫長歷史，直到近代達到頂峰，代替美而成爲新的美學範疇（理論體系）。與之相適應，西方社會的發展則自中世紀以來一直是走上坡路的。這是否是由於審美意識差異導致的民族思想意識差異所造成的呢？對於崇高和「豪放」的價值在中外美學史上的不同遭遇，值得我們深深注意並思考。但是，「崇高」範疇在近代西方的流行，並不代表理解「崇高」的主體不需要太高的素質，恰恰相反，「崇高」對主體的要求是很高的，「康德認爲，由於與理性、理念相互聯繫，對崇高的審美感受必須有一定的文化教養和『眾多理念』。……要欣賞崇高……就需要欣賞者有更多的主觀方面的基礎和條件，需要更高的道德水平和文化水平。」〔註 96〕由於「崇高」只能在審美主體的心靈裏產生，因此它不涉及「崇高」的創造者和欣賞者兩個方面，而「豪放」則涉及這兩個方面，就「豪放」的創造主體來說，顯然他需要具備較高的道德修養（由於「志」或社會理想的緣故），這是沒有問題的，但是與「崇高」的欣賞者需要較高的道德文化修養不同，由於「豪放」的審美意蘊經過中國傳統文化的薰染，而使很多事物都薰染上了「豪放」的色彩，例如「酒」和「劍」——關於「豪放」的審美意蘊，請參看本書後文的專章論述——它們就容易爲一般人所熟悉，因此「豪放」的欣賞者就未必具備很高的道德文化修養，而能爲大多數中國人所理解、領悟，這恰恰和對「豪放」的肯定評價不佔據主流地位形成了鮮明的對比，這是中國文化史上的一個有意思的現象，值得很好地研究。

最後，從「豪放」和「崇高」的實現來說，從兩者的極境來看，後者的實現已經或多或少的帶有了某種悲劇性的因素，可能會給主體帶來毀滅性的結果，因而造成個體生命、精神或歷史發展的暫時的阻滯。而「豪放」則恰恰相反，當它成就的時候，卻也正是突破了落後的禮法制度和過時的規律對

〔註 96〕李澤厚：《批判哲學的批判》（再修訂版）安徽文藝出版社，1994 年版，第 401～402 頁。

人和歷史的束縛的時候，從而促進了人和歷史的發展進步。即使是作爲主體的個體無法與整個腐朽落後的社會禮法制度相抗衡而改變現狀，也同樣可以使主體在人格境界、思想境界、精神境界上達到「豪放」的境界，呈現出「豪放」之美，使主體得到極大的提升。宗白華說：「文學上……凡情調激昂者皆屬之，吾人對之，先覺壓迫而終乃開放，反使小己擴大因象徵之，而情緒移入也……則物我化合，海闊天空，與之合德也。」〔註 97〕對於個體來說，其提升作用是不言而喻的。而當它的主體遭到毀滅的時候——例如東晉時的嵇康，它也就沾染上了一種崇高的美學品格，而和崇高糾纏在一起難以區分了。但是總的說來，「崇高感要比壯美感豐富，而且更富感染力。……由於崇高對象的巨大、兇險、偉岸，便會使人更深刻地意識到自身的渺小、怯弱，因而內心痛苦自卑感就愈深，而恰是這種情感才激發起人的內在本質力量，喚醒人們不屈服，勇敢戰勝強大外物的強烈的征服欲，這時審美主體自身精神境界、自身形象都要遠遠高於外物，使人獲得一種更大的痛苦、驚怖、景仰之中的審美愉悅。因而，崇高對人心靈的陶冶、淨化要比壯美深刻。」〔註 98〕同樣，「豪放」和「崇高」相比，也是如此。

總之，從「豪放」和「崇高」的各個層面的比較來看，雖然兩者所產生的東西方文化背景不同，具體情況也不同，但在美學的層次上，還是存在著很大的交叉意蘊。從社會歷史發展的角度來說，「豪放」之所以主要出現在東方而不是西方、「崇高」之所以主要發展於西方而不是東方，肯定有著一種歷史的「客觀依據」。「豪放」雖然貫穿了中國文學藝術和中國美學史的始終，但是其內涵和特點在宋代它成爲一個成熟的美學範疇的時候就已經確立了，此後在範疇的角度上基本上再無發展，屬於中國古典美學「和諧」美的一種形態。雖然這種形態已經最大限度地發展和突破了「中和」思想及美之中的消極、保守、柔弱因素，具有最爲強烈而鮮明的主體性精神色彩和特徵，但畢竟還屬於「和諧」美的範圍，而「崇高」則從古到今內涵一直發展變化，尤其在近代西方獲得了空前的發展。從兩者存在發展的歷史階段來說，從美學範疇發展的邏輯演變來說，它們都有一種「衝突」的精神內核，但其程度和方式是不同的，打個比方，「豪放」解決衝突的方式是迂迴式的，而「崇高」

〔註 97〕宗白華：《宗白華講稿》，江蘇教育出版社，2005 年版，第 92 頁。
〔註 98〕李澤厚、汝信名譽主編：《美學百科全書》，社會科學文獻出版社，1990 年版，第 711 頁。

則値得多；「豪放」主要是一種「向前」的擠過去式的突圍，而「崇高」則主要是一種「向上」的艱難攀升。「豪放」最終要回歸美的範圍（更歸於「眞」和「善」），「崇高」亦然（亦歸於「眞」，但未必歸於「善」），如前文所述宗白華即把「崇高」視爲一種「壯美」或「美」的極致或至境，也就是說，從人類審美的歷史來看，「崇高」又似乎是要歸結到「壯美」裏去的。〔註 99〕這方面較有代表性的是姚君喜的觀點：

> 因此，從超越有限和無限的對立這個意義上來看，我們認爲，崇高不是繼美之後和美對立的一個範疇，也沒有在現代繼之而起的丑、荒誕、滑稽等範疇衝擊下，退出了審美的舞臺。而恰恰相反，它在指向無限的超越中，不但使人感悟到了生命實現的愉悅，也包含著深刻的使命感和情操，它不但囊括著悲劇美的內在精神，而且也暗含著荒誕、丑等的對生命的否定性體悟。所以，在這種超越的意義上，它眞正地將美的諸範疇統攝起來，從而進入審美的至境。〔註 100〕

這種觀點，實際上和周來祥所說的「崇高……必須從對立中走向和諧，從矛盾衝突中走向平衡統一」在本質上是相同的，都將「崇高」「美學化」了，這種「美學化」是由於「崇高」被審美而促成的，它是「崇高」的創造的一個必然的、最終的結果，但是「崇高」的最重要之處並非在此，而是在「創造」本身，即其實踐的性質。因此，這種「美學化」了的「崇高」並非最高意義上的「崇高」，而在最高意義上，我們則相信「崇高與優美是迥然對立的關係」〔註 101〕，這種「對立」是「崇高」和「美」在本質上的一種差別的體現，並非表示兩者之間不存在銜接，這正如周來祥所說的一樣，「崇高具有過渡性、雙重性的特點，它必須從對立中走向和諧，從矛盾衝突中走向平衡統一」，只是他說的這個過渡的流程應該顚倒過來而已。「崇高」是對美的一種發展，因此從邏輯順序上來看，「崇高」比「豪放」更具有先進而積極的意義，似應視

〔註 99〕李澤厚先生在《批判哲學的批判》（再修訂版，安徽文藝出版社，1994 年版，第 399 頁）一書中也將「崇高」和「壯美」等義，說「崇高（或壯美）是審美現象的一種。飄風驟雨、長河大漠、洶湧海濤、荒涼古寺、粗獷風貌、豪狂格調……」。

〔註 100〕姚君喜：《西方崇高美學》，甘肅人民出版社，2002 年版，第 273 頁。

〔註 101〕李澤厚、汝信名譽主編：《美學百科全書》，社會科學文獻出版社，1990 年版，第 711 頁。

爲繼「豪放」之後的一個具有積極現實意義的美學範疇〔註 102〕，就中國近、現代的文藝發展的實際情況來看，尤其是新文化運動以來，二十世紀的中國「崇高」也在文藝中有了不小的發展，對此封孝倫的《二十世紀中國美學》一書有詳細的研究。但就中國的實際情況而言，則我們依然認爲「豪放」比「崇高」具有更大的價值，具有更好的發展空間：

第一，從中國傳統文化的角度來看，「豪放」的最高境界是中國傳統文化的核心思想體系儒、道互補的一個產物，具有無比深厚而得天獨厚的文化思想基礎，而「崇高」在中國則不存在這樣的一個基礎。「豪放」因爲有這樣一個基礎，所以其審美意蘊是極爲豐富的，它和中國傳統文化中的許多事物都有著密切聯繫，很多傳統文化及事物都染上了「豪放」的精神或色彩，如「酒」和「劍」、「俠」等等，都具有風度的「豪放」意蘊，而「崇高」則不存在這樣的情況，「崇高」的最高意義是在西方發展起來的，其意蘊尚未在中國找到很好的哲學、文化思想寄託和意象寄託，尚未植根於中國文化的最深層，浸潤到中國人心靈的最深處。

第二，從「崇高」的最高意義產生和發展的情況來看，它是西方近代以後的產物，是在西方動蕩不安的社會、政治、經濟、文化環境之中成長起來的，是和社會的劇烈變革和激進的社會思潮緊密結合在一起的。從西方歷史的發展來看，「崇高」是近代資產階級反對封建專制統治的精神旗幟，其最終目的是推翻舊的社會體制制度，建立資產階級當政的國家，而在資本主義國家政權得到鞏固的現代社會，由於資產階級的貪婪、血腥掠奪的本質，則「崇高」的審美理想就必然進入到一個「失落和暗渡」〔註 103〕的時期。中國近、現代接受並高揚「崇高」旗幟的情況亦是如此，如二十世紀「20 年代以後，中國美學進入崇高美歷史的第一期悲劇美學期，大量的悲劇創造和悲劇研究湧現出來」，「王國維通過『悲劇』，開啓了 20 世紀初中國崇高理想的第一線曙光」，而到了蔡元培，「崇高與悲劇這對屬於 20 世紀主旋律的審美範疇，已

〔註 102〕必須指出的是，有關「豪放」、「崇高」的對比往往是不對等的，「崇高」在西方可視爲審美理想範疇之一種，而「豪放」則從來不曾上升到審美理想的高度。但新的審美理想理論體系可以吸收「豪放」的思想精神，創構新的更高的審美理想理論體系，比如筆者的「神味」說理論。在《「神味」說詩學理論要義集萃》中，筆者曾比較了「神味」與中國傳統文藝舊審美理想「意境」及西方審美理想「典型」的區別、高下，可參看（《諸二十四詩品》，陽光出版社，2014 年版，第 75～78 頁）。

〔註 103〕姚君喜：《西方崇高美學》，甘肅人民出版社，2002 年版，第 237 頁。

經逐漸確立起來，成爲時代的最強音」，魯迅的《摩羅詩力說》則推動了這一進程，其「中心意旨，就在於徹底否定傳統的『和諧』的審美理想，提倡一種反抗、破壞、新興有力的審美理想——崇高」，還有陳獨秀和李大釗，「陳獨秀的功績在於對以孔子爲代表的儒家思想體系進行了徹底的批判與清掃，爲崇高理想的最終確立掃清了障礙。他和胡適發起和領導的新文化運動，炸掉了古典美學思想堅守的最後一個堡壘——舊的詩歌語言形式。新舊審美理想鬥爭的勝負，至此已經了然。李大釗用他那澎湃著青春的激情和辯證思維的冷靜，爲崇高美理想的最後確立，畫上了極富魅力的一筆。新與舊，動與靜，美與高（崇高）乃至生與死，這些與人們日常生活、國家民族的命運密切相關的命題，無不被李大釗澆鑄進嶄新的審美理想的活力。當我們隨著時間的腳步，來到五四運動的喧囂與吶喊中時，在中國人的審美生活中，崇高美的理想已經牢固的樹立起來了。」〔註 104〕這其中，自然也有「豪放」的功勞，如本書第五章所論近、現代「豪放」的勃興。而經過以辛亥革命和新民主主義革命爲代表的兩大歷史事件，中國現代歷史已經發生了本質的翻天覆地的變革，不可能在短時間之內再有大的革命，因此，新中國建立以來經過了「從理想返回現實」的平民化美學時期，「崇高」美學也逐漸走向暗淡、平淡，不以「崇高」爲面目、但具有「崇高」某種品質的新的民族審美理想必將得到重建。二十世紀「崇高」美學的張揚，畢竟是西方思潮引進的一個產物，經過「英雄期美學」的破壞和「英雄美學」本身的衰落〔註 105〕，再加上現、當代西方文化思潮如現代主義的影響，「崇高」美學的建立的現實基礎已經不復存在——這個現實基礎，最根本的還是「崇高」產生的社會根源，即急劇變革的社會形勢。而「豪放」範疇的發展成熟，則是中國古代封建體制建立和鞏固之後，在這一總體框架之內，社會歷史文化全面趨於上升態勢的一個結果，「豪放」與此態勢是相輔相成的。因此，從總體上來看，在建設和諧社會時期，對於中華民族新時期民族審美理想的重建，就中國的傳統文化土壤和現實土壤來說，相對於「崇高」的主體往往是經過毀滅取得現實中的進步的或美學上的「超越」，而具有極大的悲劇性的效果，「豪放」的主體則往往是以「不守拘束」的精神來達到思想的解放，在現實生活中提高主體的

〔註 104〕封孝倫：《二十世紀中國美學》，東北師範大學出版社，1997 年版，第 83、82、97、104、124～125 頁。

〔註 105〕封孝倫：《二十世紀中國美學》，東北師範大學出版社，1997 年版，見第四章、第三章。

能動性，進而推動現實社會生活中不合理或已經落後、僵化的各種事物或因素向著更好的階段發展，達到改良的目的，並最大限度的消除仍根深蒂固於人們心靈深處的封建主義傳統思想的糟粕，開創其人格、思想和精神的新境界。從這個角度來說，「豪放」無疑比「崇高」具有更爲積極而現實的意義，具有更好的可行性，更適合中國的現實和時代土壤。

第四節　「豪放」和「浪漫」

「『浪漫』一詞，作爲固定詞彙，中國古代早已有之。如宋人蘇軾《與孟震同遊常州僧舍》一詩中，就有『年來轉覺此生浮，又作三吳浪漫遊』的詩句。不過，這裡的『浪漫』一詞，是用來形容遊山玩水時的放浪恣肆、無拘無束，與今天所說的『浪漫主義』的『浪漫』杳不相涉。」〔註106〕「浪漫」並非中國古代美學的重要範疇，就其地位而言，遠遠不能和「豪放」相比，就其內涵而言，它具有「豪放」的一些意蘊，如「無拘無束」，但缺乏內在的「氣」的支持（更不用說那種盛大而充沛的「氣」的狀態——它由現實社會生活和人的主體理想所催發而產生），而只表現爲一種淺層次的精神、身心的自由狀態。今人從「浪漫」的視角來審視古代文藝，主要有兩個方面，即「浪漫」作爲一種基本的創作方法和西方的「浪漫主義」文學思潮：

> 浪漫主義作爲一種文學思潮與單純的創作方法是有區別的。作爲一種文學思潮，它具有一定的歷史內涵，並不帶普遍性。……而作爲創作方法的浪漫主義，即奇幻荒誕的想像、超現實的形象描寫、隨心所欲的誇飾，則是沒有時空條件的一般創作方法。〔註107〕

從創作方法上來說，「豪放」可以兼容「浪漫」文學的這些特點，比如辛詞的一些寫夢之作，如《哨遍・秋水觀》、《蘭陵王》（「恨之極」），就寫得非常奇幻而超現實，但「浪漫」文學卻並非一定具有「豪放」意蘊，比如明代戲曲（如湯顯祖）。〔註108〕如此一來，綜合上述範疇與創作方法兩端，因皆與「豪放」相涉較少而無多少比較的價値，故此處「豪放」與「浪漫」的比較，則主要是從中西美學比較的視角，主要從西方的「浪漫主義」文藝思潮的視角

〔註106〕蔡守湘主編：《中國浪漫主義文學史》，武漢出版社，1999年版，第1頁。
〔註107〕蔡守湘主編：《中國浪漫主義文學史》，武漢出版社，1999年版，第10頁。
〔註108〕關於明代具有浪漫色彩的文藝思潮何以並非「豪放」的美學境界，本書第五章第一節有具體分析。

來進行的，希望能從思想精神等方面對兩者做一個簡單的比較，以期有所得益。兩者在概念上的分類標準是不同的，「浪漫主義」相對應的是「現實主義」，「豪放」對應的是「婉約」，似乎二者之間並無比較的可能，因爲如果就「豪放」文學藝術的創作方法而言，或許帶有一些浪漫主義文藝的特徵，雖然這部份作品並不佔據主流位置，而且從「豪放」文藝的歸屬來看，顯然它是更偏向於現實主義的。而「婉約」在這個意義上卻並不具有浪漫主義的主要特徵，而且也無法歸屬到浪漫主義文藝陣營中去，後者無論從範圍還是從思想深度上都是「婉約」詞所不能比擬的。但如果就「浪漫」作爲一種文學思潮而言，其中所蘊涵的思想精神內容，是否和「豪放」作爲一種美學風格背後所蘊涵的思想精神有著共同之處呢？而且，正因爲二者的分類標準及角度是不同的，那麼屬於「浪漫主義」的文學作品所體現的美學風貌必然有一部份是屬於「壯美」風格的，這就和「豪放」有了交叉的可能。如果說蘇軾詩歌中的「浪漫」一詞所呈現出的「放浪恣肆、無拘無束」的意蘊，和「豪放」內涵中的「不守拘束」的相似是一種偶然現象，那麼外國的浪漫主義思潮中的文學思想是否也存在和「豪放」的內涵相似的情況呢？其相同之處和相異之處何在呢？這是我們研究「豪放」和「浪漫」關係的重點所在。

首先，從反對傳統的僵化禮制（體制、統治秩序等等）的精神姿態方面來說，兩者在某種程度上是一致的，但兩者的主體在東西方歷史上地位不同。「浪漫主義」在文藝思想上所直接反對的是新古典主義，要求進一步解放主體的思想精神，追求一個完全自由的個性世界，關注社會現實而擺脫新古典主義的復古趣味，而「豪放」所直接反對的則是「婉約」詞，要求進一步擴大詞的表現力，關注現實的世俗民生，更多地表現社會現實，這是兩者的相同之處。由於受到被封建社會統治階級利用和改造了的儒家思想的這個總體格局的影響，雖然在行動上還沒有體現出反傳統的作爲，但是思想上的先行卻是人類歷史的普遍規律，「豪放」詞的兩個最大的代表蘇軾和辛棄疾之所以在詞作中呈現出「豪放」的美學風貌，很大程度上也是由於他們在政治上即現實的作爲上是幾乎失敗的，從思想上來反對腐朽的傳統的惰性和已經過時的禮法制度，在非現實的虛幻世界裏達到思想精神的先行，也正是「豪放」和「浪漫」的相通之處。〔註109〕不同的是，「豪放」的主體是一種個體行爲，

〔註109〕例如現代文學中最具豪放精神和風格的郭沫若，西方的浪漫主義文學思潮是

貫穿了中國古代的整個歷史，代表了一種積極剛健的精神風貌和在現實生活中有所作爲的理想志意，在歷代統治階級那裡始終是要受到壓制的，「豪放」風采的展現在中國古代社會歷史中注定不過是時而可見的集中爆發或個體凸顯而已。而「浪漫主義」的主體則不然，它是以一種集中的群體——階級的姿態登上歷史舞臺的，代表了當時歷史發展的先進方面，因此它在從弱小走向強大的時候，就必然改變主體的一些缺陷，而在文學、思想精神上逐漸從消極柔弱走向強大積極。尤其經過德國的歌德等人的努力，擺脫了消極浪漫主義的感傷和不敢面對現實的狀況，而上升到積極浪漫主義的境界：

> 這種自古已有的浪漫主義文學傾向，從 19 世紀末發展成盛極一時的浪漫主義思潮，是意識形態變化的結果，也是文學發展的自身要求。18 世紀法國啓蒙思想家提倡思想自由、個性解放和返回自然，要求打破封建絕對王權的一切法規和束縛。在文學上則表現爲反對與王權相適應的新古典主義的清規戒律，反對新古典主義文學摹仿古希臘、羅馬文學。〔註 110〕

因此，浪漫主義的主體和「豪放」的主體的歷史命運是不同的，前者最終取得了勝利，成長爲資產階級，而後者則時消時長，在文藝中時有燦爛之觀，但是在現實世界裏是從不曾取得任何統治地位的。而在成爲統治階級後（這裡指整體上資產階級在歐洲各國取得優勢地位之後，最初的法國資產階級大革命所建立的理性秩序，則曾經刺激浪漫主義進一步向理想主義的境界發展），浪漫主義就隨之衰落，因爲其歷史使命已經完成，這種姿態的文藝思潮和思想精神已經與資產階級鞏固其政權的要求不太合拍，因此旺盛的浪漫主義文藝思潮不過在西方的文藝思潮主流地位中佔據了三四十年的時間而已，隨後迅即被後起的形形色色的現代主義文藝思潮所替代而被逐漸淹沒。從統治階級的角度來看，「浪漫主義」的這種命運在實質上是和「豪放」一樣的，只是程度和具體表現不同而已。「浪漫主義」思潮衰落後，它就主要以一種創作方法影響著文藝，其曾經輝煌一時而占文藝思潮主導地位的態勢，則是一去不復返了。而「豪放」，則始終以一種內在的精神和溝通現實世界的品性，

影響其形成此一基質的重要原因，「對郭沫若產生了比較明顯的理論影響的西方美學流派是浪漫主義、象徵主義、表現主義」，參見魏紅珊《郭沫若美學思想研究》（成都：四川大學博士學位論文，2003 年）2.2.1「浪漫主義」的有關論述。

〔註 110〕馬新國主編：《西方文論史》，高等教育出版社，2002 年版，第 203 頁。

在中國歷代的文化思想和文藝中都有所表現，甚至在近代的詩歌（如郭沫若）、小說（如武俠小說的極度興盛）和繪畫（如吳昌碩、傅抱石、李可染）之中，都曾有過前所未有的輝煌和反覆，與二十世紀之初反封建的革命精神相應和，爲當時勃發的以壯闊偉美的民族精神和審美理想貢獻了極大的理想，也因此以極爲顯著的地位昭著於中國近代史和近現代文學藝術史，這種際遇，是西方「浪漫主義」衰落以後所未曾再有過的。

其次，上述積極浪漫主義的這種創新和與時俱進的思想精神，是和「豪放」的精神實質相通的，但是兩者在個性或主體性精神的角度上，是有著根本的差異的。「浪漫主義」的現實基礎是啓蒙運動，是對其理性王國的反動和不滿，它的理想主義特徵使得它比「豪放」具有更爲巨大的反動力量，具有相當程度的革命性質，因而其否定現實的力度要比「豪放」要大得多，也熱情得多，例如德國耶拿派浪漫主義的代表弗利德里稀·史勒格爾，他的文學理論思想要點其中有一點是「浪漫主義的詩是無限的，自由的，不受任何規律約束」〔註 111〕的，這種主張當然是走向了極端的，但是在不墨守成規而提倡創新的意義上，是有著積極的啓發作用的，在這一點上，「豪放」因爲有著「中和」之美準則的天然約束，從而在度上把握得較好，如果超出了這個度，那就不是「豪放」而是別的範疇了，「浪漫主義」未能很好地解決這個問題。「豪放」的強烈的主體性精神，強烈的自我表現色彩和淋漓盡致的表現自我情志的方式，也能在「浪漫主義」的思想精神中找到線索。例如在哲學家費希特的影響之下，他「主張『自我』是自由的，『自由高於一切』，主張『理智的直覺』，這些導致浪漫派推崇無所約束的個性」〔註 112〕，不過「浪漫主義」的「無所約束的個性」體現爲其個性的張揚，這種張揚在歷史上是和資產階級血腥的原始積累和狂熱野心聯繫在一起的，雖然這是一種「放」的姿態，而且也確實對歷史的進步起到了決定性的作用，但那是一種比較具體的深刻的思想精神內容，是一種比較實在的東西，在和現實世界的聯繫上表現爲「獲取」，即通過這種由內而外的「放」它確實改變了世界，但是這種改變僅僅是符合資產階級的改變，而不是對現實民生的根本改善，恰恰相反，資產階級的原始積累階段，它的理想是和民眾對立，是以剝削民眾的利益爲基礎的，這和「豪放」由內而外的「放」的價值取捨即有益於社會民生有著本質的不

〔註 111〕馬新國主編：《西方文論史》，高等教育出版社，2002 年版，第 205 頁。
〔註 112〕馬新國主編：《西方文論史》，高等教育出版社，2002 年版，第 204 頁。

同。「浪漫主義」經過其完整的流程取得了現實的群體利益，卻消弱了其本身的思想精神，而「豪放」卻是損害了個體的現實利益，而加強並成就了其本身的思想精神。因此從主體方面來比較「豪放」和「浪漫主義」，更具有啓示意義。浪漫主義是在近代啓蒙思想的影響之下成長起來的，因此個性和個性解放成爲其關注的重心所在。從和現實主義對比的角度，周來祥先生指出了浪漫主義的這個特徵：

> 浪漫主義的個性典型偏重於藝術家的主體、自我、內心，現實主義的個性典型則偏重於對象客體、人物形象及其外在行爲。別林斯基曾説，浪漫主義就是人的靈魂的內心世界，他的心靈的隱秘生活。在他的胸部和內心裏，潛伏著浪漫主義的秘密的源泉，感情和愛情就是浪漫主義的表現和行爲。但是人們除了內心世界之外，還有生活的廣大世界，屬於歷史意識和社會行爲的世界。「在那廣大的世界裏，思想變爲行爲，高尚的感情變爲偉業。」浪漫主義重主體心理的個性，更強調詩人的獨創性，要在激情的詩篇中寫出詩人獨自的我來。英國浪漫派楊格的《試論獨創性作品》典型地代表了這一美學動向。浪漫主義詩人可以説人人突出自我，拜倫、濟慈都曾説到這一點。柯爾立治也説：「什麼是詩，似乎無異於問什麼是一個詩人。詩的天才是善於表現並變更詩人自己心中的意象、思想和情緒。」不但以自我爲抒寫對象的詩篇如此，而且連浪漫主義作品中描寫的客觀人物也常常是詩人自己的化身。〔註 113〕

聯繫浪漫主義的傑出詩人拜倫和雪萊等人的詩歌可以看出，浪漫主義只有在和社會進步聯繫起來的時候——和消極浪漫主義相對，代表作家如英國詩人華茲華斯、柯勒律治——才能將個性中的「小我」境界上升到「大我」的境界，而且這種上升，也僅僅限於理想境界，並非意味著對現實的眞切改進或超越：

> 在浪漫型藝術裏，精神回到它本身，有自意識的人回到他的「自我」，沉沒到自己的內心生活中去，因而和外在客觀世界對立起來，採取了藐視現實的態度，憑創作個體個人的意志和願望對客觀世界的感性形象任意擺弄……同時，由於出發點是自我中心和個人

〔註 113〕周來祥：《古代的美　近代的美　現代的美》，東北師範大學出版社，1996 年版，第 160～161 頁。

主義，浪漫型藝術中的人物性格就不再像古典型人物性格那樣體現淪落、宗教和政治的普遍理想，而只體現主體個人的意志情感和願望。〔註 114〕

況且，這種能夠呈現「大我」色彩的理想境界，還是資產階級尚未取得統治地位時候的產物，而一旦它掌握了政權，則這種「大我」色彩的理想境界就迅速不復存在。而「豪放」的核心內涵則始終是以個性的「小我」上升到「大我」，以關注現實社會生活、超越腐朽落後的禮法制度規範爲己任的。因此，「豪放」和「浪漫主義」的一個顯著區別就是，前者始終對社會現實有著清醒的認識，有的僅僅是無能爲力，而後者則在浪漫主義的創作方法之中寄託自己的思想，表現自己的精神，對於社會現實帶有很大的空想成分。打著「個性解放」旗幟的浪漫主義，其現實性顯然沒有「豪放」的主體必然要通過「放」之一途徑而落實到現實社會爲大。〔註 115〕所以，中國古代尤其是明代以來隨著資本主義萌芽在經濟中的產生，以湯顯祖《牡丹亭》爲代表的文學，雖然具有浪漫主義文學的特徵，但是卻並非是「豪放」之美的形態；非但如此，這種浪漫主義文學還從根本上消解了「豪放」。從西方文學思潮的歷史發展來看，浪漫主義是向著「崇高」範疇發展的，而「豪放」則與「崇高」始終保持著距離，保持著自己的特色，這和中國傳統文化的獨立自主性也是分不開的。

最後，從「豪放」和「浪漫主義」的生成途徑上看，兩者也有所不同。由經濟力量上升而導致的逐漸改變的社會現實，是「浪漫主義」思潮發生的根本基礎，而由儒家思想薰陶的「豪放」主體的「志」即理想（始終未能出於「天人合一」的總體氛圍之外），是對於社會現實民生狀況的自然而然的思想精神的關注和感情的傾注，它不會因爲社會現實的改變而改變，而只是對其中的社會思想和體質僵化的一種能動反應和變革的內在要求，這和「浪漫主義」的發生本源是有著根本的區別的。「浪漫主義」否定現實而構築自己的理想世界的重要途徑是「想像」，想像在心理學上本來是指在知覺材料的基礎上，經過新的配合而創造出新形象的心理過程，這在文學中可以說是非常高

〔註 114〕黑格爾：《美學》（第三卷下冊），朱光潛譯，商務印書館，1981 年版，第 353 頁《譯後記》。

〔註 115〕魏紅珊《郭沫若美學思想研究》（成都：四川大學博士學位論文，2003 年）3.2.1「郭沫若泛表現主義文藝觀的形成」一節云：「浪漫主義就其本質而言就是理想主義，而浪漫型藝術就是對理想的模仿。」

的一種修養和素質，它具有超越現實世界的神奇能力，它是使文學家的理想世界的構建成爲可能的最大動力，正因爲如此，英國詩人華茲華斯才把想像視爲創作的基本動力，而柯勒律治則認爲「良知是詩才的軀體，幻想是它的衣衫，運動是它的生命，而想像則是它的靈魂，無所不在，貫穿一切，把一切塑成爲一個有風姿、有意義的整體。」〔註116〕他認爲想像是浪漫主義創作的根本動力。由於中國美學範疇中的「豪放」的使用範圍一般是局限在詩歌的範圍之內的，而且篇幅都比較短小，從而大大限制了想像在創作中的應有作用，而想像的超越現實世界的機能對於二者來說都天然是有著最大的幫助的，「豪放」和「浪漫」在想像的意義上統一了起來，這種統一的基礎不是想像作爲一種文學創作的心理機能，而是隱藏在想像之後的那種非現實「虛構」的能力，正是這種虛構的能力，使得文學的藝術境界成爲一種「燦爛驚豔」的可能，這在中國古代以意境爲理論指導和藝術境界指歸的詩歌之中，就更是如此。以詞爲例，豪放詞中所呈現的這種想像的機能，要遠遠多於婉約詞——想像不是簡單的情景的再現式的想像，那只是創作的基本層次，是純屬於技巧層次上的東西，而最能夠體現想像的那種機能的，是其非現實的虛構能力之後的精神指向——不是簡單的或單純的對於失去不再的事物的留戀，比如納蘭性德的詞，其中「夢」之一語出現的頻率相當之高，但是那都是一種消極的留戀式的「夢」，否定現實的精神含量是極其少的——而是對於現實世界中不合理事物的一種積極的否定和反抗姿態，是自我美好個性（「大我」精神引導下的「小我」姿容）的淋漓盡致的展現和揮灑，也正是有著這樣的精神指向，才使得「豪放」之「豪」成爲可能，而積聚起盛大而充沛的內在之「氣」。想像的這種意義在蘇軾、辛棄疾的豪放詞中有著明顯的體現，這一點豪放詞作得要遠遠好於婉約詞，但是同外國的浪漫主義比起來，由於文體上的不可克服的歷史原因，「豪放」還是要遜色一籌的。明代文學中的戲曲如湯顯祖的《牡丹亭》，小說如《西遊記》，都體現了很大程度的浪漫主義色彩，但是這些文學作品都已經不是詩歌直接抒發志意、表現自我個性姿態的形式了，而是一種「代言體」，「代言體」固然可以表現具有「豪放」之美的人物形象，然而在生活中具有這樣一種美的人物所佔的比例不是很大，「豪放」意蘊在其中的萎縮已經是無可奈何的事實。〔註117〕因此從兩者生成的主體上來

〔註116〕伍蠡甫主編：《西方文論選》下卷，上海譯文出版社，1979年版，第34頁。
〔註117〕「代言體」和「豪放」並非不可兼容，例如「豪放」文學的突出代表元劇，

說，「浪漫主義」文藝的思想精神或色彩應該是大多數文藝創作者曾經或正在經歷的美好旅程，而「豪放」則由於對主體的極高要求，就不是很多人都能體會和達到的一種境界了。

如關漢卿的作品，就是「豪放」文藝的經典代表。故其關鍵，仍在於作者主體是否具有「豪放」的思想精神或有意於表現「豪放」於其作品之中。